# ありか

瀬尾まいこ

水鈴社

# 目次

装丁　名久井直子
装画　荒井良二

# ありか

思っていたのとは、全然違う。想像していたものとも、まったく結びつかない。ひかりの寝顔を見ているといつも思う。

「子どもができたら、親の恩が痛いほどわかる」

「どれだけのことをしてもらったか、親になってから知るんだよ」

私の母親はよくそう口にしていたし、親のありがたみや親孝行については世間でも語られている。

そして、私もそういうものだと疑いなく信じていた。子育ては想像を絶するしんどさで、子どもと生活をしていく中で自分が受けた恩を思い知って、否が応でも親に感謝していくのだと。親は何もかもを犠牲にして育ててくれた、ありがたい存在にちがいないと。

それが親になったとたん、さっぱりわからなくなった。

この日々のどこに恩を感じさせるべきところがあるのだろう。

もちろん、ひかりが乳児の時は毎日が怒濤《どとう》で、どうやって過ごしていたのか記憶にないくらいだ。自分の時間はなく常に寝不足で、身体的にも精神的にもかなりやられていた。それでも、何も知らないただ生きていこうとしている塊《かたまり》であるひかりに「こんなにしてやっているのだ」という思いが湧いたことはなかった。目の前に自分一人で何もできない赤ん坊がいるのだ。寝かしつけ、不快を取り除き、食事を与える。健やかでいてくれと必死で願い、そのために体は自然と動いていた。

そして、ひかりが五歳になり、ほんの少し余裕ができた今、母親が語っていた親というものへの思いが、私に違ったものを知らしめている。

育てていることをあれだけ高らかに主張していたのは、母親にとって子育てが相当の負担だったからではないだろうか。そして、それは私が愛すべき存在ではなかったからではないだろうかと。

# 春

## 1

これ以上に私を満たしてくれるものも、これ以上に私を動かしてくれるものもない。ひかりがいない人生なんて考えられない。私のすべてだと迷いなく言える。ひかりのためならなんだってできる……

と眠りに落ちる直前まで思っていたのだけど、朝、たった十分早く起きることができない。今日こそ早く起きてひかりのために朝ごはんを作ろうと思っていたのに、六時三十分にセットしていた目覚ましは、いつの間にか止められている。カーテンの隙間をぬって入る日差しの心地よさに、いつも予定の時間以上に包みこまれてしまう。

「もうすぐ七時だ。ひかり、起きて起きて」

私は布団から出て、隣のひかりの体をむりやり起こした。

「えー朝?」

「そうそう、朝」

「朝かー。くうちゃん起こさないと」

ひかりは隣で寝ていたクマのぬいぐるみに「おはよー」と話しかけている。くうちゃんはひかりが生まれた時に、奏多《かなた》が買ってくれた当時のひかりと同じくらいの大きさのぬいぐるみで、ひかりはいつも一緒に寝ている。

「くうちゃんはいいから、まずはひかりがさっさと着替えて」

「じゃあ、お着替え会場まで泳いでいくね」

ひかりは布団の上で手足をバタバタと動かしている。寝起きにぼんやりするなどということはめったになく、ひかりは目覚めと同時にフルパワーだ。

「お着替え会場って。泳がなくていいから、ほら、パジャマ脱いで。早く早く早く」

「早く早くばっかり言わないでよね。本当にママは」

年長組になったとたん、ひかりは一人前の口ぶりをするようになった。そのくせ、着替えのスピードは相変わらず遅い。

「わかった。ママ朝ごはん用意してくるから、それまでに着替えるんだよ。いい？」

「はいはいさっさー」

私は自分の着替えを済ませると、洗面所で顔を洗い、食パンをトースターに突っこんだ。

「できたよー」

「はーい」

用意してあるTシャツとズボンに替えるだけなのに、十分ほどかけて着替えたひかりが食卓に着く。

「じゃあ、食べて食べて」

食パンを四つに切っていちごジャムを塗ったものと、一口サイズのチーズを皿に載せただけの朝食。ほかの子どもたちはもっといいものを食べてるんだろうな。卵やウインナーを焼くとか、せめて果物ぐらいつけないとな。と毎朝思うのに、慌《あわ》ただしさと食べるのに時間がかかるだろうという勝手な言い訳で、ついつい「明日からやろう」と先延ばしにしてしまう。

私もひかりの前に座りトーストをほおばる。三分で食べ終え、歯ブラシをくわえながらひかりの前に戻る。

「急いで」

「知ってるよ。もう」

ひかりはうんざりした顔でゆっくりとパンを食べる。これ以上言うのはやめたほうがいい。最近のひかりは機嫌を損ねると、厄介になる。

「そっか。そうだね。さすが年長さん、食べるの上手だもんね」

五歳になってましにはなったけど、何かでスイッチが入ってぐずりだすと、ひかりはなかなか元に戻らない。私は大げさに褒《ほ》めながら、「ほら、最後の一口」とパンをひかりの口へと運んだ。

八時三十分。ひかりを保育園に預けると、ほっとする。何とかやり切ったと、これから仕事だというのに、大きな荷物を下ろしたような気分になる。

保育園に通わせ始めたころは、毎朝胸が締めつけられた。仕事のために預けるのだ。ひかりと私の生活のためだ。そうわかっていても、「ママー」と泣き叫ぶひかりを見ていると、とんでもない過ちを犯しているような気がした。

「子どもに伝わるから、悪いなとか、かわいそうとか思ったらだめですよ。しっかり働いてこようとはりきって行ってきてください」

と園長先生に背中を押され、なんとかその場を後にするものの、仕事中もどきどきしっぱなしだった。今ごろひかりはどうしているのだろう。暴れた拍子に頭を打ってはいないだろうか。昼食を食べられず空腹ではないだろうか。そんなことを考えてばかりいた。それなのに、半年が経つころには罪悪感は消え、今では保育園に預けるとほっとするのだから、慣れというのはすごい。強く、そしてある程度鈍感にならないと、子どもは育てられないのかもしれない。

化粧品を扱う工場での、九時から六時までのパート。それが私の仕事だ。

福利厚生やボーナスが出ることを考えたら正社員になるのが望ましいけど、ひかりが小さいうちは早退や欠席がしやすいほうがいいだろうとパートを選んだ。仕事は単純。ベルトコンベアーで流れてくる商品にシールを貼ったり、商品を箱に入れたりするだけだ。

長年勤務しているパートさんはしゃべりながら作業をしているけど、私を含めだいたいの人は黙々と働いている。ここで働き始めてもうすぐ四年になる。最初はこの容易な作業にも必死だった。うまく処理できなくても、ベルトコンベアーは止まらず流れていく。ミスをすると、次の場で作業する人の仕事が増える。「ちょっと、誰よ」「できてないんですけど？」と叱られ、びくびくしながら働いていた。でも、慣れてくると、手以外動かすことはない。何時間もただ同じような作業を淡々とこなすだけだ。

だから、頭の中でいろいろと考える。もしも結婚しなかったら、もしも離婚しなかったら……。それから遡《さかのぼ》って、なりたい仕事についていたら、進学していたら、自分が恵まれた家の子どもだったらと。いろんな場合の「もしも」を考えて、どんな未来にたどり着けていたかを想像する。もっと充実した毎日を送っていたのだろうか。友達と買い物や映画に出かけて楽しんでいたのだろうか。そんな姿を思い浮かべて、ああいいな、あんなこともしてみたいななどと一人空想を広げる。だけど、最後には、今と違う人生を歩んでいたら、ひかりには会えていなかったんだということに行きつく。ひかりがいなかったら自由に動けるだろうと思う反面、ひかりのいない人生は考えられない。ひかりのために働いて、ひかりのためにごはんを作っている。ひかりがいなかったら、何もする必要がなくなる。生きる理由がない。それは恐ろしいことだ。このとんでもなく退屈な作業を続けられるのは、ひかりがいるからだ。

十二時になると、昼休憩のチャイムが流れる。ぞろぞろと大人数が食堂へ移動する姿は、管理された寮生活のようだ。昼休憩は外へは出ず、みんな食堂で食べる。テーブルとパイプ椅子が置かれただけのだだっぴろい食堂。この工場は至るところが殺風景だ。

仲良く盛り上がって食べているグループもいくつかはあるけど、一人で食事をとる人のほうが多い。私も隅に座り一人で昼食を食べる。休み時間は一切気を遣わずにいたいのだろう。みんなスマホを見たり、本を読んだり、資格の勉強をしたりして過ごしている。この職場はパートがほとんどで、次を考えながら働いている人もたくさんいる。

私はどうだろう。この仕事にやりがいを感じているわけではないし、楽しい部分など何もない。離婚することになり、保育園を決め、慌てて探した仕事だ。簡単な面接を受けた翌日から出勤できることになった。辞める人も来る人も多い職場。休みやすいということ、資格なしでできる仕事にしては時給がいいということ、保育園から自転車で二十分あれば通えるということ。やりがいのない代わりに負担も少なく、いざとなればいつ辞めても許される空気。ここで働く利点はそれくらいだろうか。

私は簡単に作ったお弁当を食べながら、スマホの中のひかりの写真を見て過ごす。赤ちゃんの時から今まで。〇歳や一歳の時はこんなにかわいいのは今だけだろうと思っていたのに、最近のひかりの顔が見ていて一番飽きない。いつでもやっぱり今がかわいい。おもしろい表情や愉快なポーズのひかりに一人で笑ってしまいそうになる。

六十分の休憩はあっという間に終わり、午後も作業を繰り返す。午前と違うのは終わりが見えていることだ。終了時間が近づくと、体がそわそわする。朝は早く保育園に送り届けたかったひかりに、今は一刻でも早く会いたい。一緒にいると時々逃げだしたくなるけど、離れる時間があるとすぐに恋しくなる。ひかりの保育園での話を聞きたい。休み時間は何をしただろう。給食はおいしかっただろうか。楽しいことがあったらいいな。時計を何度も見上げているのは私だけじゃない。会いたい人がいる人はたくさんいるのだ。

## 2

「ひかりちゃん、あまりにすぐごめんなさいって言うから驚いて」

「そうですか……」

私はひかりの手を握ったまま、うなずく。園庭の桜の木にまだわずかに残っている花びらが風で足元に舞ってくる。

「謝れるのはいいことだけど、もう少し気楽にね。お母さん」

「はい、すみません」

「ほらほら、お母さんもすぐに謝る。だから、もっと適当でいいのよ」

今年度から担任になった神田先生はそう言って笑った。四十代くらいのゆったりした朗《ほが》らかな先生で、子どもたちも「加奈先生」と呼んで、なついている。小学生のお子さんが三人いるというベテランの加奈先生の言葉は、重要なアドバイスに思える。

「そうですね。ありがとうございます」

厳しく育てているつもりはないのに、ひかりに窮屈な思いをさせていたのだろうか。後ろには次のお迎えのお母さんが待っている。私は頭を下げると、ひかりと手をつないで保育園を後にした。

「ひかり、そんなすぐに謝らなくてもいいんだよ」

自転車をこぎながら、前の補助席に座るひかりに話しかけた。

「何を？」

「今日さ、昼ごはんの時、お茶こぼして先生にごめんなさいって言ったでしょう？」

「うん。えらい？」

ひかりは自慢げに答えた。そうだ。えらいことだ。「ありがとう」と「ごめんなさい」はすぐに言ったほうがいいし、ひかりにもそう伝えている。だけど、神田先生の言うこともわかる。すぐに謝罪をする子どもを見ていると、大人の顔色を窺《うかが》わないといけない環境にあるのではと感じることもある。

「ね、えらいでしょう？」

ひかりにもう一度言われ、

「うん、えらいね」

と私はうなずく。

「ひかり一番に言ったんだよ」

「一番？」

「そう。一番にごめんなさいって言ったんだ」

「一番って、お茶こぼしたのひかりだけなんでしょう？」

「そうだよ」

「じゃあ、ひかりしかごめんなさいって言わなくていいんじゃない？」

「そっか。でも、えらい？」

「まあ、えらいけど」

「ひかり、もう五歳だからね」

　ひかりがうれしそうに言うのに、少しほっとする。大丈夫。ひかりは、そんな堅苦しい思いはしていないはずだ。


　保育園に通わせてもう四年。いまだに先生の言葉に一喜一憂してしまう。年中《ねんちゅう》の担任の先生には、「ひかりちゃん、たまにうまく答えられないことがあって」と言われた。場面に合う言葉がとっさに出ないと言う。言葉数も少ないこの時期に、そうそううまく会話なんてできるものだろうかと思いつつも、先生が気になるくらいだから対処をしなくてはと焦った。家ではうるさいくらいに会話をし、「ありがとう」と「ごめんなさい」だけはしっかり言おうねと言い続けた。そうしたら、次はこれだ。

　誰に何を言われようとどんとかまえられないのは、私自身が正しい子育てをしている自信がないからだ。何か言われるたび、そのとおりだ、何とかしないとひかりがちゃんと成長できないと、心が揺れてしまう。望もうが望まなかろうが、親は自分以外の人間の未来を動かしてしまえる。そこには、重いプレッシャーがある。

「夕ごはん何？」

ひかりが自転車の前座席から半分だけこちらに顔を向ける。六時過ぎ。四月も中旬になり日が伸びた。まだ街の風景がくっきりと見える。

「ハンバーグ」

「ハンバーグ好きー」

「そうだね。ひかりはハンバーグとスパゲティばっかり食べるもんね」

「ママもでしょ？」

それはひかりの好きなものを一緒に食べているからだけど、ひかりが、

「ひかりとママ、好きなものまで一緒だね」と喜ぶから、「本当だね」とうなずいておいた。

日が完全に沈む前の風に吹かれたひかりから、香ばしい匂いがする。汗をかいているのに湿っぽくはない、太陽と春の匂い。ひかりのそばで大きく息を吸いこむと、自分の中にも日の光が入ってくるようだった。


家に帰ると、「早く、早く」とひかりをせかしながら手を洗わせ、リュックの中身を出させ、その間にまとめて作って冷凍しておいたハンバーグとご飯を解凍する。保育園に六時二十分過ぎに迎えに行き、帰宅すると六時三十分。九時前には寝かせたいと思うと、ここからは目まぐるしい。

「お腹すいた。ごはんまだー」

「ちょっと待って。よし」

ハンバーグに、バターとしょうゆと砂糖で濃い目に味を付けたほうれん草のソテーを添えて、玉ねぎのお味噌汁と一緒に食卓に並べる。

「あー、また緑のある」

子ども用の椅子に座ったひかりが、お皿を覗いて顔をしかめた。

「ほうれん草を食べないと大きくなれないんだよ。ちょっとだけでしょ」

私もひかりの前に座る。

「大きくなくていいけどな」

「よくないよ。さ、食べて。おいしいよ」

私が先に一口食べて見せる。ひかりは野菜が嫌いだ。そのままだとなかなか食べないから、ハンバーグの中に人参とキャベツも細かく切って入れてある。

「緑の食べなきゃ、だめ？」

「だめだよ。これ、ちょびっとでしょう。すぐに食べられるよ」

「でもなー」

ひかりはほうれん草を箸でいじってなかなか食べない。

「ひかり五歳なんでしょう？　年長さんはなんでも食べないと」

「緑の、げげげだもんな」

「げげげじゃないよ。野菜の味しないから」

「えー、絶対味するよ」

「しないって。お茶で飲みこめば大丈夫」

味がしない上にお茶で飲みこむって、それでいいのだろうか。自分の発言に苦笑する。子どものうちに味覚を育てないといけないと、何かに書いてあった。でも、食べないよりはましだ。飲みこんでしまう少量のほうれん草にどれだけの栄養価があるのかは不明だけど、色の濃い野菜を食べると、ＯＫという気になる。

私の母は、好き嫌いを許さない人だった。作ったものを残すなんてあり得ないと、幼い私が食べ終わるまで横についていた。しかも、子ども用に工夫された料理ではなく、炒めただけの人参やピーマンがよく夕飯に並んだ。それでも、私は苦労しながら食べ切っていた。残すという選択肢など思いもつかなかった。

「はー、食べたー。どう、大きくなった？」

ひかりは体を震わせほうれん草を飲みこむとそう言った。

「なったよ」

「あ、本当だ。さっきより少し大きい！」

ひかりは頭の上に手を乗せてそう言った。本気で大きくなっていると信じて手のひらで身長を測っている姿に、笑ってしまう。

「うん。おチビじゃなくなったよ」

「それじゃあ、これからはおチビちゃんじゃなくて、ちゅうくらいさんって呼んでよ」

「ちゅうくらいさん？　変な名前」

大きいじゃなくて中くらいでいいんだと、思わず噴き出す。ひかりは、誰かが笑うとうれしいようで、何度も「ひかり、ちゅうくらいさんね」と繰り返した。


食事を終え私が洗い物をしている間、ひかりはままごとをする。最近のひかりはお店屋さんごっこや幼稚園ごっこなどのごっこ遊びが大好きだ。

「はい、ママーご飯ね」

「どうもありがと」

片付けている私の足元に、ひかりはプラスティックの茶碗を置いていく。

「お味噌汁です。中身はほうれん草」

「そうですか。いただきます」

私は洗い物をしながら答える。

「食べたら、中くらいの大きさになれますよ」

「もう大きくならなくていいんですけど」

私が言うと、ひかりは「どうして？」と目を丸くした。

「ママ、もう百六十一センチあるんだよね」

「でも、ママ、まだ二十六歳でしょう？」

「そうだけど」

「加奈先生なんか、四十八歳だよ。ママも加奈先生くらい大きくなりたいでしょう。ほうれん草、食べないと」

食べ物で大きくなるのは年じゃなくて体なんだけど……。というか、神田先生ってもう四十八歳なんだ。子どもって変なことだけはしっかり覚えてるよな。年はあまり取りたくないと思ったけど、ひかりが保育園で、「ママ、加奈先生みたいに年寄りになりたくないって」などと言っても困る。子どもって、言葉を勝手にまとめて伝えるから。

「そうだな。加奈先生みたいになりたいかな、うん。まあ、何年後かだったらなりたいかも」

私は無難にそう言っておいた。

「だね。じゃあ、お味噌汁、飲んでくださいね」

「はーい。おかずは？」

洗い終えた食器を拭きながら聞く。

「おかずねー、今日はありません」

「ご飯とお味噌汁だけ？」

「少ないか。じゃあ、おけつもの出すね」

「おけつもの？」

「そ。おけつもの、大人は食べるでしょう？」

「そうなの？」

大人が食べるおけつもの、なんだったっけ。ひかりはとうもろこしのことをともろこし、ス

プーンのことをスップンと言う。おけつもの……。いったいなんだ？　首をかしげていると、

「ママの好きなキュウリのでーす」

　とひかりが小皿を持ってきた。

「キュウリの……。あ、ひかり、それおつけものだよ、おつけもの」

「知ってるって。おけつものでしょう」

「いやいや、おつけもの」

「おつけものー？」

「そう。おつけもの。おけつものだったら、ちょっと変かも」

　私が笑っている間に、お風呂が沸いたことを知らせる音が鳴った。夜の時間は息をつく間がない。

「うわ。もうすぐ八時だ。ひかり、歯磨き、歯磨き」

「はいはいはい」

「おもちゃ、片付けて」

「わかってる」

　そう言いながら、ひかりはまだおもちゃを出してくる。

「だから、片付けてって」

「わかってる」

「わかってるって、ひかり、おもちゃ出してるじゃん」

「わざとじゃないから」

「わざとだよ、わざと。片付けてって言ってるでしょう」

「わざとじゃないの！」

近ごろのひかりはこれだ。「わざとじゃない」と言えば何でも許されると思っている。

「いいから元に戻して。捨てちゃっていいの？」

「だから、わざとじゃないって」

ひかりは一度言い出すと同じことばかり言う。だんだん頑固になって困ってしまう。いい加減にしてほしいと、いらいらしかけてふっと息を吐く。

仕事が終わって保育園に迎えに行く時はいつだって、そわそわする。早くひかりに会いたい。ひかりは一日どうだったんだろう。保育園楽しめたかな。嫌な思いしてないかな。そんなことで頭がいっぱいで、ひかりの顔を見て、その柔らかい体に触れたくなる。ところが、家に帰ってくると、早くしないとと焦るばかりで、一時間も経たずにその気持ちは消えてしまう。帰宅からひかりが眠るまで、一緒に過ごせる時間は三時間もないのにだ。

「わかったから、一緒に片付けようよ」

私はしゃがんでひかりの顔をのぞいた。

「わざとじゃないって」

ひかりはまだむすっとしている。目も鼻も口も全部をゆがめて。なんて顔してるんだろう。じっと見てると愉快になってくる。「子どもなんて調子に乗らせてなんぼだって」いつか颯斗《はやと》君が言ってたよな。簡単に調子に乗ってくれるのなんて、あと何年もないのだ。真正面から向き合わないといけないと妙な義務感を持ってしまうけど、調子に乗せてしまうのは悪いことじゃない。

「ね。ママが台所片付けるのと競争しようよ。最近ひかりお片付け早いから、ママ勝てるかなあ」

私は気分を変えるように、手をたたいた。

「いいけど」

「じゃ、始めるよ、せーのーで」

「うわ。待って！　ママ、ずるしないでよ」

「しないしない。いっせーのーで！」

「きゃー」

ひかりは、手にいっぱいおもちゃを持って走っていった。よしよし。今日はうまく行ったな。私は少しゆっくり目に台所の片付けを進めた。

片付けが終わると、歯を磨いてお風呂に入る。

てかてかのおもちゃが浮かぶお風呂。頭洗うよー、体洗うよー、肩までつかってー。と、入浴中は口も手も大忙しだ。子どもはたった五センチの水でも溺《おぼ》れると聞いてから、髪の毛を洗う時も湯船のひかりをうかがってしまう。お風呂から上がったら上がったで、風邪でもひいたらたいへんと、自分のことはさておき、ひかりの体を拭いて髪の毛を乾かす。いくら注意を払ったって子どもは病気にかかるし、怪我もする。そうわかっていても、うまく手が抜けない。ひかりに万が一のことがあったら、とてもじゃないけど生きていけない。少し具合が悪くなるだけで不安でたまらなくなり、しんどそうな顔を見ると体が切り刻まれるような思いがする。

二歳になるまでは、ひかりをお風呂に入れ洗うことだけで手いっぱいで、自分の髪の毛はひかりが寝ている時に洗面所でこそっと洗っていた。新しい不安や忙しさが出てはくるけれど、あのころより少しずつ楽になってはいる。ひかりだけでなく私も、二人で生きる術を身につけていっているのだろう。

「よし、十数えて上がろう」

湯船で遊んでいるひかりに声をかけると、

「でもね、ひかりね、三十まで数えられるんだけど」

とえらそうに答える。

「じゃあ数えて」

「いいよー。いち、にい、さん……にじゅうさん、にじゅういち、にじゅう」

二十を超えてからぐだぐだのひかりが三十を数え終わるころには、二人ともすっかりのぼせていた。

なんとか九時前に布団に寝転ぶと、

「からすのパンやさん読んで」

とひかりが絵本を出してきた。

「今日遅くなったし、その本、長いしな」

「じゃあ、からすのてんぷらやさん読んで」

「それも長いな」

ひかりのお気に入りはからすのパンやさんシリーズだ。私が子どものころから知っている絵本だけど、読んでもらった覚えはない。特徴的な絵が印象に残っているから、一人でページをめくっていたのだろうか。私には、親に本を読んでもらうという習慣はなかった。それなのに、誰かに習ったわけでもなく、寝る前にひかりに本を読むようになった。子育てというのは、自分が受けてきたことをするのではなく、ただ目の前の子どもにしたいことをするものかもしれない。

「なんでもいいから読んでー」

ひかりにせかされ、

「よし、じゃあパンやさんにする」

と私は本を手にして、二人で並んで寝転がった。読み始めて半分を過ぎるころには、ひかりはうとうとしている。もう眠りそうだ。途中を飛ばして最後のページを読む。

「おしまい。おやすみ」

「おやすみ、ママー」

「おやすみ、おチビちゃん」

「だから、ちゅうくらいさんでしょう」

半分眠っていたくせに、ひかりがそう指摘する。

「あ、そうだった。ほうれん草食べたんだった」

「そう、明日も食べたら、でかいちゃんになるね」

「でかいちゃんか。おやすみ」

でかいちゃん。早く成長して手がかからなくなったら楽だろうな。そう思うけど、もう少しこのままでいてほしい。すっぽり私の体でくるんでしまえる大きさ。ひかりの体の心地いい温度と柔らかさにほっとする。この小さな体で一日を過ごしてきたんだと思うと胸の奥がきゅっとなる。それと同時に無防備なひかりの安心しきった顔を見て、私の一日も解《ほど》かれていく。こんなに私を不安にするものも穏やかにしてくれるものも他にはない。

まだ九時をすぎたところ。布団から出て部屋を片付けて、テレビでも見ようかな。そう思うのだけど、ひかりのぬくもりには勝てなくていつもこのままひかりと朝まで寝てしまう。

3

朝八時半、ひかりを保育園に送り職場に向かう。ずっと晴れが続いていたのに、薄黒い雲が出て雨が降りそうな天気のせいか、今朝はひかりの機嫌が悪かった。保育園周りの新しい住宅地を抜け、古い団地や長屋がある一帯を自転車で進むと仕事場だ。私のアパートと同じく、一歩入ると細い路地が多いこの辺りは昔ながらの町並みだ。さあ、仕事だ。切り替えないとな。

と朝のひかりの顔を振り払うように軽く頭を振って自転車をとめた。

ひかりは朝からウサギの靴下がないと騒いでいた。「どれでもいいからはこうよ」と言っても、「ウサギのやつじゃないと無理なの」と言い張って、靴下をはくだけで十分以上かかった。

最近ひかりはこういうことが多い。洋服や保育園に持っていくミニタオルや靴下に肌着。いくつか種類があるのに、その日これだと思ったものを絶対に持っていきたがる。洗濯中でも、「乾かして」と騒ぎ立てる。今までは無頓着だったのに、この一ヶ月は、一週間に一度はそんな状況に悩まされている。

わがままに屈しちゃだめだ。言い聞かせなくてはと思う。このままだとひかりのわがままを助長してしまうかもしれない。それでも、朝は時間のなさに折れてしまうことが多い。

「じゃあ、ひかりはウサギの靴下しか、いらないの？　ほかの靴下はかないのなら全部ウサギの靴下にしたらいいんだね」

「違う。今日はウサギなの」

「どの靴下だって一緒だよ」

「ウサギって決めてるの」

ひかりはそう言って泣き叫んだ。年長になって、泣くことは減って、保育園に行くことを渋ることもなくなった。だけど、些細《ささい》なことでスイッチが入ったように泣きはじめると、大声で叫びながら泣いて止まらなくなる。回数が減った分、一度にため込んでいたものを吐き出すように泣くのだ。周りに虐待してると疑われるんじゃないかというような勢いで泣かれると、焦ってしまう。

なだめても、叱っても、火に油を注ぐだけで泣きやまない。いったいなんなのだろう。どうだっていいことでそんなに泣くことないだろうと思うけど、抑える方法が思いつかず、今朝も折れてしまった。ダイニングと寝室兼リビングの和室しかない小さなアパートだ。築三十年は経っている三階建ての古いアパートに防音設備などない。どうしたって、泣き声が漏れている。うるさいと怒られることが、虐待してると疑われることが怖かった。そんなことが、ひかりをどう育てるかということより優先順位が上に来てしまう自分に嫌になる。

「わかった。じゃあ、アイロンして乾かすから待ってて」

私は洗濯して干したばかりの靴下にアイロンをかけて乾かし、ひかりにはかせた。ウサギの靴下をはいたからといって、ひかりは大喜びするわけではない。要望が通ってしかたなく泣くのをひっこめただけで、浮かない顔には変わりがなかった。特にこれといった理由もなく、ただ爆発したかったのかもしれない。小さいひかりが抱えきれるものは知れていて、それが時折いっぱいになってしまうのだろう。こうやって泣き叫んで重石を逃してしまわないと苦しくなってしまうのだと思うと、何かが足りていないのではないかと申し訳なくなる。

「気にすることないんじゃない。案外何も考えてないもんだって。ぼくだってしょっちゅう泣いてたけど、どれも原因なんて覚えてない」

颯斗君はそう言っていた。

私自身はどうだっただろう。保育園に行く前、帰ってから。泣いていた自分はいくらでも思い出せる。母はいつも「いつまで泣いてるの」「うるさいからやめなさい」と怒っていた。でも、泣きやもうとすると、しゃくりあげてしまって、涙を余計に止められなかった。泣けば泣くほど、母がいらつくのに、早く泣きやまないといという焦りが余計に嗚咽《おえつ》になってしまっていた。

あのころの私は何をそんなに泣いていたのだろうか。ただ、ウサギの靴下がないなんて理由で泣くことが許されるような環境ではなかった気はする。

## 4

五月二十一日、水曜日。今日は仕事の後、保育園には行かずそのまま家に帰った。水曜日は颯斗君がひかりを迎えに行ってくれる。職場からそのまま帰宅すると六時半よりだいぶ前に家に着く。寝るまでの時間が他の曜日より長い。私もひかりも水曜日が大好きだ。

自分以外の、しかも男の人にひかりを迎えに行ってもらうのは、最初は抵抗があった。だけど、週に一度、お迎えに行かなくてもいいうえに、夕飯の献立を考えなくてもいい日があるというのは、想像以上に私を楽にしてくれた。

「ただいま」

玄関に入ると、すぐにひかりが飛んできて、

「ママーママー、ママママー」

と腰のところにぴたりとくっつく。ひかりは数ヶ月ぶりの再会のようにいつも私を迎えてくれる。ひかり以外の誰が、私といることをこれだけ喜んでくれるだろう。ひかりを腰にぶら下げたまま、ダイニングに入ると、颯斗君の「おかえり」と言う声が聞こえた。

「颯斗君、ありがとう」

「全然ＯＫ。今日は給食残さず食べたって先生言ってたよ」

「そうそうそう。ひかりね、フライドポテトもから揚げも残さなかったんだよね」

ひかりは颯斗君が言い終わるや否や自慢げに報告した。

「それ、好きなものばっかりだからでしょう」

「そうそう。すごいでしょう？」

「まあ、すごいかな。うん、すごいか。うわ、おいしそう」

食卓の上にはすでに食べ物が並んでいる。それに、台所の隅には五キロの米。もしやと冷蔵庫を開けてみると、いちごにさくらんぼ、いくつかの野菜も入っている。

「夕飯だけでも悪いのに、毎週毎週いろいろ買ってきてくれるなんて申し訳ないよ」

「全然気にしないで。デパ地下行くと、ついつい買いたくなるんだよな。それに、米はもらいものだよ。お客さんからあれこれもらっても、ぼく食べきれないからここに運ばせてもらってるだけ」

「そんなにしょっちゅうもらうもの？」

颯斗君は不動産会社の営業をしている。経験のない職種だから想像がつかないが、こんなにたびたび物をもらえるのだろうか。

「そう。ぼく、有能な営業だから使い切れなくて困ってる。来週は洗剤持ってこさせてもらうね。それより、ごはんさめるよ」

颯斗君はそう言うと、

「食べよう食べよう。姉さん手を洗ってきて」

とせかした。

「うがいも忘れないでね」

とひかりが偉そうに加える。私とそっくりの言い草に笑ってしまう。

私が食卓に着くと、ひかりが保育園と同じように言う「手を合わせてください。では、いただきます。はい、どうぞ」の合図で私たちも手を合わせた。

ちょっと手の込んだサラダに、コーンスープにコロッケに魚の煮つけに酢豚。和洋中様々な食べ物に、箸をつける前からうきうきする。

「あー、天国だよね」

私がコロッケを口に入れながら言うと、颯斗君は、

「いつも、ママは大げさだよな」

と笑った。

ひかりは、

「ママは大げさじゃないよ。ママの言うとおりだもんね」

と言う。ひかりはどんな小さなことでも、私の味方をしてくれる。

「一週間に一度、夕飯のメニューを考えなくていい日があるって最高だし、人が作ったものって本当においしいんだよね」

夕飯は作るのもだけど、それ以上に献立を考えるのが面倒くさい。ひかりは残さず食べるだろうか。野菜が足りないよな。肉が続いてるかな。そんなことを考え出すと何も思いつかなくなる。さほどレパートリーもないくせに、迷いに迷って何を作ればいいのかわからなくなって、結局カレーかシチューになるのがおちだ。

「毎週、水曜日に感謝だよ」

私が言うと、

「それなら、水曜日をもたらしてるぼくは神様だね」

とふざけた声で颯斗君が言った。

「颯斗君、神様なの？」

ひかりが酢豚で口をいっぱいにしながら首をかしげる。

「そうなんです。人間ども、言うことを聞きたまえ」

「ひかりは人間？」

「たぶんね」

「じゃあ、ゆうた君は？」

「ゆうた君？」

「ひかりと同じクラスの男の子だよ」

「ああ、ゆうたか。あいつはネコだろうな」

「そうなの？　じゃあ、りんかちゃんは？」

「その名前はウサギじゃない？」

二人が話しているのを聞きながら、サラダを食べる。パプリカにルッコラ、クルミまで入っているおしゃれなサラダだ。

ひかりと二人だと、ひかりの視線も声もすべてが私に向けられて、それはうれしいことでもあるけれど、いつ息を抜けばいいのかわからなくなることもある。こうして、ほかの人が入ることで、少し自分の前に隙間ができて、ごはんも味わって食べられる。

「でも、りんかちゃん、耳長くないよ」

ひかりが颯斗君に言う。

「隠してるんだよ。ウサギってばれたら、保育園に行けなくなるだろう？」

「そうなの？」

「そうそう。ウサギってばれたら、ウサギ市立人参幼稚園に行くことになるからさ」

「本当？　ねえ、ママ、本当のこと？」

ひかりが不安そうに聞く。

「うそに決まってるよ。冗談だよ、冗談」

「そう？　本当に？」

「本当。ひかりの保育園の友達はみんな人間だよ。颯斗君、やめてよ。本気にするから」

五歳になっていろんなことがわかってきたけれど、まだまだひかりは冗談と真実の区別がつかない時がある。昨日も、野菜を残すとお化けが出るよと言うと、夜怖がってなかなか眠らなかった。

「へいへいへーい」

颯斗君は適当に返事をすると、酢豚を口に入れて「うま」と言った。

「どれもこれもおいしいよね。人が作った料理ってなんでこんなにおいしいんだろう」

私も酢豚を食べる。甘酸っぱいたれが食欲をそそる。

「姉さんも料理上手じゃん」

「よく言うよ。颯斗君、食べたことないのに。私、お決まりのものしか作れないんだよね」

「ひかりは、ママの料理好き好き大好き。ラーメンでしょう、焼きそばでしょう、食パンもだし。全部すっごいおいしいよ。ねー、ママ」

ひかりが指折り数えながら言ってくれる。

「ありがと……でも、それ、料理っていうほどのものじゃないな」

私がそう言うと、

「姉さんが出すだけで、食パンさえもおいしくなるってことは、姉さん、神だね」

と颯斗君が笑った。

ひかりは私が何を作っても、おいしいと言ってくれる。残すくせに、ママはお料理上手だねと褒めてくれる。ひかりが生まれて言葉を話せるようになって、子どもというものがこんなにも母親を無条件で好きでいてくれることに驚いた。どんなことだって肯定してくれるし、どんな私だって認めてくれる。

子どものころの私だって、母が大好きだった。めったにないけれど笑ってくれるとうれしかったし、喜ばせたくてしかたなかった。笑顔が見たくて公園で摘んだ花や折り紙を渡したり簡単な手伝いをしたりした。母がいなくなったらと不安で、一緒にいられると安心した。

「ママって絶大だよな。何でも許されていつでも褒めてもらってさ。おじさんだとそうはいかないもんな。ママって、いったいなんなんだろうね」

颯斗君がひかりを眺めながら言った。

「血がつながってるからなのかな？」

子どもがどうしてこんなにも母親を愛してくれるのか、私にもわからない。本能なのだろうか、いつもそばにいるからなのだろうか。

「おじさんだって血はつながってるよ」

「そうだっけ？」

「兄貴とぼくには同じ親の血が流れてて、兄貴の血はひかりにも入ってる。ということはやっぱりつながってるんじゃない？」

「そっか。こっそりつながってたのか」

私がそう言うと、ひかりが「何の話？」と聞いた。

「ひかりとぼくはつながってるから、ひかりはもっとぼくのこと大事にしなくちゃだめだって話」

颯斗君が説明すると、

「無理無理ー」

とひかりは偉そうに言った。

「無理ってうそだろう」

颯斗君が頭を抱える。

「無理無理無理ー」

「うわ、三回も言った」

「無理無理無理無理ー」

「げ、四回も言った」

「無理無理無理無理無理ー」

ひかりは無理と言ってはげらげらと笑っている。おじさんと姪のつながりがどれほどのものかはわからないけど、颯斗君はひかりを笑わせるのが誰よりも上手だ。

三年前の冬、颯斗君は奏多と別れてちょうど半年後に、我が家にやってきた。

「カレンダーに丸を付けて、この日が来るのをひたすら待ってたんだ」

「えっと、今日、何か約束してたっけ？」

一月十六日日曜日の午後二時前。突然チャイムを鳴らし、玄関に入るなりそう言いだした颯斗君に私は驚いた。

「ほら、兄貴と別れて半年経っただろう。そろそろ姉さんの怒りも消えてるころかなと」

「はあ……」

「もう、このまま生き別れになるのかと思ってたよ」

颯斗君はそう言って、唖然《あぜん》とする私をほうって部屋に上がると、まだ二歳一ヶ月のひかりを強引に抱きしめた。

「生き別れ？」

「兄が罪を犯したとはいえ、このまま姉や姪と引き離されてしまうと思うと、毎日身を切る思いだった。あ、これ、お土産。シュークリーム買ってきたんだ、食べよう」

「えっと、ありがとう……」

私は大げさな言葉の数々に圧倒され、まっすぐに中に入りこんでくる颯斗君を止められずにいた。抱きしめられたひかりは、何かおもしろかったのか、「うひゃうひゃ」と声をあげて笑っていた。

結婚して二年と少しで私は離婚した。原因は奏多の浮気だ。妊娠中に浮気をされ、二度としないと言っていたのに、すぐにまた女の子と遊び始めた。ひかりが生まれてからも変わらず同じようなことが続き、共に生活することをあきらめるしかなかった。

「兄貴が浮気性だからって、ぼくまで縁を切られるのは不条理だもんな」

「はあ、まあ」

「姉さん、正月も実家に来てくれなかったし、親戚にも会ってくれないのかって心配になった」

「別れた夫の実家に行くのもどうかと」

私がそう言うと、

「近くに住んでるのに？」

と颯斗君は目を丸くした。

離婚後、奏多が出て行っただけで、私たちの住まいは変わっていない。奏多の実家は下りの電車で五駅で、颯斗君は上りで四駅のマンションに住んでいる。

「姉と姪が近距離にいて、会わないってないだろう。しかも、ひかりは成長真っ盛りなのに。一ヶ月会わないだけで変わっちゃうんだよ」

「そう、かな……」

結婚していた間も、義理の両親や颯斗君にはお盆とお正月、たまの連休くらいしか会っていなかった。確かに颯斗君はひかりをかわいがってくれていたけど、奏多と別れた後も会おうと考えていたとは思ってもいなかった。

「兄貴はとんでもないやつだけど、姪に会えないのはないよな。あ、ひかり、そんなに上手に歌えるんだ」

ひかりが保育園で習った歌を披露するのに、颯斗君は「すごい」と拍手をした。

「ひかり、前はゆっくり歩いてたのに、もう上手に走ってるんだよ。ぼくが見ていない間にさ。こういう瞬間、叔父として見逃せないよ」

「はあ」

「せっかくつながった人と関係が閉ざされるってなくない？」

「そんなものなのかな」

よくわからないまま私はうなずいた。

「そんなものに決まってるじゃん。何億人の中なのか星の数の中なのか知らないけど、奇跡的に親戚になったのに。会えなくなるのはありえないだろう」

「そう……」

颯斗君が自信満々に言うから、なんだか正しいことのように思えてしまう。

「でさ、ぼくこの半年間、いろいろ考えたんだけど」

颯斗君はそう言って、一週間に一度ひかりのお迎えに行くことを申し出た。半年考えただけあって、段取りやそのメリットを的確に説明してくれた。

「すごいありがたいけど、まさかそんなこと頼めないし、そう頻繁に颯斗君に会うのもどうかと思う」

浮気したのは奏多で、奏多の親族は何も悪くない。そうだとしても、別れた夫の弟とそこまで近しい関係でいるのはどうだろうか。何より、自分以外の人間に、ひかりを任せることなどできない。

「えー、別れた夫だって、面会することはできるだろう？　よく離婚後に子どもが週末は父親のところで過ごすとかあるじゃん」

「はあ」

「兄貴はふらふらした人間だから、ひかりに会いに来ないしさ。その権利、ぼくがもらったっていいだろう。軽薄でふわついた夫と会うのと、聡明で誠実な弟に会うのと、どっちがいいか考えてよ」

颯斗君は食卓にシュークリームを用意しながら言った。ひかり用には、卵入りじゃないプリンを買ってきてくれている。私は慌てて、お茶を淹《い》れた。

奏多は離婚後、三度週末にひかりに会いに来た。それが一ヶ月に一回になり、そのうちたまに思い出したように電話がかかって来るだけになり、最近はその連絡すらない。「ひかりが混乱するから、もう会いに来なくていいよ」と私が申し出ると、「確かにな」と納得していた。悪気のない、生粋《きっすい》のいい加減な人間なのだ。

「ぼく、面倒見いいし、責任感もあるしさ」

「だけど、頻繁に家に男の人が来ると周りの目もあるし」

颯斗君が来てくれると、助かる部分はあるかもしれない。まだ二歳のひかりは、私と一時たりとも離れずべったりで、すぐに泣いて頻繁にかんしゃくを起こしていた。洗濯や料理をするのさえひかりの様子を見ながらで、落ち着ける時間がなかった。少しでも息をつけたら。毎日のようにそう思っていたから、申し出がありがたい部分はある。けれど、私より一つ年下の男の子が家に来るのはどうだろうか。

シングルマザーになって知ったのは、生活がたいへんだということだけでなく、世間の目も厳しいということだ。仕事も育児も家事もやっている。それでも、ちょっと手を抜くと子どもがかわいそうと言われ、男の人と話をするだけで、「娘より自分が女でいることを優先している」と陰口をたたかれる。

そんなことを話すと、颯斗君は、

「そんなの、親戚だって言えばいいじゃん」

と堂々と言い放った。

「親戚ってそんな便利な言葉でもないような」

「そう？　親戚だよ親戚。叔父と姪に、姉と弟だよ。毎日会ったって、一緒に暮らしたって文句言われる筋合いいない」

「でも、いちいち颯斗君を目にした人に、この人は義理の弟でって説明して回るわけにもいかないし。親戚だと言っても、年の近い男性を家に入れるのは抵抗があるかな」

「えー、それこそ自意識過剰だよ。姉さんの周りの人って、おかしな発想しすぎじゃないの？親戚相手にどうかしてる」

「そうかな」

「そうそう。それにぼくは男が好きなんだよね。だから、何も心配してくれなくていいよ」

「それはそうだけどさ」

私の答えに、颯斗君が「え？」と目をのぞき込んできた。

「え？　って」

「姉さん、知ってたの？」

「何を？」

「いや、ぼくが男を好きだってこと」

自分で何でもないことのように口にしたくせに、私の反応に驚く颯斗君に、知っててはいけないことだったのだろうかと私は戸惑った。

「奏多に聞いてたし」

奏多は彼の実家に初めて訪問する前に「両親は真面目だけど口うるさくはないから安心して。弟は俺より優しくて頭がよくて、男が好きで、器用そうに見えて意外と不器用なやつだけど、これまた口うるさくないから」と家族を紹介してくれた。

「驚かなかったんだ？」

「うん。特には」

ああそうなんだとしか思わなかった。ＬＧＢＴがどうだとか深く考えたことはないけれど、好きになる対象がなにかなんて人それぞれだ。

「すごいな」

「そう？　誰が誰を好きでも、傷つく人がいなければ問題ないよね」

何も偽ることない思いを口にしたが、颯斗君が黙りこむのに、自分の言葉がただのきれいごとのように響いているのだろうかと少し不安になった。颯斗君の思いをわかったように言うのは間違っているのだろうか。しばらく沈黙が続いてから、

「まあね。……うん、そうだよな」

と颯斗君は顔を上げた。そこに、かすかながら笑みがあることにほっとする。

「よし。それなら、これからは毎週水曜日、どう？」

颯斗君は陽気に言った。

「水曜日？」

「ぼくの仕事は水曜日が休みだから、ひかりを保育園に迎えに行って、夕飯を準備して待っておく」

颯斗君はうれしそうだ。

「ちょっと待って。それは難しいよ」

「週の真ん中に夕飯とお迎えから解放されるんだよ。お得だろ。ぼくだって週に一回ひかりに会えるしさ」

「いや……厚意はうれしいんだけど」

私がどう答えるべきか迷っていると、

「姉さん、ひかり見てよ」

と颯斗君があごでひかりを示した。

「何？」

「ぼくがこの家入ってから、ずっとぼくのそばにいると思わない？」

「本当だ」

いつもは泣き虫なひかりが、歌を歌ったり「どーぞー」とおもちゃを持ってきたりと颯斗君のそばで機嫌よく遊んでいる。

「おじさんありがとう。毎週よろしくねって言いたそう。な、ひかり」

颯斗君がそう言うと、「そそー」と、ひかりはそのころお決まりで口にしていた返事をした。

そのひかりの様子に、颯斗君がひかりが生まれてくることを誰よりも喜んでくれたことを思い出した。


もちろん、最初から颯斗君の申し出にすべて乗っかったわけじゃない。

「こんな近くに姉と姪がいるのに、離れて食事するなんて病気になりそう」

と翌週から颯斗君が水曜日に夕飯を買って我が家に持ってきてくれるのを断り切れずに、一緒にごはんだけは食べるようにはなったけど、保育園の迎えは私が行っていた。

夕飯を用意してもらえる日々は想像以上の解放感を与えてくれた。戸惑ったのは最初の数回だけで、週に一度、三人で食事することはいつのまにか一年以上続いていた。

颯斗君はいつだって笑っていて、冗談ばかり言っていた。一緒にいる居心地の良さは、お調子者で陽気な奏多とよく似ていたが、颯斗君はこっちの思いを察して先に動いて気を遣わせない優しさがあった。笑い声があふれる平和で温かい時間。私もひかりもすぐに水曜日が好きになった。

颯斗君が保育園のお迎えまでしてくれるようになったのは一昨年の夏前からだ。


六月二週目の金曜日だった。その日、仕事を終えた私は、ロッカールームでスマホのメールを確認した途端、心臓が跳ね上がってそのまま気持ちが悪くなりうずくまってしまった。吐き気なのかめまいなのかわからない。冷や汗が止まらなくなって、手足がこわばっていく。

「飯塚さん大丈夫？」

同じレーンで仕事をしている宮崎さんが私の背中をさすりながら、声をかけてくれた。

「大丈夫です」

と答えているつもりがうまく声にならない。

「きっと、熱中症だわ。まだ六月だけどもう暑いもん。私も去年の今ぐらいの時期になったのよ。ほら、これ飲んで」

六十代前半の宮崎さんはいつも荷物をいっぱい持っている。自分の鞄からペットボトルのお茶を出して渡してくれた。

「ああ、すみません」

一口お茶を飲むと、心臓の高鳴りが少し収まった。私は深呼吸をし、

「すみません、もう大丈夫です」

と告げた。

「大丈夫なわけないわよ。飯塚さん、顔、真っ青よ。ここの通りの端に病院あるでしょう。すぐだから行きましょう。点滴打ってもらったら体調不良でも熱中症でも、すぐに治るから」

「ああ、いえ、でも、ひかりを、子どもを保育園に」

「そんな状態で迎えに行けないわよ。まず自転車、乗れないから。誰か頼める人いないの？」

「いえ」

「とにかく病院に向かいながら考えよう」

宮崎さんは私のロッカーの荷物をまとめ、座りこんでいた私の腕をよいしょとひっぱって起こしてくれた。私より年上なのに、力強い。

「すみません、本当に」

ゆっくりと立ち上がると、ふらっときた。足元がゆがんでいるように見える。

「ほら、大丈夫じゃないじゃない。近所に友達とか親戚とかいないの？」

宮崎さんは私の荷物を持ち、私の背中に手をまわして歩き始めた。シングルマザーの多い職場だ。誰にどんな事情があるかわからない。だから、夫とは言わず親戚という言葉で示してくれたのだろう。じめっとした六月ではあるが、会社の外に出ると風が当たり、少し汗が引いていく。

「親戚……」

「ご両親とか、おじさんおばさんおばあさんとかよ」

「えっと……」

重い頭と浮遊感のある体を進ませながら考える。

「友達でも知り合いでもいいわ」

「ああ、弟がいます。義理の」

一番会っている人物だったからであろうか。私がその時思い浮かんだのは颯斗君だった。

「じゃあ、その弟に頼もう。電話かけられる？」

「あ、はい……。でも、仕事中かも」

「仕事？　あなたは病気中よ。こっちのほうが大ごとなんだから」

「まったくもう」と言いながら、宮崎さんは私の鞄からスマホを取り出し、渡してくれた。

「えっと……」

「えっとじゃなくて、早く。お子さんだって待ってるんでしょう」

「はい」

宮崎さんに叱られるように言われ、私は慌てて電話をかけた。

仕事中だったけど、颯斗君は電話に出て、

「迎えね。任せて。五分後には会社出て、速攻で向かうから。三十分くらいで保育園には着くと思う」

と言ってくれた。その後、宮崎さんは保育園にも叔父が迎えに行くことを電話するようにとアドバイスをしてくれた。いざという時の判断が的確な人だ。

宮崎さんは病院に着くと受付で私の症状を話し、

「急いで診てあげてよ」

と看護師さんに告げ、すぐに診察室に通してもらえることになった私に、

「あ、自転車の鍵ちょうだい」

と言った。

「え？　私のですか？」

「決まってるじゃない。貸して」

宮崎さんはそう言って私の鞄を手に取り、外ポケットから自転車の鍵を見つけると、

「じゃあ、しっかり診てもらってね」

と言って手を振った。

挨拶程度の会話しかしたことがない私にここまでしてくれるなんて。胸が詰まりそうになりながら、

「すみません。本当にありがとうございます」

と頭を下げると、

「人が真っ青になってたら、誰でもこれぐらいのことするから。気にするようなこと何もないわよ。明日はしんどかったら休んだらいい」

と宮崎さんはさらりと言って帰っていった。

診察室に入ると、もう七十歳は過ぎているであろう高齢の医者は宮崎さんから聞いたことを

再度私に確かめ、点滴の用意を始めた。

「体が弱って夏バテかもなあ」

「ああ、そうですね」

硬い病院のベッドに寝かされていると、少し体が落ち着いていく。

「ストレスもたまってるのかな」

先生はしゃべりながら点滴の針を刺した。

「ストレス……」

「人って知らず知らずに、追い詰められるからね。はい、三十分くらいおとなしく寝てて」

先生がカーテンを閉め、うとうとしかけてはっとした。忘れてた。母に返信をしなくては。

私は少し体を起こし、空いてるほうの右手で鞄からスマホを取り出した。

ロッカーで倒れる直前、メールに気づいた。

今日、夜に行きます

端的に書かれたそれは、母からのメッセージだった。

母は、私が離婚した直後から一ヶ月に一度くらいの割合で家に来た。母も仕事をしているから、時間帯はまちまちで、土日だったり夜だったり、母の都合の良い時にやってくる。特に用事があるわけでなく、近況を話しては帰っていく。

私には、物心ついた時には父親はおらず、母が働いて一人で育ててくれた。母は父親がお金を使うどうしようもない人間だから、別れることにしたのだと、幼いころから何度も私に言い聞かせた。だから私はどうしてお父さんがいないのかという疑問を抱いたことは一度もなく、自然と母と自分だけの暮らしを受け入れていた。

ひかりには「パパが遠くに行くことになったからお別れして、ママとひかりで暮らすことにしたんだ」と話してある。奏多の住まいはそう遠くないけれど、会いに来なくなったということは遠くにいることと同じだ。ひかりに「パパはどんな人なの?」と聞かれ、「優しくて楽しい人だよ。でもちょっとママと仲良しじゃなくなったんだ」と打ち明けたこともある。ひかりがどこまで理解しているかわからないけれど、保育園には様々な家庭環境の子がいるし、今はまだ「ママといると楽しい」と言ってくれている。これから先、ひかりには父親がいたらなと思う瞬間が何度も出てくるだろう。でも、私と二人の暮らしだって悪くない。そう思ってもらえるようにしたい。

母は、

「美空《みそら》を育てることに必死で、忙しくて友達を作る暇も趣味を見つける暇もなかったのよ。この年まで全部を犠牲にしてきたの」

と言いながら、私のところを訪ねては、職場のこと、近所のこと、世の中のニュースなどについて不満を語った。

興味を持てる話ではないし、愚痴《ぐち》は聞くだけで滅入る。けれど、私を育てるのに懸命で友人もできなかったのだ。話を聞けるのは私しかいない。そう思うと耳を傾けるしかなかった。

昔から批判をすることが多い母だったけど、年を取るにつれてさらに僻《ひが》みっぽくなってきた気がする。スーパーでレジ担当の人が遅かった、職場の西口さんは大声でおしゃべりばかりしている、同じ団地に住む人のごみの出し方が悪い、毎回代わり映えのしないそんな話を気の済むまで話していく。

気が向くとひかりの頭をなでたり、話しかけたりはするけど、それほどひかりに興味はないようで、到着するとすぐさまテーブルに座り、お茶を飲みながら私相手に話しこむ。ひかりも相手をしてくれない人だというのがわかるようで、自分からは近づかなかった。

たまに、ひかりがつまらなくてぐずったりすると、

「美空が甘やかしすぎてるからよ」

とか、

「この年だともう少ししっかりしているものじゃないの」

とか、

「やっぱり、親が我慢できずに離婚するとこんなふうになるんだね」

などと口にした。

気にする必要はないのだと自分に言い聞かせても、ひかりに関することを母に言われるのはつらかった。だからといって反論したら何倍にもなって返ってくる。だから、母がいる時は、

お菓子を与えテレビを見せ、無理やりひかりをおとなしくさせてやり過ごしている。

　こちらに生活リズムがあるということは母の頭にはないようで、毎回二時間近く話し帰っていく。大人になってから、母親はマイペースで自分が一番大事な人なのだと気づいた。自分が年を取れば取るほど、母親がどんな人間なのかがわかっていく。

　メールを受け取った時、母が来るんだと気が重くなった。ああ、今日は部屋が散らかっている。家に着くなり母はそのことを大いに非難するだろう。そして、こんなふうだからひかりがうまくしゃべれないんだと指摘するにちがいない。それに、母が来たらひかりを寝かせるのが遅くなる。眠くなったひかりがぐずるだろうと思うと、しんどかった。

　母が来ると思うと、どこかこわばる感じがするのはいつものことだったが、今日は抑えていたものが決壊したのだろうか。冷や汗にめまいにと体に症状が出てしまった。いや、まさか母のメールだけでそんなことになるわけがないか。自分の母親だ。私はなんてことを考えているのだ。ここ一週間ほど気温も湿度も高い日が続いた。そのせいにちがいない。そうだ。熱中症になりかけただけだ。

　それより、母に返信しなくては。母の気を損ねない言い訳はあるだろうか。なかなかうまく思いつかない、遅くなってでも母を出迎えたほうがいいか。でも、万が一、迎えに行ってくれた颯斗君と母が出くわしたら、ややこしいことになる。早く断りのメールを入れないと。こういう時は正直に言ったほうがいい。

体調を崩し、今、病院にいます。この後どうなるかわからないので会えなそうです

これでいいだろうか。何度も見返し、大丈夫だと自分に弾みをつけてから送信すると、

あっそう。気を付けて

と母から返信がすぐに来た。

よかった、今日は家にいてくれるようだ。そう思うと、ほっとして眠気に襲われ、点滴が終わるまで熟睡していた。

病院を出ると、点滴のおかげか、母の来訪がなくなったからか、体はすっきりとしていた。

病院前に、私の自転車が置かれている。宮崎さんが会社から運んでくれたんだ。さっき鍵を貸してと言っていたのはこういうことだったのか。頭が回っていなくてまさかここまでしてくれるとは思いもしなかった。心遣いに胸がじんとする。すっかり迷惑をかけてしまった。あ、それよりひかりだ。予告もなしに颯斗君に迎えに来られ、泣いているに違いない。急がなくては。

自転車を飛ばして家に帰ると、アパートの部屋の前に颯斗君とひかりがいた。

「うっかりしてて、鍵もらうの忘れてた」

颯斗君がそう言って、ひかりが、

「もうママー」

と私に飛びついた。

「ああ、ごめん、本当に」

慌てて鍵を開ける。

「大丈夫。そこのコンビニで買い物して、公園でちょっと遊んで帰ったところだから」

「そうよー、ママ」

私がドアを開けるのと同時に、ひかりが「早く早く」と、颯斗君を招き入れる。

「いくつかスポーツ飲料買ってきたから、姉さん飲んで」

「ああ、ありがとう」

「姉さん、何してるの。病院帰りなんだから座りなよ」

散らかった部屋を片付けようとしていた私に颯斗君が言った。

「ああ、うん」

自分の家なのに、勧められて椅子に座る。

「ママはもう大丈夫なの？」

ひかりに聞かれて「もちろん」と私はうなずく。

「本当？」

「本当だよ。ママはひかりの笑顔見たら元気が出るもん」

「そうだった」

とひかりはうれしそうに笑う。

「じゃあ、颯斗君におもちゃ見せる約束したんだ。遊んでいいでしょう？」

ひかりはそう言うと返事を待たず、和室の隅に置かれたおもちゃ箱に走っていった。

ひかりは大丈夫だったのだろうか。私じゃなく颯斗君が迎えに行って戸惑わなかっただろうか。そう心配だったけど、ひかりは颯斗君に嬉々としてぬいぐるみを動かして見せている。

私の心配を察してか、颯斗君は「くうちゃん、すごいかわいいな」とひかりの相手をしながら、

「迎えに行ったら、ひかり、えー、誰だったっけってぼくを見て言うからさ、最初焦ったよ。保育園の先生、怪しげな顔するし。たぶんいつもと違うスーツ姿でピンとこなかったんだろうけど。でさ、おじさんだよ、水曜日に夕飯食べるじゃんって言ったら、ああ、そうだ、颯斗君だって名前言ってくれたから助かったけど」

と保育園の様子を話してくれた。

「ああ、そうだったんだ、面倒かけちゃってごめん。仕事は大丈夫だった？」

「全然。帰ろうとしてたとこだったし」

「本当？　ひかり、ぐずらなかった？」

「最初はママはーってうるさかったけど、コンビニで好きなお菓子を好きなだけ買ってあげるって言ったら、いい子になった。おじさんは責任ないから好きなだけ甘やかせるよな」

颯斗君は「てへへ」と笑った。

「申し訳ない。迷惑かけちゃって」

「迷惑じゃないし。この日をどれだけ待ってたか。苦節一年半、ついに親戚出動だもんな」

颯斗君はそう言いながら、コンビニの袋から食べ物を出して机の上に置いた。

「いろいろ買ってきたんだけど、姉さん何か食べられそう？　レトルトのおかゆとかもあるけど」

「ひかりお腹すいた！　グーグー言ってるもんね」

ひかりは自分の椅子に座った。

「そっか。ごめんね」

「ひかりにはスパゲティ買ったから、温めるね。姉さんはおかゆに決定。でいいよね」

颯斗君は気を遣わせないように、素早く決断してくれる。「そんなことしてもらわなくても」とか「どうするのがいいだろう」というこちらの遠慮や迷いを先に取っ払ってくれる。颯斗君の心遣いはうれしい。でも、どうしてだろうか、あまりに細やかでどこか私をたまらない気持ちにさせた。

「ありがとう。あ、用意するよ」

と私が立ち上がろうとすると、

「ひかりスパゲティ大好き。ね、ママー」

とひかりが自分の椅子を抜け出し、私の膝の上に座った。

「さっきまで病院にいた人に準備させるわけないじゃん。とにかく座ってて」

と颯斗君が「レンジ行きまーす」と用意を始めた。

「本当ごめん」

「いいって。ぼくマジでこういうの好きだから」

颯斗君はレンジで温めたものをテーブルの上に置いていく。一年以上週に一度食事を共にしているから、お箸やスプーンも慣れた手つきで出してくれる。

私は膝の上のひかりをぎゅっと抱きしめた。伝わってくる慣れ親しんだ体温に自分の中がほどけていく。この温度とこの匂いにいつも救われる。同じ柔軟剤に同じボディソープを使っているのに、子どもの匂いって不思議だ。何とも似ていない柔らかい匂い。

「なんだか、すっかり元気なんだけど。申し訳ないくらいに」

「点滴って効くらしいもんね。疲れがたまってたんだよ。暑さには参るもんな。じゃあ、姉さん、おかゆだけじゃなく、おかずもがんがん食べてよ、デザートにプリンもゼリーもあるし。さあ、食べよう」

颯斗君がてきぱきと食卓を整えるのに、ひかりは「やったね。ひかりもね、アイス買ってもらったの」とはしゃいだ。

「すごい。贅沢だね」

スパゲティにスープにサラダにきんぴらごぼうにハンバーグ。食卓には、いろんなものが並んでいる。

「コンビニって意外とそろうんだよね。じゃあ、いただきます」

颯斗君が言うのに、私とひかりも手を合わせた。

「あ、おいしい。考えたら、私おかゆを食べるの初めてかも」

「え？　風邪ひいた時とか、子どもの時は何食べてたの？」

「いや、ただ寝てたのかな」

母は料理が得意じゃなかったし、仕事に必死だった。小さいころのことを詳細に覚えているわけではないけど、母におかゆを作ってもらった記憶はない。

「今日ね、保育園の滑り台八回も滑ったんだよね」

ひかりが私たちの話に割って入って、保育園のことを話しだす。

「うわ、それ最高だな」

颯斗君がうらやましそうに言う。

「あとね、お昼寝の時にひかり、目開けてたんだよ」

「うわ、それはすごいのか？」

「でね、みなちゃんも目開いてた」

「うわ、昼寝中に開いた目がいっぱいで怖いな」

颯斗君が一つ一つの話に楽しそうに答えてくれるから、ひかりも上機嫌で話す。その光景の穏やかさに食欲もわいてきて、私はおかゆをぺろりと食べきった。

食事が終わって、デザートにゼリーを食べていると、スマホが鳴った。きっと母からだ。そうか、元気になったことを伝えないと。メールを開くと、体調は戻りましたか？

とある。

もう大丈夫だよ

と返信すると、

それなら九時過ぎに行きます

と返ってきた。

九時過ぎ？　そんな時間に訪ねてくるつもり？　穏やかだった時間が緊迫していくようだった。

きっと母は、話してしまいたい不満や愚痴でいっぱいなのだろう。今すぐにでも吐き出してしまいたいのだ。それはわかるけれど、今から母を受け入れる余裕はない。会社のロッカーでメールを受け取った時のように心臓が高鳴っていく。落ち着け。ただ、母が来ると言っているだけ。断ればいいのだ。そう思うのに、母の機嫌をこれ以上損ねたらと不安になる。

「姉さん、どうしたの？」

「え？」

「顔、真っ青だけど」

颯斗君に言われ、私は自分の頬に手をやった。

ひかりまで心配そうな顔を向けている。

「大丈夫だよ」

私はにこりと笑って答えた。ひかりは私がしんどくなることを一番嫌がる。母親はいつも元気じゃないといけないのだ。

「もしかして、メール、消費者金融から？」

颯斗君は私の顔を覗きこんだ。

「ショウヒシャキンユウ？」

「借金とか？」

「借金？」

颯斗君の言うことがいまいちわからず、そのまま聞き返すと、

「メールの相手だよ。姉さんお金のことで、脅されてるの？」

と颯斗君がひかりに聞こえないためにか、落ち着いた静かな声で言った。

「脅されてる……ああ、なるほど。消費者金融ね」

私はそんなひどい顔をしていたのか。お金を返せと脅されていると思われる顔ってどんなのだ。借金取りと間違われる母のメールって。颯斗君の勘違いがわかった私は、おかしくて思わ

ず噴き出した。

その様子にひかりが、うれしそうに「ママ笑ってるね」と言う。

「うん、笑ってるよ」

「何、どういうこと？」

と颯斗君は怪訝《けげん》な顔をしている。

「メール、借金取りじゃないよ」

私は笑いが止まらないままで答えた。

「そうなの？　脅しとかじゃないんだね？」

颯斗君はまだ心配そうに聞いてくる。

「うん、メール、母から」

そう答えてから、私はまた笑った。

「お母さん？」

「そう」

「え？　何かあったの？　緊急事態？　電話しなくていいの？」

「ううん。後で行きますってメール」

「お母さんがここに来るってこと？」

「そう」

「うそだよ。そんなメールもらった顔じゃない。姉さん、困ってるなら言いなよ。ぼく、貯金もあるしさ」

「本当だって。母から」

「本当に？」

「本当」

疑わし気な颯斗君に、私はスマホの画面を見せた。

「本当だ。九時過ぎに行きますって書いてる」

「でしょう」

「え？　じゃあ、どうしてこのメールで姉さん真っ青になるの？」

颯斗君はますます眉根を寄せた。

「そっか、そうだよね」

借金取りからのメールでも、恫喝《どうかつ》のメールでもない。母親からのメッセージで青くなっているほうがおかしいか。

「どう返信したらいいかと思って」

私がそう答えると、

「借金より厄介なやつってことか」

と颯斗君が言った。

「そうじゃないよ。あの、母が来るとちょっと緊張するというか。もう時間も遅いし」

「だったら、断ればいいじゃん」

「うん。そうだけど、機嫌損ねるのもよくないし」

「緊張するくらいなら相手の機嫌損ねたっていいじゃん。何か困る？」

「怒り出すと少し面倒な人で」

「なるほど。それで今日、姉さん倒れちゃったんだね」

「それは違うかもだけど」

「くそばばあってことだな」

深刻になっている私を笑わせようとしたのだろう、颯斗君はふざけた顔をした。

「くそばばあ……。じゃないよ。ちゃんとした人だよ」

「ちゃんとした人は、来るだけで娘を緊張させないって。親は安心を与えることはあっても不安を与えることはないから。つまりそいつは、くそくそばばあだな」

「くそくそばばあって何？」

ひかりが聞く。

「なんだろうね。そうだ、ひかり、テレビ付けてあげる」

颯斗君がまだ何か言おうとするのに、私はアニメのＤＶＤを入れて、テレビを付けた。あまりひかりに聞かせたくない言葉が出てきそうだ。ひかりは最近お気に入りのアニメが始まってテレビの前に座りこんだ。

「まずは、断りのメールだな」

「ああ、でも」

「姉さんもう二十四歳だろう。今一人でやれてるんだし、母親の一人や二人関係切れたっていいじゃん」

「そういうわけじゃないんだよ」

「こりゃ、素面《しらふ》じゃダメだな。リンゴジュース飲んで」

颯斗君はそう言って、ペットボトルのリンゴジュースをグラスに注いでくれた。

「母が悪いんじゃなくて、私が勝手に緊張してるだけなんだ」

そうだ。母がここに来て暴れるわけでも、脅すわけでもない。ただ、愚痴を言うだけだ。家が散らかっている、生活設計がなっていない、ひかりはどうして甘えてばかりなんだ。そういうことも言うだろう。でも、それだけで、危害を加えるわけではない。それなのに、私が身構えてしまうだけなのだ。

そんなことを正直に話すと、

「モラハラにパワハラにセクハラにカスハラに、何か知らないけど、世の中のハラを集めたやつだな」

と颯斗君が言った。

「私の話聞いてた？　ちょっと愚痴を言って少し否定的なことを言う程度で、ひどいことするわけじゃないって」

「姉さん、顔青くして指が震えてたよ。メールの一文でそこまで人にダメージ与えるって、ばばあ相当のやつだ」

「だからそれは私が……」

「ハラを集めたばばあに刷りこまれた結果、勝手に緊張し体を弱らせることになったってわけだ」

「私が考えすぎなだけなんだよ」

そうだ。母は気分屋なだけだ。愚痴にはそれほどの意味もないし、私にダメ出しをするのも悪意はない。思いついたことが口から出ているだけなのだ。それに……。母は私のために何もかもを犠牲にして育ててくれたのだ。感謝しなくてはいけない。

「母は女手一つで精いっぱい私を育ててくれたから。愚痴を聞くくらい喜んでやらないと」

「何それ」

颯斗君が大きな声で不服そうに言うのに、私はひかりの様子を窺った。ひかりはアニメに夢中だ。

「姉さんは一人でひかりを育てたからって、将来ひかりの家に愚痴を言いに通う？　ひかりが真っ青になるようなメール送る？」

「まさか」

私は、決してそんなことはしたくない。「女手一つで育てた」なんて言葉、絶対にひかりに聞かせたくないし、育ててやったなんて発想はどこにもない。ひかりが自分のもとにやってきてくれたのは、無事に成長してくれているのは、奇跡に近いことだと思っている。ひかりに何かあればと想像するだけで、体が縮こまる。無事に、健康に。そういてくれることだけが願いだ。

「というわけで、決まりね。断んなよ」

颯斗君がペットボトルに残ったリンゴジュースを飲み干して言った。

今から母を迎える心の準備はできそうにない。けれど、どうやって断ろうか。

「体調は戻ったって送っちゃったし、こんな時間に仕事のわけないし……」

「理由いる？」

「そりゃいるよ」

「ひかりが寝る時間だから無理です。でいいじゃん」

「そりゃ、そうなんだけど」

夜遅く訪ねられるのが困る理由はそれだ。寝てしまったひかりが起きるのはかわいそうだし、私自身も夜はしんどい。

「はい、決まり。返信して」

「そうだね」

「早くしないと、くそばばあがやってくるよ」

それは困る。母がこんな状態を見たら、何を言うだろう。急がないといけない。私はリンゴジュースを一息で飲んで勢いづけると、

申し訳ないけど、夜遅いので、今日は無理です

と送った。

「いえーい、一件落着」

颯斗君がそう言って万歳をして見せると同時に、母から電話がかかってきた。

「どういうこと？」

私が慌てて出ると母はそう言った。

颯斗君はやれやれと肩をすくめて、ひかりの横へと行った。

「いや、あの、今日体調崩したから、早く寝ようかと」

「少しの時間もないの？」

「うん、来てもらってもなんか申し訳ないし」

「申し訳ないなんて思う必要ないじゃない。親なんだから。遠慮いらないわよ」

「うん、でも」

「三十分だけよ。それくらいの時間作れるでしょう」

「そうだね、でも、ひかりも寝かせなきゃいけないし」

「だったら、ひかりが寝た後に行くわよ」

「だけど、夜遅いとお母さんも危ないし」

そう言いながら、またドんだんと体が汗ばんでいく。そうか。私は母が怖いのだ。自分が思っているよりもずっと。そう実感しながら、深く息を吸う。

「とにかくまた違う日にしよう。今日はごめんね」

「へえ。驚いた。美空、一人で大きくなったみたいな気でいるんだね。誰に育ててもらったのかよく考えなよ」

母がよく言う言葉の一つだ。子どものころから「一人で育った気になるんじゃない」と度々怒られた。母が苦労を重ねて育ててくれているんだと疑わなかったし、感謝もしていた。だけど、ひかりと一緒にいる今、育てたことを振りかざす言葉には違和感を覚える。

「今日はもう寝ないといけないから。本当にごめんね。ちょっとまだ体調悪くて」

私はそう言って電話を切った。

「今度こそ万歳？」

颯斗君が言う。

「たぶん……」

と答えていると、着信が鳴った。母からだ。

「電源切ったら？」

「そうだね」

電話に出ても同じ会話を繰り返すだけだ。もう言い訳も残っていない。私は震える手でスマホの電源を切った。音が鳴らなくなったスマホを眺めていると、少しだけ大きなことを成し遂げた気分になった。

翌朝、起きてすぐにスマホの電源を入れると、おびただしい量の着信が入っていた。メールもだ。

怖くなった。母の機嫌を損ねたこと、それ以上に、母自身にだ。話したいことがある。そう思うと、それだけで頭がいっぱいになって、止まらなかったのだろう。

きっと母はすぐにでも来る。今日は土曜日だ。何時に来るかわからない。私は急いで顔を洗って、身支度を整え、部屋を片付けた。予想したとおり、七時前に母はやってきた。

「信じられないわ」

母は早朝からチャイムを何度も鳴らし、家に入ってくると、

「電話しても出ない、メールに返信もない」

とひかりがまだ寝ているのにもかまわずまくしたてた。

「ああ、スマホの調子が悪くて」

「大事な用事があったらどうすればいいのよ」

「ああ、ごめん」

母がずかずかと入ってくるのに、鼓動が速まる気がした。だけど、メールや電話と違って、目の前に母がいると逃げ場がないと覚悟ができるのか、昨日倒れた時のように血の気が引くようなことはなかった。大丈夫、好きなことを話せば母は帰っていくのだ。そう思って深呼吸をする。

「ひかりはまだ寝てるの？」

「今日は保育園休みだし、お母さん、まだ七時前だよ」

私が締め切った和室のほうを見ながら遠慮がちに言うと、

「美空は休みかもしれないけど、私は八時には仕事に出ないといけないの。今しか時間がないからわざわざ来てるんじゃない」

と母はいらついた声を出した。

「そっか。えっと、飲み物入れようか」

母の言葉など流せばいいのだ。返事さえしておけばそれでいいのだから気に留める必要はない。

「で、どうしたの？」

私は母の前に麦茶を置いた。

「どうしたもこうしたも、大変なのよ」

母は、パート先でよく遅刻する女がいると声を荒げた。ぼんやりしながら聞いていても、母は話し続けている。そうだ、大丈夫だ。私は何を怖がってたのだろう。何を怯《おび》えることがあるのだろう。母は好きに話して帰っていくだけで、私に何かを求めているわけではない。

「ちょっと、もう八時じゃない。パートに遅れるわ」

と母は立ち上がった。

「ああ、そうだね。気を付けて」

「私もう五十一歳よ。こんな年まで必死で働かないといけないなんてさ。ひどい話よね。一生懸命子育てしたから、少しは楽させてもらえるかと思ってたのに」

母は玄関で大きなため息をついてから出て行った。

ひかりが生まれるまでは、今まで育ててもらったんだ、早く母を楽にさせてあげなくてはいけないと使命のように思っていた。結婚するまではわずかだけど、仕送りもしていた。だけど、今は母の言葉が不思議でならない。目の前に小さな子どもがいる。ましてや自分の子どもだ。そうなれば育てるのが当然で、その先見返りがあるかもなんて想像もできない。ひかりが幸せになること以外、望んではいない。今まで当たり前に受け止めていた母の言葉が、呑みこめなくなっている。

子どもが生まれて親の気持ちがわかる。そう言うけれど、私は子どもが生まれて、親の気持ちがさっぱりわからなくなった。


その日を境に、颯斗君がひかりを迎えに行ってくれる日が一ヶ月に一回、隔週と増え、年少の三学期から水曜日は颯斗君が迎えに行ってくれるようになった。

「うわ、ひかり、いつの間にか、お箸使うの上手になってるじゃん。ひかりの一週間ってぼくらの一年分くらいだよな」

颯斗君に言われ、私も「本当に」としみじみとうなずく。

「ひかりと一緒にいると、時間が一瞬に過ぎて、去年のことでも忘れてしまうもん。ひかりがハイハイしてたころとか、夜泣きしてたこととか、もう記憶ないくらい」

夜中の授乳が頻繁だったこと、熱ばかり出して不安だったこと、何度寝かしつけても眠らずどうしようもなかったこと、身も心もついていけないと思っていたような日々も、過ぎれば遠い昔になり、すぐ次のことがやってくる。子どもといる日々は記憶にも残らないくらいのスピードで過ぎ去っていく。

夕飯後、私が片付けている間、颯斗君はひかりに肩車で家の中を五周させられ、おんぶで三周させられ、「もうだめだ」と嘆いていた。そんな颯斗君にぶら下がってひかりが「もう一回」とねだっている。そろそろ助けないと颯斗君が倒れそうだ。私が「お茶淹れたよ」と呼びかけると、

「水曜日はデザートがあるから一番好き」

とひかりが食卓に走ってきた。

「違うよ。おじさんが来るから好きだろう？」

と颯斗君もそれに続く。

まだ時計は七時三十分過ぎ。颯斗君がいるとひかりはご機嫌だし、時間に追い立てられることもない。

「私も水曜日が好きだな。おいしいもの食べられるし、洗いもの少ないし」

「ちがうでしょう。弟が来るからでしょう」

颯斗君がプリンにスプーンを差しこみながら言う。

ひかりも同じようにプリンに手を付ける。

「ひかりね、水曜日が好き」

ひかりがもう一度言うと、

「それさっきも聞いたよ。ぼくはデザートがなくても洗いものだらけでも、水曜日が一番好きだけどね」

と颯斗君が笑った。

「私も。何もなくても颯斗君が来てくれる水曜日が楽しい」と言おうかと思ったけど、颯斗君が「姉さんは大げさだからな」と笑うだろうからやめておいた。

最近は温暖化のせいか、春は短くなり夏がすぐに来てしまう。それでも五月の夜は肌に当たるすべてが心地よく、ひんやりしたプリンがおいしい。みんなで「おいしいね」と繰り返しては笑う。こんな時間が続けばいいのにと思わずにはいられなかった。

5

奏多とは、友達の紹介で知り会った。初めて会った時から、「かわいいね」「一緒にいるだけで楽しい」と私のことを褒めてくれ、いろんな場所に連れて行ってくれた。こんなに人から褒められることも、大事に扱われたこともなかった私は、すぐに舞い上がって、奏多に夢中になっていた。

週末のたびに一緒に過ごし、付き合って一年も経たないうちに私は妊娠した。奏多が二十五歳、私が二十歳の時だ。お互い若く、付き合いも短い。どうしようかと迷ったけど、奏多は「うわー妊娠か」とうろたえつつも、「じゃあ、結婚しよ」と言ってくれた。家庭を持ちたいと憧れをいだいていた私は、新しい生活への不安よりも奏多の言葉がうれしかった。

結婚を報告すると、私の母は、「順番も守れないなんてだらしのない男だね」「恥ずかしいったらない」と子どもができたことを責めた。間違ったことを嫌う母だ。叱られるのはしかたないと聞くしかなかった。

奏多の家では、何より弟の颯斗君が喜んでくれ、

「うわうわうわ、超楽しみじゃん」

「出産予定日はいつ？」

「名前とか決めてるの？」

「絶対かわいいよな。美空さん、いい人そうだから」

「あー。早く外に出てきてくれないかな」

と私を質問攻めにした。この時颯斗君とは初対面だったけれど、率直にうれしさがあふれ出す姿に、「ああ、子どもができてよかったんだ」と初めて心の底から思えた。

「ちょっとだけ触っていい？」

と遠慮がちにお腹に添えた颯斗君の手の感覚は、その後もずっと忘れられなかった。

奏多は「赤ちゃんが動いたよ。ほら」と私に促され触ることは何度かあったが、自分から赤ちゃんがどうなっているかと私の体に手を置くことはなかった。お腹にいたひかりに、自ら伸

ばされたのは私と颯斗君の手だけだ。

颯斗君のあまりに喜ぶ様子も手伝って、奏多のお母さんもお父さんも、「まあ、授かりものだからね」と微笑んでくれた。

妊娠がわかり数ヶ月後には私たちは式はせずに入籍し、一緒に暮らし始めた。奏多は優しくて朗らかで居心地のいい人だった。ただ、すべてに関して軽い人でもあった。

結婚してすぐに浮気が発覚した。社員旅行だと嘘をつき、会社の女の子と二人で旅行していたのだ。その時は泣いて訴え、奏多も二度としないと誓った。その後、しばらくはおとなしくしていた奏多だけど、すぐに元どおりになった。「ただの友達だよ」「仕事の用事だよ」などと言っては、女の子と遊びに行った。結婚しているのだからどんと構えてればいいんだと思うこともあれば、また裏切られるにちがいないと不安が沸き立つこともあった。でも、その時は、子どもさえできれば、奏多も落ち着くだろうと希望を持っていた。

ところが、ひかりが生まれても、奏多はまるで変化がなかった。ひかりを抱いてかわいがり、沐浴《もくよく》やおむつ替えなども進んでやってはくれた。ただ、それだけだった。父親なんだという自覚や、わが子をいとおしく思う気持ちはないようで、小さい子どもだからかわいがっている。そんなふうだった。だから、自分の時間を使うことはなく、今までと同じように週末には飲みに行き、土日も遊びに出かけた。

「ひかり、今日は機嫌が悪くて」「声を出して笑ったよ」「スーパーで可愛いって言われたんだ」「私のほうに手を伸ばすようになったよ」そんなことを報告しても、「へーすごいな」と言うだけで、その瞬間を見たいという気持ちが奏多にはなかった。

ひかりが六ヶ月を過ぎたころ、また、奏多の浮気が発覚した。問い詰めて謝罪を受け、しばらくは平穏だったが、一歳を迎えるころからは、私がひかりにかかりっきりなのをいいことに、堂々と女の子とメールのやり取りをし、挙句にはうっかり外で寝てしまったと、朝帰りまでした。

優しい人間かもしれない。だけど、奏多は平気で私たちを裏切れるのだ。私やひかりをないがしろにしている。そう思うと、たまらなかった。ひかりから父親を奪うことはしてはいけないと思う反面、こんな暮らしに耐えられるわけがないと苦しかった。目を離せないひかりとの二人きりの閉じこもった生活、何より夜中に頻繁に泣かれては目を覚ます日々に、余裕がなかった。睡眠が足りないというのはこんなにも考えをマイナスに導いていくんだと自分でも驚くくらい、悲観的になった。許すわけにはいかない、あんな人間と一緒にいられないという怒りと、一人で子どもなんて育てられないという不安で頭がおかしくなりそうだった。そのうち、奏多への愛情は薄れ、憎しみばかりが強くなった。浮気を責めて、謝られて、次はしないと聞いて、絶対だよと許す。そういったばかげたことを繰り返す気力もなかった。

そんなやりきれない毎日を送っていたある夜、ひかりを寝かしつけていると、ひかりが、「ママ、ぎゅー」と私に抱きついてきた。おぼつかない言葉で「ママ、ぎゅー」と言いながら私にくっついてくるひかりに、自分が何でもできる気がした。ひかりがいるのだ。ひかりのためならできる。ひかりの温かい体温が伝わるたびに、エネルギーで満たされていくようだった。

そうだ。私ならできる。ひかりを幸せにするのは私だ。目の前が開けていくのを感じた。

奏多と一緒にいたら、だめになってしまう。いい加減で軽い人間だけど優しい部分もある。奏多のことをそう思えているうちに動くべきだ。ひかりの父親を恨みながら暮らしたくはない。今、離れるべきだ。離婚したほうがいい。そう思い立った瞬間、止まっていた自分の時間が動き始めた。翌日から、養育費や児童手当がいくらもらえるか、保育園はどこにあり、どうやって仕事を探せばいいのかと、ネットで検索をはじめた。

半年近くかけて、いろいろとめどをつけ自分とひかりの未来が描けるようになってから離婚を告げると、奏多は「そっか。そうだよな。俺が悪いもんな」と、あっさりと了承した。本当に彼は良くも悪くも天真爛漫で深く物事を考えない人なのだ。だからこそすぐに結婚を決め、ひかりを産むことができた。それはどんなことを差し引いても感謝できる。

離婚は簡単だった。用紙に記入し、証人欄は奏多の親と上司に書いてもらい、提出した。そして、二週間くらいで奏多が出て行った。離婚を決めた後も、奏多は「ごめんな。こんなことになって」と軽々しく謝りながら、けろりとした顔で自分の荷物をまとめ、アパートを探していた。ひかりは一歳八ヶ月だった。笑うだけで、話すだけで、とろけてしまいそうになるくらい可愛いひかりと会えなくなることが平気なのだ。奏多はまだ父親にも夫にもなっていなかったのだ。まだまだ自分自身のためだけに生きている人なのだ。そう思うと、すとんと納得できるものがあった。

離婚を報告すると、母親は「我慢知らずだね」とあきれた顔をした。私自身、母一人子一人で育てられたのにだ。

「子どものこと考えたら離婚なんて思いつかないだろうに」

眉をひそめながら母はそう言い、

「浮気はあんたが我慢すればいいだけだろう？　あんたのお父さんはギャンブルで借金してたんだよ。母さんは、生活のために離婚したんだ。あんたの生活をよりよくするためにね」

と付け加えた。

「でも、父親はいなくても笑っている母親と一緒にいるほうがひかりにもいいだろうって……」

私はそう弁明した。

「そんなの、ふさぎこまなきゃいいだけなんだよ。子どものために明るくふるまうことぐらい簡単にできるだろうにさ。美空は我慢が足りないんだよ」

母親である私の気持ちが安定して朗らかなほうがいい。父親と母親がぎくしゃくしている姿は見せたくない。そういう考えは自分勝手なのだろうか。私が我慢してでも楽しく笑っていれば、幸せな家族でいられたのだろうか。時々、あの日の母親の言葉がよみがえり、未だに自分の決断が正しかったのか疑いそうになる。

離婚した後も、私は名前を戻さず、奏多の名字「飯塚」をそのまま名乗っている。結婚して自立できたと思えたのに、また母と同じ名字になることがどこかで受け入れがたかったのかもしれない。

六月が近づき湿気ぽい夜のせいか、布団の上でそんなことを思い出していると、

「おやすみ、ママ、ラビュー」

と、ひかりが寝転がったまま、私のほっぺにほっぺをくっつけた。「ラビュー」というのが、最近ひかりの口癖だ。ラブユーの略みたいだけど、どこで覚えたのかはわからない。

「昔は、ママ、ぎゅーってひかりは言ってたんだよ」

そう教えると、

「だから、ひかりは年長さんでしょう。もうおチビさんじゃないんだから」

とひかりは言った。

「そうだった。年長のひかり、ラビュー」

私がまねしてほっぺをくっつけると、ひかりは「ラビュラビュラビュラビュー」と笑う。

「ひかりが笑ってると、本当にママは元気になれるよ」

「でしょでしょ。ラビュー」

ひかりの頰はどんなものより滑《なめ》らかで温かい。こんな気持ちのいいものに好きなだけ触れられるのは、親だけだ。きっと明日の朝は「早く早く」って追い立てているだろうけど、寝る前のこの瞬間は幸せだと言い切れる。ひかりも、私の頰に触れるだけで、うれしそうな顔をしてくれる。私が、他の誰をこんなに喜ばせることできるだろうか。大丈夫。ひかりも私との日々を幸せだと思ってくれているはずだ。

# 夏

## 1

　七月の最終土曜日、保育園で夏祭りが開かれる。ひかりが通う保育園は共働きやひとり親の家庭が多く配慮がされているけれど、それでも年に何回かは保護者が駆り出される行事がある。中でも、夏祭りはヨーヨーつりやビー玉すくいなどの模擬店が出て、子どもたちが楽しみにしているイベントだ。

　七月に入ると、夏祭りで子どもたちに渡すメダルを作るようにと保護者にお願いがあった。「ご無理のない範囲で少しでも多く作ってください」とあり、私は仕事の昼休みや、家での空いた時間にメダルを作った。折り紙を折って、リボンを貼り付けてできあがり。少しややこしい折り方だけど、ベルトコンベアーの作業よりずっと楽しい。

「ママ、上手だね」

　日曜日の夕方、私がメダル作りをしている横で、ひかりはうれしそうに言っては、出来上がったメダルを自分の首にかけた。

「保育園に持っていくものだから、大事大事してよね」

「えー、でもひかりに一つくれるでしょう？」

ひかりはそう言いつつ、毎日一つくすねては、宝箱にためこんでいる。

「まあいいけど」

柄付きの折り紙もリボンも多めに買ってある。普段保育園の活動にはほとんど参加していないから、こういう時くらい貢献しておきたかったし、ひかりに何個かとられることも、想定済みだ。

「ひかりさん、優勝です。おめでとうございます。はい、ありがとうございます」

ひかりは一人でそう言ってはメダルを首にかけて、拍手をして遊んでいる。

「くうちゃんも優勝です。よかったですね」

次はクマのぬいぐるみにメダルをかけ、声色を変えて、「わーいわーい！　ありがとうございます」とぬいぐるみを動かす。

少し前まではよそ見をする暇もないくらいべったり一緒に遊ばないといけなかったのに、今は同じ部屋にさえいれば一人で遊んでいる。少しずつ距離ができて、その分楽になって、そのくせさみしくなる。くっつかれると作業ができなくて困るのに、私がいなくても平気なひかりが気になって、

「ひかり、何に優勝したの？」

と声をかけてしまう。

「大会です」

ひかりは大会関係者の真似なのか、かしこまった口調で言う。

「何の大会？」

「えーとね、滑り台の」

「滑り台？」

「そう、ひかり、上手でしょう？　滑るの」

「そうだね」

今日の午前中、暑くなる前にと公園に行って滑り台をしたけど、滑り台に上手下手があったんだと笑ってしまう。

「小学生になったらね、泳ぎのメダルもらうからね」

「泳ぎのメダル？」

「みなちゃんとかれんちゃんとさっくん、もらったんだって」

「スイミングで？」

「そうそう。あおいちゃんも泳いでるんだ」

ひかりはそう言って、床の上に寝転んで、足をバタバタさせて泳ぐふりをした。

年長組になって習い事をしている子どもが増えたようで、スイミングは特に人気らしかった。最近は教育熱心な人が多いせいか、保育園と言っても幼稚園並みに英語の授業があったり、ひらがなを教えてもらったりしている。

今の子どもはたいへんそうだなと思いつつ、ひかりを出産する前、入院していた病室で同室の人たちと「子どもに何を習わせる？」という話をよくしていたことを思い出した。その時は、わくわくしながら「英語は早いほうがいいのかな」とか「ベビースイミングっていいらしいよ」とか「リトミック教室、近所にできたみたい」とか、私もみんなとしゃべっていた。小さいうちからいろいろやらせてみたいな。生まれてくる子は何が好きだろう。選択肢を多くしてやりたい。そんなふうに考えていたはずなのに、何も習わせる余裕がないまま、ひかりは五歳になってしまった。

「ひかりも、スイミング行きたい？」

そう聞こうとしたけど、やめにした。行きたいと言われたら、困る。床の上で泳ぐまねをするくらいだ。行きたいに決まっている。スイミングの月謝くらいは何とかできそうではあるけれど、もう少し安心できるだけ貯金を増やしておきたかった。中学高校、進路によっては大学。進学に関しては妥協や我慢をさせたくない。お金より大事なものがある。そう言うけれど、お金がないとできないことはいっぱいあるのだ。

「見てみてー」

ひかりはまだ床の上でバタ足をしている。

「何？」

「もうすぐジャンプするね」

「ジャンプ？」

「プハー」

ひかりはそう言って、体を起こすと思いっきり跳びはねた。

「何それ？」

「イルカショーだよ」

「え？　ひかり、イルカの真似してたの？」

「そう。見てたでしょう？」

「ママ、スイミングかと思ったよ」

「どうしてよ。しっぽあったでしょう？　もう一回やるね」

ひかりはそう言うと、「ジャボーン」と言って、床に転がった。

不憫《ふびん》だ。健気《けなげ》だ。申し訳ない。そんな罪悪感がすっと消えていく。ひかりは私を一番不安にさせ、そして、一番私の心を和《なご》ませてくれる。

「じゃあ、イルカさんに、大きいメダルあげようっと」

私は泳いでいるひかりに聞こえるように言って、一番きれいな模様の折り紙を手に取った。

2

「えー、姉さんめちゃ器用だったんだ」

水曜日の食後、私が作ったメダルをひかりが披露すると、颯斗《はやと》君が言った。

「こういうの、好きなんだよね」

「すごい作ってるじゃん。何個作るの？」

「もう三十個は作ったかな」

「やるね」

「保育園の活動にあんまり参加してないから、こういう時だけでもね」

「ひかりも作ったんだよ」

ひかりが折り紙を何度も折ってなんとか八角形っぽくしたものに、リボンを付けたメダルを颯斗君に見せた。

「うわ、かわいいじゃん」

「ひかりね、折り紙得意だから」

本人は自慢げに言うけど、ひかりはかなり不器用だ。私は指先だけは器用なのに、親子って、全然似てないんだな、とどこかほっとする。私の長所なんて器用なところだけだ。ひかりには私とは違う人になってほしいし、違う人生を歩んでほしい。そして、同時に私も自分の母親と似てないはずだと、思いたい。あの人とは違うんだと。

「ちょうだいよ」

と言う颯斗君に、ひかりは、

「しかたないなあ。颯斗君用にもう一つ作ってあげるから、待ってて」

と言いながら、折り紙を出してくると、無心で折りはじめた。何回かメダルの折り方を教えたけど、難しくてひかりが嫌になってしまい、今はただ八角形に折っている。

「本当、不器用なんだよね……。絵も下手で」

私はひかりに聞こえないようこっそりと颯斗君に言った。子どもって夢中になると、周りの声など聞こえなくなるのが便利だ。

「そうかな？」

「去年の作品展で貼り出された絵なんか、ひかりのだけ二学年下の絵みたいだった。ちょっと心配になるくらい」

「大丈夫、それ、ぼくと一緒だから」

「そう？」

「ぼくも子どものころ、すっごく絵下手だったよ。だけど、今、何も困ってない。逆上がりできないとか、折り紙下手だとかって、小さい時は一大事に思えるけど、そのまま大人になっても何の苦労もないもんね」

「そんなもんかな」

「そうそう」

「颯斗君は今は苦労ゼロ？」

私が聞くと、「まあ」とうなずきながら、颯斗君は、

「うわ。すごいねこれ。今って可愛い折り紙いっぱいあるんだな」

と話を変えた。

颯斗君は自分の話はあまりしない。隠したり嘘をついたりというわけではないけれど、なんとなくするりとはぐらかされてしまう。何を知りたいというわけではないけれど、これだけ私たちの中に入ってきてくれているのだ。もう少し私たちも踏みこんでもいいのではないかと思ってしまう。それに、颯斗君は優しい。あまりにも軽々と見境なく私とひかりに配られる颯斗君の心に、どうしてだろう。うれしさだけでなくかすかな痛みを覚える。

「どこで買ったの？　ね、姉さん」

「あ、ああ。これね、あちこちの店で集めたんだ。折り紙とか見てるだけでわくわくしちゃって」

「姉さん、保育士とか幼稚園とかの先生になればよかったのに。すごく向いてそう」

「本当に？」

「うん。本当。考えたことなかった？」

「実は、私、昔は幼稚園の先生になりたかったんだ」

私は自分が小さいころから、自分より年下の子どもの世話をするのも、こまごましたものを作って誰かを喜ばせるのも好きだった。お絵描きに工作。子どもといろんなものを作って楽しめるっていいな。幼稚園で働けたらすてきだな。そう思っていた。

「だけど、結婚前ってファミレスで働いてたんだよね」

颯斗君が私の顔を見た。

「そうだね」

「幼稚園の先生になるのは難しかった？」

「どうかな。まず親に反対されたから」


高校三年生の時、進学したいと言った私に、母は、

「うそでしょう。高校まで行かせるのに精いっぱいよ。義務教育にプラス三年も教育を受けさせてもらったんだから、ありがたいと思いなさい」

と返した。

幼稚園の先生になりたいのだ。進学すればバイトをしてなるべくお金を返すし、就職すれば全額返すようにする。そう言ったけれど、母は話にならないという顔で、

「今すぐにでも就職してほしいくらいなのに」

と言った。

母子家庭の暮らしがしんどかったのは、わかる。母が休みなく働いているのも知っていたし、私自身、高校の時から放課後にコンビニでバイトをして、家にお金も入れていた。短大に行くとなると、費用はかかる。それでも、なんとかなるはずだ。まるで無理な相談ではないだろうと、母の機嫌のよさそうな時に何度か頼んではみたが、

「無理して進学してどうすんのよ。母子家庭なのよ。分相応ってことを考えなさい」

と、母は切り捨てた。「分相応の暮らし」、「身の丈に合う生活」。母がよく使う言葉だ。それを言われるとどうしようもなくなる。いったい私の身の丈をだれがいつ決めたのだろう。だけ

ど、未成年の私には目の前の現実を変える力はないのだ。進学することも、やりたい仕事に就くことも私には不相応なのだ。世の中は平等ではないし、若者に必ず可能性があるわけではない。

「私は自分を犠牲にして働いているのよ」「こんなにも苦労して美空を育てているのに」

母にそう言われると、何も言い返すことはできなかった。

私は高校を出て、すぐにファミリーレストランのホールスタッフとして働いた。どこかで居心地の悪さを感じていた私は、家を出ようと決心し、お金を貯めるため夜も早朝も進んでシフトに入った。月給十七万円程度。五万を家に入れ、毎月十万ずつためて、就職して三ヶ月で家を出た。

「あのくそばばあが反対したんだ。ばばあ底意地悪いからな」

颯斗君の言葉に、ひかりが、

「くそばばあ?」

と必死だった折り紙から顔をあげた。

「うん、くそばばあ」

「ママ、ママ! 颯斗君、くそばばあって言ったよ」

ひかりが大声で私に言いつける。

「だめだね」

「ねねね、颯斗君、警察に捕まる？」

ひかりが私の膝の上に乗りながら言う。クーラーを入れていても、汗ばんだひかりの体が密着するとずいぶん暑い。

「警察？　どうだろう」

「悪い言葉言ったら捕まるでしょう？」

「警察ってそんな暇じゃないからな。もっともっと悪い人捕まえてるって」

颯斗君はけろっとした顔で言い返す。

「でも、加奈先生、くそばばあはすごい悪い言葉って言ってたよ。昨日しゅう君が言った時、警察に捕まるって怒ってた」

「なんだよ。ひかりはおじさんが警察に捕まってほしいの？　ひかりがくそばばあって言ったこと隠しておいてくれたら捕まらないのに」

「えーどうしよう」

「おじさん、捕まったらずっと牢屋にいるんだよ」

「かわいそうかな」

ひかりが心配そうに私の顔を見る。

「かわいそうだね。でも、時々会いに行ってあげたらいいかな」

私が言うと、ひかりが、

「牢屋に行く時、電車乗る？」

とはしゃいだ声を出した。

「乗るだろうね。牢屋遠いだろうし」

「じゃあ、リュック持っていっていい？」

「いいよ。お菓子も持っていこうか」

「ラムネ買ってね」

「特別ね」

私とひかりがうきうき話すのに、「おーい！」と颯斗君が叫んだ。

「君たち、こんな優しくてかっこいいおじさんを牢屋に入れちゃっていいの？　毎週会えなくなるんだよ。悲劇じゃん」

「そっか。じゃあ、今回は許してあげる？」

私が聞くと、ひかりは「どうしようかな」と首を傾げる。颯斗君のことが好きな気持ちと、牢屋に行ってみたい気持ちと、半々のようだ。子どもの残酷さには笑ってしまう。

「ひかり、いいにしてあげようよ」

「うん。そうだね。いいにしてあげようかな」

「ああ、よかった。助かった」

颯斗君はそう言うと、「それより、メダルいつできるの」とひかりを突っついた。

「うわ、本当だ。急がなくちゃ」

ひかりは私の膝から飛び降りると、また折り紙に向かった。

さっきまで牢屋に入れようとした相手のためにメダルを作っている。子どもは忙しい。

「子どもって楽しいことがあちこちに転がってていいよなあ。それ見てたら、こっちも何も考えずに笑える」

と颯斗君がけらけら笑った。

「颯斗君見てると私も楽しいけどね」

私が言うと、颯斗君は「そう？」と笑顔を向けた。ひかりを見て笑っていた顔と微妙に違う。こういう時、颯斗君は奏多《かなた》と兄弟でも似てはいないと気づく。奏多と同じように陽気で軽口をたたくけど、彼には天真爛漫さはない。時折その笑顔に、「ちゃんと幸せだよね？」と聞き返したくなるような寂しさが含まれている。だけど、それに触れることが私には難しい。颯斗君が保とうとしている距離を侵すことがいいことなのか悪いことなのかがわからないのだ。

「できた！」

リボンをセロテープでつけメダルを仕上げると、ひかりは「どうぞ」と颯斗君の首にぶら下げた。

「おお、どう？　似合う？」

「似合うよ」

ひかりと私がうなずくと、

「ぼく、メダルもらったのって、人生初かもしれない。やったね」

と颯斗君がメダルを掲げて見せた。

「かわいそうだね」

「颯斗君、なんでもうまくできそうなのに」

私とひかりの言葉に、

「ぼく、落ちこぼれだからね」

と颯斗君は肩をすくめた。

颯斗君は、要領もいいし機転も利く。成績や学校での様子を聞いたことはないけど、賢かったのは簡単にわかる。奏多も「いい加減な俺とは違って、弟はきちんとしたやつだ」とよく言っていた。それに、そんなことでは測れないものをたくさん持っている。私がそれを伝えようとする前に、

「え？　颯斗君どこにも落ちてないし、こぼれてないよね？」

とひかりが言って颯斗君は声を立てて笑った。何も考えずにひかりからすぐさま出てくる言葉は何よりも強い。

「こんなメダルもらえたら人生って最高かもな」

メダルをぶら下げた颯斗君は本気で喜んでいた。

「それならまた作ってあげるよ」

ひかりが言う。

「それいいね」

「私も。私も作るね」

私が言うと、颯斗君は、

「じゃあ、青のキラキラの折り紙でお願い」

と言った。

「ずるいね。キラキラ折り紙は子どものものなのにね」

「うわ、ひかりケチだ」

「違うよ。颯斗君が欲張りなの」

「欲張りはひかりだろ」

「違う！　颯斗君やっつけるからね」

「うわー怖っ。ひかり鬼だ」

言い合いから追いかけっこになっている二人を眺めながら、私は青いホイルカラーの折り紙を手に取った。

3

連日、猛暑日が続いていたが、夏祭り当日は、日陰に入れば気持ちのいい風が吹く日となった。夏祭りは午前中だけの実施で、保育園のいくつかの部屋で模擬店が出される。年長となると一人でお店を回れるから年長組の保護者が模擬店を担当し、ほかのクラスの子どもたちが親子で店を回るといった具合だ。

私は町田とネームプレートを下げたお母さんと、輪投げの担当になった。

「飯塚です。飯塚ひかりの母です」

「ああ、ひかりちゃん、ときどき娘から名前を聞いています。町田えりなの母です」

私の挨拶に、町田さんはにこりと頭を下げた。私より十歳は年上だろうか。落ち着いた雰囲気で相手に緊張を強いない感じの人だ。

入園前は、ママ友とどうやって付き合おう、保育園の人間関係はややこしいだろうなと思っていたけど、送迎の時間がまちまちなうえに、さっと帰る人が多いから、保護者同士親しくなる機会自体が少なかった。仲良く交流しているママたちもいるけれど、出会った時に挨拶程度の会話をするだけでやっていけた。

「土曜日に駆り出されると疲れちゃうけど、子どもは楽しそうだね」

町田さんは朗らかに話しかけてくれる。

「本当に。ひかりは今朝はいつもより早起きしてました」

「えりなもだよ。普段はぐずぐず用意するくせに。土日だけは早起きなんだから」

そんなことを話しながら準備をしていると、お母さんやお父さんやおばあちゃんに連れられた小さな子どもたちがやってきた。

「いらっしゃいませ。どうぞー」

お店の人ぶって言うのが最初は照れ臭かったけど、子どもたちのうれしそうな顔にこちらも楽しくなる。

輪投げは、三回輪を投げて全部入るとメダルが三個もらえ、一つか二つだと二個、一つも輪が入らなくても一個メダルをもらえるというルールだ。保護者が折り紙で作ったメダルを手にするために子どもたちは必死になっている。

「自分の子どもにも、ああいう時あったのに、忘れちゃうよね」

二歳くらいの子どもたちが「またね」と手を振って出ていくのに、町田さんが言った。

「つい二、三年前なのに、ずいぶん昔の出来事みたいですよね」

ひかりが二歳の時なんて、そう遠くない過去なのに、記憶をたどらないと細かいことは思い出せない。

「えりなは夜泣きがひどかったから、寝られない夜が永遠に続くんじゃないかと心配だったんだ。それが、気づいたら治ってて、そしたら、あっという間に年長。うれしいようなさみしいようなだよ」

「わかります。どう成長するのか心配でしかたなくて一喜一憂してたはずなのに、寝返りとかハイハイとかいつの間にできたんだろうというくらい、過ぎてみれば一瞬でした」

「ねー。今、心配しているようなことも、すぐにどうでもよくなるんだろうね」

町田さんみたいな落ち着いたお母さんでも、同じようなことを感じているんだ。同じ立場の人と話を交わすと、不安なのもうまくいかないのも自分だけじゃないんだと安心する。

「小学校ってどうだろうね」「いつから一人で寝るのかな」ということから、「ひかりは本当不器用で、鉛筆の正しい持ち方ができなくて」「えりななんかお箸グーで握ってるもん。毎日注意するのにこっちが疲れちゃう」という自分の子どもについてのやり取り。町田さんとの共通点は同じ年の子どもがいることだけだけど、それは今の私にとっては何より大きなことで、会話は弾んだ。

「あ、そら君のママだ」

年中組の子どもたちが入ってきて、町田さんがそっと私に耳打ちをした。

扉のほうに顔を向けると、サングラスをかけた背の高い派手な格好のお母さんが男の子を連れていた。この目立つ姿、運動会の時に見た覚えがある。三十歳前後だろうか。後ろには同じくらいの年齢のママたちが続いている。

「どうぞ。そら君、がんばって」

私が輪投げを渡すと、

「ありがとう」

とそら君は大きな声で返事をして、三つの輪を投げてどれも命中させた。

「すごいね。メダル三つだよ」

と私が言う声より大きく、周りのお母さんたちが、

「うわ、すごーい」

「やっぱそら君、なにやっても上手よね」

「かっこいい。けんとも見習ってよ」

などと褒めたたえた。

ああ、ママたちのこういうのはやっぱりあるんだ。そら君は大人たちのことはおかまいなく、

「ありがとう」とメダルを受け取ると、次の場所へ走って行ってしまったけど。

一行を見送りながら、町田さんと「なんかすごいですね」と肩をすくめて笑った。

終わりごろに、ひかりがやってきた。

「いらっしゃいませ」

と私がすまして言うのに、

「うわ、ママ、お店の人になったんだね」

と喜んだ。

「ひかりちゃん、ママによく似てるね」

「うん。そっくりなの」

町田さんの言葉に、褒められたわけでもないのに、ひかりは満足げにうなずく。

「ひかりね、スーパーボールね、四つも取れたんだよ」

「よかったね」

「輪投げもがんばるね。ママのお店だもんね。今までで一番がんばる！」

ひかりはそう意気込みすぎたせいか、一つも輪を入れられなかった。

「あー、なんで？」

ひかりは信じられないという顔をする。うわ、これは泣き出したら止まらないパターンだと
私が慌てて声をかけようとすると、後ろに並んでいた男の子が、

「全然いいじゃん」

と言った。

「ひかちゃん、ほかの上手だし」

「そうかな」

「そう。ぼくもほら」

男の子はそう言って適当に輪を放り投げて、

「ゼロだよ。一緒」

と笑った。

「かける君、優しいんだね」

私が名札で名前を確認して、男の子に言うと、

「何が？」

とかける君は首を傾げた。

そうか。この子にとっては、ひかりを慰めようと思ったわけでもなく、ただ自然と動いただけなんだ。何の構えもなく、こんなふうに優しさが勝手に出てくるのが子どもなのだ。

「ひかちゃん、行こう」

「じゃあね。ママ」

かける君のおかげで、ひかりはご機嫌に次の場所へと走っていった。

「こんなふうに少しずつ、ママから友達になっていくんだよね」

町田さんが言った。

「え？」

「ママママだったのに、頼りにするのも助けてくれるのも一緒にいたいのも、友達になっていって。楽になるけど、そうなるとなったでさみしくなるよね」

町田さんがしみじみ言うのに、

「そっか。そうですよね」

と私もうなずいた。

今は「ママ」と一直線に走ってくるひかり。その対象はこれから友達や恋人に変わっていくはずだ。いつまで横にいられるのだろう。並んで歩けば当たり前のようにつないでくる手はいつまであるのだろう。ひかりが大きくなったら私は何を手に握ればいいのだろうか。ふと自分のこの先が不安になる。

だけど、男の子と駆けていくひかりの背中は頼もしく、私の不安なんかちっぽけなものだと示している。

4

「あ、ピザだ」

八月最初の水曜日、仕事から帰って玄関に入ると、すぐにチーズのにおいが漂ってきた。

「おかえり」

「今日、ピザ、食べたいと思ってたんだよ」

私が言うと、颯斗君とひかりは口をそろえて、「でしょう」と言った。

「どうしてわかったの？」

と聞きながら私が洗面所で手を洗うのについてきたひかりが、

「だって、今日保育園の帰りね、ひかり、すっごくピザ食べたくなったから」

と言った。

「なるほど」

ひかりは自分と私は同じ考えだと思っている。

「昨日の夕飯は鮭で、一昨日《おととい》は魚と豆腐のなんかよくわからないのって、ひかりが言ってたから、今日あたり味の濃いもの食べたいだろうなと思ったんだ」

颯斗君が説明を加えた。

「そう、そのとおり。調査して夕飯選んでくれてたんだ」

「出来上がったもの買ってるだけで、手間はゼロだけどね」

颯斗君が、トースターで温めなおしたピザをテーブルに置いた。サラダもチキンナゲットもある。

「出来上がったものって、おいしいんだよね」

「ひかりもピザ大好き」

「姉さん、昔はこんな味濃いもの食べて大丈夫かな、とかってうるさかったのにな」

颯斗君がそう言ってから、

「さあ、食べよう。熱いうちに。あ、ひかりはふうふうしてよ」

とせかした。

「そうそう。添加物ってどれくらい摂《と》っていいだろうとか、小さいころから味の濃いもの食べて味覚がおかしくならないだろうかとか、悩んでたのがうそみたい」

「なんでもお腹に入ればいいもんな」

颯斗君がピザをほおばりながら言う。

「栄養は給食で摂ってるようなものだよ」

私はそう苦笑した。

手の込んだごはんを食べさせているお母さんの話を聞くと、自分には愛情が足りないのだろうかと罪悪感を抱くし、幼いころの食事がいかに大事かという話を聞くと不安にもなる。だけど、食事は毎日やってくる。栄養なんて一週間トータルでそれなりに摂れたらいいと考えないと、パンクしてしまう。

「出来合いのもの買おうが、ちまちました料理作ろうが、子どもにおいしいって言わせたほうが勝ちだよ。おいしいこそ正義」

颯斗君は二切れ目のピザを手に取った。

「そうなのかな」

「そうだよ。ひかり、おいしい？」

「おいしい。ピザ明日も食べたい」

颯斗君に聞かれ、口の周りをべとべとにしたひかりが答えた。

「明日も食べたいって、おいしいの最上級なので、五ポイント獲得しました」

颯斗君がガッツポーズを見せる。

「えー。ひかり、昨日の鮭と野菜スープもおいしかったでしょう？」

私が颯斗君に対抗して聞いてみると、ひかりは「でも、緑の入ってたからな」と渋い顔をした。おいおい、ママの作ったものは何でもおいしいんじゃなかったっけ？

「あー、わかる。ママたちってすぐ緑のもの入れたがるよな。センスがないんだよなあ」

颯斗君まで同調する。

「あ、でもね、ふりかけのごはんはおいしかったよ。ママ」

いつでも私の味方のひかりが、なぐさめるように言ってくれた。

「ふりかけごはんか……」

「そう。ひかりね、ママのふりかけごはん、大好き」

「そりゃどうも」

私は軽くお礼を言うと、具沢山のピザをほおばった。

ピザやチキンナゲット。欲しくない時は胃に重いけど、濃い味のものを無性に食べたい時がある。そして、我が家の水曜日にはいつも食べたい時に食べたいものがやってくる。いろいろ考えてくれてるんだなと思うと、申し訳ない……、じゃなかった。すごくうれしい。

最初は、颯斗君が夕飯を用意してくれるのが落ち着かなくて、何度も私は「そんなに甘えられない」とか「お金だけでも払うよ」とかと申し出ていた。そのたびに、颯斗君は、

「そういうの本当やめて」

と顔をしかめた。

「ぼくは家を出るまで、母親に毎日ごはんを用意してもらってたけど、申し訳ないなんて思ったことなんか一度もないし、お金払おうなんて発想すらなかったよ」

「それ、お母さんだからでしょう」

「お母さんがOKなら、おじさんが夕飯用意するのもありだろう。しかも、週にたったの一度」

「そうかな」

「そうそう。姉さんは、よくできた弟がいてラッキーって、喜んどけばいいじゃん」

「だけど、毎週わざわざ迎えまで行ってもらった上に、なんだかんだと夕飯以外にも持ってきてくれるし……」

颯斗君の届けてくれるものは、食べ物だけでなく生活必需品に文房具など多岐にわたっていた。

「わざわざじゃないし。すべてついで。姉さんは、毎日ひかりにごはん作る時、わざわざって

思ってるの？」

「それはないけど」

「だったら、ぼくも同じだよ。親戚なんだから、こんなの当たり前」

「そうかな……」

颯斗君の言う親戚と私の思う親戚は、ちょっと、いやかなり違う。

「姉さん、うまいことぼくを丸めこんで、ひかりのこと独り占めにしないでよ。そういうのなしだからな」

颯斗君がそんなことを言いながらも、毎週来てくれることで、私とひかりの毎日はずいぶん楽に、そして楽しくなっている。三年前、颯斗君が家に来てくれてよかったと何度思っただろう。時に強引さはとんでもない救いになりえる。


「ピザってなんか急いで食べちゃうね」

今日の夕飯はいつもより早く食べ終わった。

「冷めるとおいしくないもんな」

さっさと食べ終えたひかりは隣の和室でもうおもちゃを出して、「颯斗君、お客さんして」と言っている。

「週に一度くらい、好きなものだけの夕飯っていいよね」

「ぼく、こういうジャンクなもの大好きなんだよな。めったに食べないけど」

「颯斗君一人暮らしだっけ。普段、そんなに健康に気を遣って食事してるんだ」

「いや、同居人がいてその人が作るからさ。じじくさい和食が多いんだよな」

「颯斗君、恋人と暮らしてたの？」

今まで付き合っている人がいるという話すら出たことがなかった。どんな人？　いつから付き合ってるの？　一緒に暮らしているってどんなふうに？　聞きたいことはいっぱいある。それは颯斗君の好きになる相手が同性か異性か関係なくだ。今、颯斗君のそばにいる人がどんな人なのか知りたい。私は颯斗君の親戚なのだから知っていいはずだ。でも、興味本位に聞こえやしないだろうか。颯斗君の心に私の言葉がどう響くかわからない。などと考えている間に、

「そ。でもさ、家庭ができたとたん、食うことばっかり考えなくちゃいけないなんて、やっぱ結婚は地獄だな。姉さん見てると思う」

と颯斗君は大げさに顔をしかめて話をそらしてしまった。

「そうかなあ。で、どんな人？　一緒に暮らしている人って」

私は颯斗君のペースに流されまいと話を戻したけれど、

「じじくさい和食を作る人だよ。それより、デザートにしよ。口の中さっぱりさせたくなっちゃった。ゼリー食べようよ」

と颯斗君に完全に話題を変えられてしまった。

颯斗君が見せたくないのは、同性を好きな自分なのだろうか、それとは関係なく自分自身に踏みこまれたくないのだろうか。

「おいしそうでしょ」

颯斗君が渡してくれたゼリーは薄い黄色がかった透明で、光が当たるとキラキラして見える。

「きれいだね」

「レモンゼリーだって。なんか珍しくて買っちゃった。ひかりは酸《す》っぱいかもってスイカゼリーにしたけど」

颯斗君は躊躇《ちゅうちょ》なく優しさを差し出してくれるのに、私は何もしないままでいいのだろうか。いや、私なんかが何かしようとするのは傲慢《ごうまん》かもしれない。私はたった一人の親にも何も言えず、わかり合えていないのだ。義理の弟の心の内に触れることなど、できはしないだろう。

「うわーきれいだね」

デザートが食卓に置かれたのを見て、ひかりが和室から戻ってきて席に着いた。

「薄い色だから、ママが見えるよ」

ひかりはスイカのゼリーを目の前に持って、私の顔を見た。

「本当だ。ちょっとぼやけてるけどね」

私もレモンゼリーを通してひかりを見る。

「食べるとなくなっちゃうの？　もったいないなあ」

そう言うひかりに、颯斗君は「当たり前だよ」と笑って、「でも、食べたらひかりの顔もしっかり見えるよ」と半分食べ終えたレモンゼリーのカップを通してひかりの顔を見てみせた。

「そっか！　くっきり見えるようになるのか」

淡い赤越しに見える景色を楽しんでたかと思いきや、ひかりは急いでスイカゼリーを三分の一ほど食べると、

「ママの顔も颯斗君の顔もよく見えるようになってきたよ」

とはしゃいだ。

「僕はもっと見えてるよ」

空になったゼリーの器越しに、颯斗君が私たちを見る。

「うわ、ずるい。ひかりも早くみんなを見ないと」

ひかりも負けじとゼリーを食べる。

「えー、味わって食べないともったいない。こんなにおいしいのに」

私はレモンゼリーをゆっくり口に入れた。優しい酸っぱさが暑さで疲れた体をすくいあげてくれるようだ。レモンの持ってるかすかな甘みが心地いい。

「もうママ早く」

食べ終えた容器で颯斗君と顔を見合いっこしながら、ひかりがせかす。

「はいはい」

しぶしぶ急いで口に入れ、爽やかな香りが残るカップを顔の前に翳《かざ》して二人を見てみる。

「うん。見えるね」

「でしょ！　ゼリーってキラキラしてるし、楽しいし最高のお菓子だね」

ひかりがうれしそうに言う。

「また来週も買ってくる。夏の間にいっぱい食べよう」

颯斗君の提案に、

「夏の間？　冬になったらなくなるの？」

とひかりが心配そうにした。

「あんまり見ないかな。冷たいデザートがおいしいのは夏だもんね」

「そっか。あと少しだね」

「まだまだ暑いから大丈夫だよ」

「本当？」

冬になったって、ゼラチンを溶かして家で作ればいいよと思ったけれど、今だけのものなのがいいのかもしれない。

「保育園のプールも夏だけだし、夏ってやることいっぱいだね」

「そうそう。暑くないと楽しくないこと多いもんな」

「颯斗君、今度は違う透けるゼリー買ってくれる？」

「いいよ。ひかり何色が好き？」

「ピンク」

「ピンクの食べ物ってあったかな」

「桃だよ、桃」

「そっか。ひかり、賢いじゃん」

「絶対忘れないでよ。ママはきれいなゼリー買ったことないし、颯斗君じゃないと無理だもんね。お願いのお願い」

「わかった。デザートせがまれているだけだけど、必要とされるのって、こんなにうれしいことなんだな」

颯斗君が笑って「そう。必要」とひかりも笑った。

夏は苦手だけど、楽しいこともちゃんとある。私はゼリーの容器越しに、次々に言葉が飛び出す二人の様子を眺めていた。

5

お盆直前のひときわ暑い日、仕事の帰りがけに宮崎さんに「実家の九州からスイカが送られてきたの」と大きな袋を渡された。一昨年の夏前、病院に連れて行ってもらった日から、時折こうして何かをくれる。一度、お返しをしなくてはとお菓子を渡したことがあったけど、

「私はいらないものを渡してるだけ。飯塚さん、このお菓子買ったんでしょう」

と宮崎さんに顔をしかめられた。

「だけど、お世話になってるので。いつももらいっぱなしですし」

「そういうのやめて。もらってほしいから渡してるだけ。お礼はもうこれで終わり。何も渡せなくなる」

ときっぱり断られて以来、いつも私がもらってばかりだ。

「すみません」

「だからさ、ありがとうと言っておけばいいのよ」

頭を下げる私に宮崎さんが言う。

「そうですね。ありがとうございます。うれしいです」

「そうそう。おばちゃんはありがとうって言われたらご機嫌なんだから」

「はい。おお、立派なスイカですね」

「今年はいいのが穫れたって言ってた。でも、素人の農作物ばかり大量に送られてきて、こっちは始末に困ってるんだけどね」

「いいじゃないですか。うらやましいです」

「もう私六十二歳よ。母は八十五歳。いつまで私を子どもだと思ってるんだろうね。なんでも送ってきて嫌になる」

宮崎さんが豪快に笑う。

私のところに母からの荷物が届いたことは一度もない。六十二歳で子ども扱いされている宮崎さんが少しうらやましくなる。そんなことをふと考えていた私に、

「飯塚さんみたいにしっかりしてると、親御さんも心配ないんだろうけどね」

と宮崎さんが言った。

「しっかり？　私がですか？」

「そう。ちゃんとしてるじゃない」

「どうでしょう」

気が弱い分真面目ではあると思うけど、自分のことをしっかりしているだなんて思ったことはなかった。

「こんな機械的な仕事だとさ、そうやりがいないじゃない？　みんな作業を流してるよね。私ももちろんだけどさ」

「私もです」

「でも、飯塚さん遅刻もしないし、手を抜かないし、前の人が失敗した商品流れてきても文句も言わずやり直すでしょう」

「私、最初のころ失敗ばかりしてたんで」

「みんなそんなこと忘れて、すぐに偉そうになるわよ。それなのに、飯塚さんが舌打ちしたりため息ついたりしたところ一度も見たことないなって」

「そう、でしょうか」

褒められているみたいだ。少し照れ臭くなって私は小さく笑った。

「そうよ」

二人で並んで駐輪場に向かって歩きはじめる。

「うちにも娘が二人いてどっちも仕事してるんだけど、職場で迷惑かけてないかなって心配になるのよね」

「宮崎さんの子どもさんなら、それこそしっかりしてそうですけど」

「どうだろ。二人そろって私に似て図々しくて気が強いから、嫌われてないかが気になるわ」

「いや、そんな」

「飯塚さん、今そうですよねって言いそうになったでしょ？」

宮崎さんは楽しそうに笑うと、

「こうして身近な若い子に何かしとけば、同じように娘たちも職場で誰かに声かけてもらえることもあるんじゃないかって下心でしてるだけだからさ、飯塚さんは何も気にせずにいてよね」

と自転車を引っ張り出し、「じゃあ」と私に手をあげた。

「あ、ありがとうございます。お疲れ様です」

私は宮崎さんの背中を見送ると、自転車のかごにスイカを載せた。家に帰ったらよく冷やして食べよう。ひかり、大きなスイカに驚くだろうな。と夜の気配がまだどこにもない明るい道をいつもより少し重いペダルをこいで保育園に向かった。


宮崎さんと話していたから、保育園に着くのが遅くなってしまい、いつもは会わないそら君のママが前にいた。私はかちあわないように、ゆっくりと保育室に進んだ。そら君のママは数回しか見たことがないけど、いつもサングラスをして派手な服を着ている。怖そうだし、いや、絶対怖いし、なるべく近寄らないほうがいい。

「こんばんは」と言うそら君のママに挨拶を返し、年長組の部屋に行くと、ひかりが走ってきた。

「次ね、絶対ひかりのお迎えだと思ってたんだ」

とうれしそうに言う。

「遅くなってごめんね」

「ううん、ぜーんぜん」

「みんなと遊べるの楽しいし、もっと遅くても平気だもん」と、いつもひかりは言ってくれるけど、本当は少しでも早く迎えに来てほしいはずだ。きっとほかの子も同じ。部屋の中には、お迎えが自分じゃなかったのかと残念そうな顔を浮かべている子が多い。

「今日は給食、お野菜は残してたかな。でも、お歌も元気に歌ってましたよ」

「どうもありがとうございます」

神田先生と話している間に、ひかりは園庭に走っていき、そら君と遊びだした。学年は違うけど、そら君とひかりは仲がいいようで、時々ひかりから名前も聞いている。

「あと、雑巾。いつでもいいので一枚持ってきてくださいね。今日図工で使っちゃって、だいぶ汚くなったから」

「わかりました」

先生と話しつつ、園庭のほうに耳をむける。そら君のママが「何やってんのよ」と怒鳴っている声が聞こえる。サングラスの人を怒らせるなんて、これは早くいかなきゃ。

「ありがとうございました。それでは」

私は先生に頭を下げ、園庭に向かった。

「ごめーん。そらが水筒振り回して、ひかりちゃんにお茶かかっちゃって」

私の姿を見るや否や、そら君のママが両手を合わせながら言った。

「ああ、いいです。全然」

ひかりの服はびちゃびちゃになっているけど、暑いし気にすることはない。

「濡れたら、はっくしょんだよね」

「でも、夏は気持ちいいね」

ひかりはそら君とけらけら笑っている。

「おい、そら、笑ってる場合じゃないだろ。私の家、ここから歩きで三分なんです。着替えあるし、寄ってってもらったら」

そら君のママはそう申し出てくれたけど、私は首を横に振った。

「うちも自転車で十分もあれば帰れるんで、大丈夫です」

親しくもない、しかもサングラスをかけた人の家に行くなんてとんでもない。

「十分も？　そんなに濡れたままなんてかわいそうだよ。しかも麦茶、染みになるし」

「ひかり、そら君の家に行きたい！」

空気の読めないひかりははしゃいだ声を出した。ああ、もう黙っててよねと願ったけど、遅かった。

「うんうん。来て来て。嫌じゃなかったら」

「ひかり、行く！」

「やったね。ぼくの家で遊ぼう」

そら君も喜んでいる。

「ということで、どうぞ。来てもらったら」

そら君のママは気楽に言ってくれてはいるけど、サングラスで目が隠れているから、真意がいまいち読めない。

「いや、だけど」

嫌だとは言えないし、行くのも気を遣う。私が答えを躊躇していると、

「このやりとりの間に、服を着替えられるわ。行こう」

とそら君のママが、「こっちなんだ」と歩き出し、私は「本当すみません」と自転車を押しながらついていくしかなかった。

そら君に引っ張られ、ひかりはうれしそうに歩いている。そら君のママは、「もしかして飯塚さん忙しかった？　いや、マジでごめんね」と言いながらも、さっさと歩く。私はあいまいな返事をしながら遅れないようについていくだけだった。

そら君の家は保育園から三分もかからずについた。保育園の辺りは新興住宅地で新しくきれいな一戸建てが多い。中でもそら君の家はひと際おしゃれだった。

「すごい散らかってるけど、上がって」

そら君のママは、そう言って私とひかりを招き入れてくれた。

「お邪魔します。うわ、すてきな家」

一昔前の空気が漂う私のアパートとは大違いで、まだ新しく天井が高く空間が広い。玄関には花や絵も飾ってある。私は思わず「本当すてき」ともう一度言った。

「どうも。まずは着替えだよね。ちょい待ってて」

そら君のママは、リビングでサングラスを外した。顔が見えてしまう。と私はどきどきしながらちらりと見てみた。化粧は濃いけど、切れ長の目ですっきりとしたきれいな顔だ。思ってたほど怖そうではないな。そんなことを考えている間に、そら君のママは「拭いて」とタオルをひかりに渡し、十枚近くのTシャツを出してきてくれた。

「そらのだけど、洗ってるしきれいだよ。もう着てないやつだから、好きなの選んでそのままひかりちゃんのにしてね。サイズちょうど同じくらいだと思うし。ひかりちゃんのは洗って明日先生に預けておくね」

「うわあ、ひかり、どれにしようかな」

ひかりはTシャツ一枚一枚をじっくりと見ている。

「すみません。あの、本当大丈夫なのに」

「飯塚さん、被害者なのに謝りすぎだよ。そんなに遠慮するのやめてよね。私すっごい年上みたいじゃん」

そら君のママはそう笑うと、

「女の子っていいよね。男は服なんてなんでもいいからつまんないよ」

と言って、ひかりが選んだ猫の絵が描かれたブルーのTシャツを、

「あ、絶対ひかりちゃんそれ似合うよ。センスいいじゃん」

と褒めてくれた。

「せっかくだから、お茶くらい飲んでって。ひかりちゃんにジュースあげていい？　飯塚さん、まず座ってよ」

ひかりが着替え終わると、そら君のママがダイニングに招いてくれた。

「ありがとうございます」

「なんかさ、人の子どもってわかんないからビビるよね。アレルギーとかあるかもしれないし、ジャンクなもの食べさせないって決めてる家かもしれないし。最近の家庭って難しい」

そう言いながらお茶を用意してくれる。そら君のママはしゃべりながらも次々行動ができる人だ。

「うちはなんでも大丈夫です」

早く失礼しようと思ったのに、ひかりはそら君とプラレールで遊びだした。男の子のおもちゃは珍しいようで、夢中で触っている。

「じゃあ、夕飯前だけど、おやつにしよう。いい？」

「ああ、えっと」

どうしようか。もう七時前だ。今おやつを食べたら帰るのが遅くなってそこから夕飯。おや

つでおなかが膨《ふく》れたらごはんを食べないだろうしと悩んでいると、

「そっか。おやつの時間じゃないよね。いっそのこと夕飯食べてって」

とそら君のママは言った。

「夕飯？」

「そう。今日、うち旦那遅いしさ。気にせず食べてってよ。パスタ作るわ。十分でできるよ。ひかりちゃん、ミートソース好き？　スパゲティの」

そら君のママに聞かれ、ひかりは「大好き、大好き。スパゲティ、大好き」と好きを連発した。

「だけど、服が濡れただけでこんなにしてもらって」

親しくもなってない人の家に初めてお邪魔したうえに、夕飯まで食べて行っていいのだろうか。

「いいじゃん。楽だもん。ひかりちゃんいたら、そらもちゃんと食べるだろうし。二人で遊んでくれたら、こっちもがっちり見なくてもいいから私たちもゆっくりできるしさ」

そら君のママはそう言いながらもパスタを出してきている。もう準備を始めているようだ。

そら君のママは動きに迷いも無駄もない。

「ひかりちゃんがいてくれると、大助かりだよ。男の子と二人での夕飯って地獄絵図だよ。私、夕飯の間中、怒鳴ってるんだから。飯塚さん来てくれてラッキー」

そう笑うそら君のママに、私もちょっと気が抜けた。

「うちも一緒です。ひかり、わがままだし好き嫌い多いから。なにか手伝うことありますか？」

「ないない。茹《ゆ》でたパスタに、作り置きのソースかけるだけ。超手抜き」

「あ、それなら、スイカ。私今日スイカもらったんです。半分もらってください」

私が自転車のかごにスイカを取りに行って渡すと、そら君のママは、

「うわ、サンキュー。スイカ大好き！　しっかり半分いただいちゃおう」

と喜んだ。

もらったスイカを渡すだけなのに、宮崎さんの言うとおり、ありがとうと言われるとうれしくなって、「鹿児島のスイカらしいです」と自慢げに付け加えた。

「やったね。飯塚さんゆっくりしてて。あ、私、三池里美っていうの。飯塚さんは？　下の名前何？」

「美空です」

「うわ、いい名前じゃん。いくつなの？」

「二十六歳ですけど、名前は祖父が美空ひばりが好きだったからつけられたみたいです。えっと、三池さんはおいくつですか？」

小学生の時に名前の由来を調べる宿題があった。母は「名前の由来なんて覚えてるわけないよ」とあっさりと言い放った。「宿題だから理由を書かないと」とねばる私に「じいちゃんが美空ひばりファンだったからでいいんじゃない」と答えただけだから、本当は違うのかもしれ

ない。

「私は三十ジャスト。知らないうちに三十路」

三池さんは手を動かしながらしゃべる。お湯を沸かし、サラダを作り、皿を用意し、その合間に子どもたちをちらっと見る。

「ごはん食べてってと誘いつつ、どっと作って冷凍しておいたミートソース。お客様にごめんね」

三池さんはそう言いながら冷凍庫から容器を出し、レンジに入れた。

「ミートソース手作りってすごいです。うちだとスパゲティなんてケチャップで炒めるくらいです」

「ケチャップいいじゃん。ミートソースだとさ、セロリも人参も玉ねぎもキャベツも粉々にして入れちゃえば気づかず食べるから便利なんだよね」

「栄養満点ですね。ひかりも野菜食べなくて苦労してます」

「そらもだよ。ま、私もあんまり野菜好きじゃないんだけどさ。よし、できるよー」

スパゲティが茹で上がると同時に、サラダとコーンスープが出来上がり、テーブルがセッティングされ、子どもたちが席に着いた時には、食卓が整えられていた。

「三池さん、めちゃくちゃ手際いいですよね。本当に十分で夕飯ができた」

私が驚くと、

「段取り命なのよね。私」

と三池さんが笑って、そら君とひかりに、

「スパゲティは大人でも汚すからさ」とエプロンをつけてくれた。

「おいしい！」

ひかりは「いただきます」と言って一口食べるとすぐにそう言った。そら君も、

「そう、うちのスパゲティ、激うまだからね」

と言いながらほおばっている。私も続いて口に入れる。

「これ、本当においしいです」

「マジ？　やったね」

と三池さんが笑う。

サングラスをしていたせいで、無表情な人かと勝手に思っていたが、三池さんはよく笑い、表情がころころ変わる。

「あっさりしてるのにコクがあるというか」

私が言うと、「グルメ番組じゃないんだから」と三池さんはさらに笑った。

ミートソースは、肉と野菜の深みがあるのに、べたつきがなく、ケチャップやソースとは違う、シンプルな味がした。

「野菜とひき肉と塩コショウくらいでほとんど何も入れてないんだよ」

「そうなんですね。すごいおいしい」

「飯塚さん、いっぱい褒めてくれるんだね。いい人」

そら君のママはまた笑った。

「三池さん、料理得意なんですね」

「得意ってほどじゃないけど、栄養士とフードコーディネーターの資格持ってるんだよね」

「へえ、意外」

私が感心して思わず言うのに、

「意外？」

と三池さんは聞き返した。

「あ、いや、その」

「見た目派手だからでしょう？　よく言われる」

三池さんが肩をすくめる。

「そんなことは。ただ、サングラスしてるから」

私はなんとかそうごまかした。

「ああ、サングラスね。私、人見知りが激しくてさ。だからサングラスかけてるんだよね。知らない人苦手で。超便利なんだよ、サングラス」

「人見知りするからサングラス？」

想像していなかった発想に、私は思わず高い声が出た。

「そう。サングラスしてると、自分から近づかない限り、みんな寄ってこないから一人でいられるし、世間話しなくても済むっていう。しかも、用があってこっちから話しかけたら、あれ、意外と気さくでいい人じゃんって思われるんだよね。ハイテクアイテム。飯塚さんも使ったら」

三池さんはあははと笑った。

「確かにどこ見てるかばれないから、あちこち見放題ですもんね」

「そうそう、本当はきょどきょどしてるのにね」

「人見知りって、三池さん、私たちをすんなり家まで入れてくれましたけど」

私が不思議に思って言うと、

「慣れたら平気なんだよね。そらからひかりちゃんの名前よく聞いてたから、飯塚さんにも挨拶しておかなくちゃってずっと思ってたし」

たまにひかりからそら君の名前を聞いても、挨拶をしないといと思ったことがなかった自分が恥ずかしくなる。私は大事なことが欠落しているのではないかと、こういう時に自信をなくす。三池さんは最初から私のことをひかりちゃんのママではなく名字で呼び、ひかりのことを知っていてくれている。サングラス一つで苦手なタイプだと思ってたなんてもったいない。

私たちが話しながら食べているそばで、ひかりとそら君も話している。保育園にいる虫のことや給食のパンのこと。ささやかな話題で、二人で盛り上がっている。

「べったり相手しなくていいから、友達といてくれると助かるよね」

三池さんが言うから、私もうなずく。

「きちんと食べてくれるし、気が楽ですよね」

「そうそう。ゆっくり食べられるって最高だよね。職場以外で、大人とこんなに話すの久しぶりかも」

「私は職場でもあんまり話さないから、人間と話すことが久しぶりな感じです」

私の答えに、

「人間！　わかる！　そらなんて宇宙人だもん」

と三池さんが手をたたいた。

「宇宙人？」

「こないだなんてさ、泥だらけになって帰ってきて怒ってお風呂入れた後に、スライムで遊んで髪の毛にくっつけて、もうべたべたで散髪するしかなかったよ。こいつ、言葉通じないのかって激怒よ」

「うわー。わかります。汚してほしくないときに限っていらないことするし」

「新しい服を着せた時は絶対に汚すんだよね。わざとかって言いたくなる」

「ひかりはごっこ遊びばっかりだから、ずっとお店屋さんとか先生とかさせられて、延々終わらなくて。他のことしながらだと文句言うし」

「大人にはごっこ遊びきついんだよねー。うちなんか男だから怪獣とかさせられるよ。マジ拷問だよ」

同じ場面や同じ状況が思い浮かんで、話が弾む。男子と女子の違いもおもしろかった。

ひかりは可愛い。だけど、こうやって子どもの困ったことや手に負えないことを話すとすっきりする。ひかりと二人でいると息が詰まりそうだと思う瞬間があり、そう思う自分に抱いている罪悪感から解放される。

「ああ、楽しかった。また来て」

玄関まで見送りに来た三池さんはそう言ってくれた。

「ありがとう。うちにもよかったら」

私が言う横で、

「ひかりの家、ままごとあるよ」

「マジいいね。やろうやろう」

とそら君とひかりも盛り上がっていた。

帰ったらお風呂と寝るだけってありがたい。ママ友って煩《わずら》わしいと思っていたけど、知り合いや友達が増えると、楽しいことや助かることがある。

夏は日が長い。まだ、明るさを残した空の下、上機嫌のひかりときれいに半分に切られたスイカをのせて、自転車で家へと向かった。

会社のお盆休みは土日を含め九日間あった。日ごろ一緒にいられない分、ひかりといっぱい遊ぼうとはりきって、かき氷を作ったり、市民プールに行ったり、市の科学館に出かけたりした。ひかりが喜ぶ顔を見ると、本当によかったと思える。それだけのために出かけている。けれど、一日中二人でいるとぐったりした。どれだけ遊んでも五歳になったひかりは体力があって昼寝をするほどには疲れてはくれない。七時に起きて九時前に寝るまで十四時間近く二人きりでいると、息をつく暇もない。

「ママーママー」とくっつかれたまま洗濯や料理をし、やいやい言うのを引き連れて買い物に行き、テレビを見ている間に夕飯を作る。これでは、仕事のほうが楽だ。少し離れられる時間があってこそ、子どもを受け入れられるのかもしれない。

そう思うくせに、寝る前に、

「明日も一日ママといられる？」

とひかりが聞くと、ああ、ずっと一緒にいてあげられたらどんなにいいだろうと胸がきゅっと締めつけられる。

ひかりが寝てしばらくすると、仲良くなった三池さんとメールをやり取りする日もある。

「うちは旦那が休みだからいいけど、飯塚さん、一人だと参るよね。私なら無理。一日テレビ漬けにしてる」

小気味いい三池さんの言葉に安心する。

「うちも夕方からはずっとテレビだよ。テレビさまさまさま」

「わかる。うちなんか男だから、家でめちゃくちゃ暴れるしさ、一日中散らかってる。本当早く保育園行ってほしい」

「給食もあるしね」

「それ、大きい。三食は勘弁してほしい」

こんなふうに散々言い合って、結局最後は「まあ、かわいいんだけどね」で終わる。テレビを長時間見させることや、子どもといると疲れると思ってしまう自分が嫌になるけど、こうやって話してしまえば帳消しになる気がする。誰かと話をするだけで、疲れは和らぐ。

寝ているひかりが汗をかいてることに気づいて、クーラーの温度を下げる。六畳の和室はすぐにクーラーが効く。ちょっと、寒すぎるかなと、タオルケットを肩までかける。子どもの体温調整って難しい。こんなふうにあれこれ気をもまなくたって、風邪などひかないくらい丈夫になってきてはいるのだけど、もしひかりが病気になったらと思うと気が気でない。

布団をかけたついでにそっとひかりの頬に触る。何一つ負の感情を持たない寝顔、生きていることをめいっぱい知らせる寝息。まだ五歳のひかりのその姿は私に安心感を与えてくれる。大きな不安と底知れない安らぎ。ひかりの小さな体にはその二つが詰まっている。

## 6

お盆休み最終日は、奏多の実家に行くことになった。義父母の家は電車で五駅。三十分もからない場所にある。毎年、お盆とお正月には二人で遊びに行く。最初は別れた夫の実家に行くのはどうだろうかと思っていたけど、奏多はお盆やお正月は忙しいらしいし、颯斗君もめったに帰ってこないらしい。そのせいか、ひかりが行くと義母は手放しで喜んでくれる。ひかりの顔を見せるだけで、こんなに喜ばせられるのだったらと二年前から毎年行くようになった。

「わあ、ひかりちゃん、また大きくなって」

八月十七日、昼過ぎに訪れると、お義母《かあ》さんは心底うれしそうに出迎えてくれた。

「こんにちは。おじゃまします」

「ひかりちゃん、挨拶、すっごい上手ね」

「そうなの。ひかり、もう五歳なの」

「すごい。飲み物、何がいい？　リンゴとオレンジとカルピスがあるよ」

「リンゴ！」

「了解。美空ちゃんはアイスティー入れるわね」

おばあちゃんと言っても、五十六歳の義母は年齢よりも若々しく、よく動く。

「ねえねえ、美空ちゃん、美容院とかカフェとか行ってきてね。そうだ！　あとあれ、バーゲンよ、バーゲン。今そういう時期でしょう。行っておいでよ」

私がお盆やお正月に帰ると、必ずお義母さんはそう言ってくれる。自由な時間を作ることが、とっておきのプレゼントだと知っているのだ。

「いつもすみません」

「いいのよ。ひかりちゃんと二人きりになることを狙ってるんだから。ママがいたら、おばあちゃん勝てないもんね。そう、美容院がいいわ。今の髪型も似合ってるけど、夏だしカラーとかしたら？　でさ、そのあとその髪に合う服を買えばちょうどいいわ。新しい服、見せてよね。

美空ちゃんスタイルいいからさ、スカートも穿《は》けばいいのに。うん。スカート買ってきて。家に帰ってきて新しいスタイル見せてよね」

お義母さんは私が遠慮しないように、強引に進める。こういうところは颯斗君とよく似ている。ここまで言われたら、美容院にも買い物にも行くだろうと考えてくれているのだ。

「それで、ひかりちゃんとおばあちゃんはママがいない間にさ、スーパー行って、アイス買って、ジュース買って、粘土と絵本と折り紙買おうよ」

「いいね」

ひかりは言う。

「内緒ね」

「うん、内緒」

二人の丸聞こえの会話に私は笑ってしまう。

「別れた夫の実家で過ごすなんて、地獄よね。私なら絶対嫌だもん。なにか特典ないと、姑《しゅうとめ》のとこになんて死んでも行かないわよ」

お義母さんはいつもそんな軽口をたたいて、私に時間をくれる。おおらかでいながら気遣いのある人だ。

「ママ、早く行ってきて」

お菓子につられたひかりが、私を追い出そうとする。

「ああ、うん」

「そうそう。夕飯は出前のお寿司だし、お父さんは会社の仲間とゴルフに行ってるし、気にせず遊んできて。六時より前に帰ってきちゃだめよ。こっちにも段取りがあるんだからね」

お義母さんは私とひかりが来る日、料理を作らないうえに、「女だけで楽しむ日なのよね」とお義父《とう》さんを追い出している。台所でバタバタしたり、お義父さんがいることで私が気を遣わないようにという配慮だろう。

「奏多の悪口と積もる話は夕飯の時するとして、さ、美空ちゃん行ってらっしゃーい」

「バイバイママ」

家に着くなり追い出されるなんて。それでも、この心遣いがとてもうれしい。

「はい。ではお言葉に甘えて……」

私は頭を下げて、家を後にした。


自由な時間を与えてもらえるのは、とんでもないご褒美だ。駅のショッピングモールに向かいながら何をしようかと浮足立つ。

まずは髪を切ろうと私は駅前の美容院に入った。前回髪を切ったのは七ヶ月前。今回と同じく義父母の家に来た時だ。久しぶりに美容院に入ってゆったりした椅子に座るとどこか緊張する。うきうきしていたくせに、髪の毛に触れられているうちに、子どもを置いておしゃれだなんて、と思われやしないかと気になる。母親だってやりたいことをするべきだ。子どもがいるからなんて考えは古い。そう思うし、誰に何を言われるわけでもないのに、母親という重しはふとした瞬間にずしりとのっかってくる。

お正月休みに美容院に行った時と同じように、肩くらいの長さでのカットをオーダーする。こうしておけば、少しの間放っておけるし、おかしくなれば束ねればいい。大きな鏡に映し出された自分を見ていると、不思議な心地だ。

大人になると、成長はしなくても年はとっていく。前回こうして鏡を見た時より、少し老けているのがわかる。

特に考えることもなく近くの公立校に通い、高校卒業後は自転車で行ける距離のファミレスで働いた。子どもができたから結婚し、うまくいかなくなって離婚をし、生活のため条件に合う職場でパートをしている。どこにも自分の意志はなく、その時々の流れでなんとなく生きてきただけ。このまま年ばかりが経ち、私はどこにたどり着くのだろうか。

「お休み、どこか行かれましたか？」

自分と同じ年くらいの美容師さんに聞かれ、

「いえ、どこにも……」

と答えたまま雑誌に目を落とした。

会話が進んで子どもがいることや離婚したこと、そんなことを話すのは面倒だった。隠したいわけじゃないけど、進んで話したい内容ではない。私はカットが終わるまで雑誌から目を離さなかった。

美容院を出ると、「今ごろお菓子を食べてるかな」「お義母さんと何して遊んでるのかな」とひかりのことばかりが思い浮かんだ。お義母さんのことを信用しているし、ひかりはいつも義母の家で楽しんでいる。だけど、どうしたって、自分一人でゆっくりしていると気にかかるものだ。自由だと喜べるのは一時間が最大かもしれない。

時計はまだ三時。あまり早く戻ると、お義母さんの厚意を無にしてしまう。私はショッピングモールに向かった。ひかりが生まれてから、おしゃれをすることはなくなり、欲しいものはぐっと減った。入ってみたい店が見当たらない。自由な時間が欲しいと常々渇望しているくせに、時間が与えられると何をしていいか戸惑う。あてもなくただショッピングモールをぶらりと歩いていると、ファンシーショップが目に入った。

ひかりが好きなウサギのキャラクターのグッズが見えて、思わず中に入る。シールに鉛筆、ミニタオルにぬいぐるみ。たくさんある。うわ、これ絶対ひかりが好きだ。手に取るだけで、ひかりが喜んでいる顔が思い浮かんでうきうきする。だけど、今日お義母さんにお菓子も買ってもらっただろうし、一日でいっぱい甘やかしてもなあ。一つだけにしておけばいっか。何がいいだろう。ぬいぐるみはちょっと高い。ミニタオルなら保育園に持っていけるし、ちょうどいい。ああ、でも、ひかりが喜ぶのは実用的なものよりシールだよな。でも、シールは貼ったら終わっちゃうし、タオルのほうが長く使えていいはず。そんなことを考えていると決められず、私はタオルとシール両方を持ってレジに並んだ。

並んでいると、レジそばに置かれた可愛いティッシュが目に入った。パッケージだけでなく中のティッシュ自体にも絵が描かれたものだ。こういうの、私、すごく欲しかった。

私は、可愛い文房具など持っていなかった。鉛筆や消しゴムなど、私に選択権はなく、母親が買ったものが与えられ、それは無機質な学用品だった。

小学四年のころだろうか。絵が描かれたポケットティッシュが流行っていて、クラスの女の子たちは友達同士でティッシュ一枚を貴重なもののように交換していた。私も何度か「かえっこしよう」と声をかけられ、可愛いティッシュがほしいと母に申し出たことがある。けれど、

「ティッシュに絵は必要ないし、家にあるでしょう」

と母は譲らなかった。

家にあるのは、道で配られている宣伝の入った白いティッシュだ。絵が描いてあるティッシュは可愛かったし、何より友達と交換したかった。みんなも持ってるし、友達と揃えたい。そんなことを言ってみると、

「だったら、その家の子になりなさい。お母さんの言うことが気に入らないんだったら出ていけばいい」

と母は怒った。

まだ小学生だった私は、家から追い出されたらどうしようと怖くなって、二度と友達が持っているから欲しいとは言わなくなった。

母親の教えは間違いではないし、何でも買い与えればいいというものでもない。うちは母子

家庭で余裕がなかったのだから当然だ。でも、三つ入りで二百円の可愛いティッシュを見ていると、買えたのではないだろうかとも思う。

　私が今手にしているこのシール。見ただけで、ひかりは飛び上がって「ありがとう」と繰り返すだろう。きっと一日離さないはずだ。大人になってしまった私に、それくらい欲しいものはない。小学四年生の私に柄付きのティッシュを買ってあげられたら、どんなに喜んだだろう。どんなに大事にしただろう。ひかりが生まれてから、私は子どもだった自分にしてあげたいことがいろいろ思い浮かぶようになった。子どもを幸せにするのは簡単なことだ。ティッシュ一枚でできるんだから。けれど、もう二十年近くがたっている。あのころの私を喜ばせることはどうしたってできない。


「えー、もう帰ってきたの？」

　五時過ぎに帰ると、お義母さんとひかりがそう言った。これでもカフェでお茶を飲んで、時間を稼いだのだけど。

「ねねね、ママ見てみて」

「早すぎだ」と文句を言っていたくせに、ひかりは作ったものを並べて私に見せる。紙コップで作ったウサギ、折り紙の猫、粘土でできたおにぎり。お義母さんと一緒だと、こういうことをしてもらえるからいい。

「すごいたくさん。ひかり上手だね。全部本物みたい。あ、ケーキ買ってきました。食後に食べましょう」

私がそう言って箱を渡すと、

「やったね。若い人が選ぶケーキっておいしいもんね」

とお義母さんは喜んだ。

「あ！　美空ちゃん、美容院行ったのね。やっぱりすてき」

「ありがとうございます」

照れ臭くなって私は小声で言った。ひかりは気づいてなかったくせに、

「うあーママ、かわいい！」

と拍手している。

「若い人は何をしてもおしゃれだわ」

お義母さんはいつも「若い人って本当いいわよね」と言ってくれる。

「若いって言っても、もう私二十六歳なんです」

お義母さんがあまりに若い若いと言ってくれるのが申し訳なくてそう返すと、

「十分若いじゃないの。もし、私が今二十六歳になれるなら、貯金全部払ってでもなりたいもの」

とお義母さんは恨めしそうに言ってから、

「あ、念のため十万ほどは手元に置いておこうかしら」

と笑った。

「現実的ですね」

私も笑う。

「二十代三十代って一番いいよね。子ども時代は宿題とか部活だとか、やること多くて面倒だし、結局親の言うこと聞かないといけないしね。社会に出てからが最高だったな」

「確かに今のほうが子どもの時より、毎日楽しい気がします」

私はうなずいた。

「うちは母も父も過保護でうるさかったから最悪よ。もう一度子ども時代を送れって言われたら、貯金倍にされても無理」

お義母さんが軽快に言う。私は「貯金がなくなったり倍になったりすごいですね」と笑いながら「私もそうだ」と心の中でつぶやいた。

自分が子どもを持って、気づいたことがいくつかある。

一つは、子どもが生まれるというのは、奇跡に近いということだ。私は切迫早産で一ヶ月近く入院して出産をした。入院期間中に、不妊治療を受けた末の出産という人と何度か同室になり過酷な治療の話を聞く機会があったし、同じフロアにあったＮＩＣＵには新生児がたびたび運ばれてきた。妊娠する前から不妊のことやＮＩＣＵのことは知っていたけれど、こんなにも身近にあることなのだとは思いもしなかった。出産にたどり着くのは簡単じゃないのだ。

そして、母となり子どもがいる人と接する機会が増え、誰しもが子どもに愛情を注げるわけではないことも知った。親になるまでは、子ども嫌いの人もいるけれど、自分の子どもに対しては愛情が持てるものだと思っていた。だけど、子どもがどうしても好きになれない人もいるし、自分の子どもだからこそ愛情を感じない人もいるのだ。母性は勝手に湧き出てくれる便利なものじゃないし、子どもを愛せないからといって悪い親なわけでもない。

私は金魚が苦手だ。カラフルな魚を見るとぞわぞわしてしまう。そこに理由はなく、自分では定められない、本能的な感情がある。もしかすると、私の母も子どもを、我が子を、好きになりきれない人だったのかもしれない。私が子ども時代をもう一度送ることは、私にとっても母にとっても幸せなことではない。

「でもさ、ひかりちゃん見てると本当に幸せそうだよね。美空ちゃん、いいママなのね」

「それはどうでしょう。手抜きばっかりで。朝食は食パンだけだし。お義母さんこそいいお母さんだと思います」

私は正直に言った。

奏多は自由に人生を楽しんでいるだろうし、颯斗君はとことん優しい。二人から親への不満を聞いたことはないし、二人とも温かい家庭で育った鷹揚《おうよう》さを感じる。

「うそ。奏多はいい加減だし、本当美空ちゃんに迷惑かけてとんでもない子よね。親の顔を見たいわ。私だけど」

お義母さんは、自分が悪いわけじゃないのに、冗談めかしながら時々奏多のことを謝罪する。奏多も私も大人だし、自分たちで決めて今に至っている。親には何の責任もない。それなのに、お義母さんは、奏多と別れてから毎月ひかりの預金口座に八万円を振り込んでくれている。離婚する時にお義母さんからそうさせてくれと申し出があったのだ。私は受け取るわけにはいかないと固く断ったけど、「ひかりちゃんのために、それならいいでしょう」とお義母さんは譲らず、黙って振り込んでくれている。ひかりが大人になるまで手を付けずにいようと決めているけど、結構な額になっているはずだ。

「奏多さんもおおらかでいいところいっぱいでしたし、颯斗君は優しいですよ」

私が言うと、

「おおらか？　奏多のはいい加減ってだけよ。それに、颯斗も颯斗で何考えてるかわからない子よね。全然家に寄り付かないし」

颯斗君が一年に一度ていどしか家に帰って来ないと、よくお義母さんは愚痴っている。

「仕事が忙しいんだと思います」

「あの子いわく、便りがないのが元気な証拠らしいわ。近いくせに絶対来るなって私がマンションに行くのは断固拒否するし。困ったものよね。ま、幸せにやっててくれてるなら、それで十分だけどね」

お義母さんがそう言うのに、ひかりは「幸せって何？」と聞き返した。

「幸せはそうね、貯金が百倍になるってこと」

お義母さんの答えに笑ってしまう。お金が増えることが幸せ。幸せがそんなに簡単なものだったらどんなにいいだろう。

「あ、お寿司が来た！　おばあちゃんにも幸せ到来」

チャイムが鳴って、お義母さんはうきうきと立ち上がった。

「ママは幸せ？」

ひかりに聞かれ、

「もちろん。美容院に行って、買い物をして、次はお寿司って幸せだよ。それにひかりもお義母さんもいるしね」

私はお茶を準備した。

「ということは、今この家には幸せな三人が集まってるってことね」

とお義母さんが笑った。

「やったね。ひかりも幸せってことだね」

とひかりが腕にまとわりついてくる。

私とひかりがいるだけで、心からうれしそうに笑ってくれるお義母さん。こんなに温かい義母に恵まれたのは、幸せ以外の何物でもない。

「さあ、幸せをお腹に詰めこむわよ。いっせいのーでいただきます」

お義母さんの掛け声に、私とひかりも手を合わせた。

# 秋

## 1

九月の日曜日の夕方、公園から帰り、「疲れたあ」とひかりと並んでテレビを見ていると、スマホが鳴った。

母からのメールだ。八月なぜか母は、メールもよこさず家にも来なかった。私の家に来る一方で、自分のリズムを崩されるのが嫌いな母は私が家に行くのはいやがる。だから、お盆休みにも会っていない。ずいぶんと久しぶりだなと少し緊張しながらメールを開くと、

今日は日曜日だから、空いてるよね。
ひかりが寝たあと、遅いけど九時過ぎに行っていいかな

とメッセージがあった。

ひかりの寝る時間を考慮してくれ、行っていいかなとこちらの答えを待ってくれている。今

までこんな心遣いをしてくれたことはなかった。なにかいいことがあったのだろうか。愚痴ではなくいい報告があるのかもしれない。母だってまだ五十三歳だ。親しい人ができたり、もしかしたら好きな人ができたりしているのだろうか。


　九時過ぎだと、ひかりも熟睡してるだろうから助かります。

　鍵を開けておくから、入ってきて。暗いから気を付けてきてね

と返信をした。

　母のメールが少し丁寧だっただけ。それなのに、私はうれしかった。母をもてなしたい。せっかく来てくれるのだと、掃除機をかけ、拭き掃除をした。

「きれいきれいするんだね」

「うん。ひかりが手伝ってくれるから、すごくきれいきれいになるね」

　雑巾で二人で床や棚を拭く。私がうきうきするとひかりも楽しそうにしてくれる。この部屋の空気は私とひかりで作られている。

　母が早く来てもいいように、八時過ぎにはひかりを寝かせ、九時になると同時に冷たいお茶を入れ、スーパーで買ったものではあるけれど、お菓子を用意して母の来訪を待った。

　母は九時五分過ぎにそっとドアを開け、

「もうひかり寝た?」

と言いながら、入ってきた。

「うん。もうぐっすりだよ」

「よかった。これさ、近くの団子屋の」

母はそう言って私に袋を手渡した。土産を持って来てくれるのは、初めてだ。

「ありがとう」

「美空、きな粉好きだっただろう」

「うん。きな粉の団子大好き」

私は母が買ってきてくれた団子をお皿にのせ、席に着いた。これはいいことがあったにちがいない。母と和やかに対面できる時が来るなんて。私は「おいしそう。いただきます」と団子を手に取った。

ところが、母はお茶を飲み、「きれいにしてるじゃない」と言ったきり、なかなか言葉を発しない。

「今日は、どうしたの?」

私が話を向けると、

「最近、不景気だよね」

と母がかすかに眉をひそめた。

あれ、いい報告ではないのだろうか。私は手にしていた団子を皿に戻した。

「そうだよね」

「美空の仕事はどうなの？」

「私は変わらないよ。お給料が上がることも下がることもない」

我が家の状況を心配して来てくれたのだろうか。工場の仕事は今のところ変化はない。私は
「何とかやれてる」と笑ってみせた。

「そう。給料、下がってはないんだね」

母はそう言った。

「そうだよ」

「月給、下がらないって、いいもんだね」

穏やかだった母の口調や顔つきがいつもどおりになった気がして、私は少し姿勢を正した。

「うん。そう……ありがたいかな」

「じゃあ、余裕あるんじゃないの？」

「余裕？　それは全然だよ」

「だけど、私よりましだろう」

「そうなのかな」

今の母の暮らしぶりを詳細まで把握しているわけではない。母は私がいたころと同じ団地に住んでいる。派手に暮らせるわけではないだろうけれど、一人暮らしだし何とかなっていると思っていたが、そうではないのだろうか。

「掛け持ちしてたパートを一つ辞めてさ」

母はぼそりと言った。

「そうなんだ」

「もう五十三歳だろう。仕事もしんどくなってきてる」

「どこか、悪いの?」

私の質問に母は眉根を寄せた。

「よく言うよ。体調なんてよかったためしないよ。ずっとずっと働いてきてるんだから」

「そう……」

「先のことを考えたら不安だよ」

私が家を出てから、母は正社員からパートに仕事の形態を変えた。数年前からドラッグストアでのレジや品出しと定食屋の洗い場のパートをしている。

「まだまだお母さん若いと思うけど、でも、うん。たいへんなんだね」

私はどう言っていいかわからずそう言った。

「なんとかなんない?」

母はお茶を飲み干すと私の顔をじっと見た。

「なんとか?」

「だからさ、美空、毎月十万振り込んでよ」

「へ?」

ここまではっきり言われて、母がお金を用立てるよう頼みに来たのだとわかった。

「十万……？」

それはとんでもない金額だ。私の収入の半分以上を持っていかれてしまう。どう考えても無理だ。

「貯金だってあるだろう」

母がズバリと聞く。

「貯金は、してるけど」

貯金はようやく百万に達したところだ。今まで節約して必死で貯めてきた。それでも、ひかりに何があっても安心だというほどの額ではない。

「前は五万用意できてたじゃないか」

結婚前、レストランで働いていた私が母に送っていた金額だ。それから年が経ち、倍くらいは捻出《ねんしゅつ》できると踏んだのだろうか。あの時は一人暮らしで、今より小さな部屋で最低限の生活をしていた。今、私にはひかりがいる。あのころとは状況が違うのだ。それがこの人にはわからないのだろうか。

「以前とは違うよ。今はひかりがいるからお金がかかるし、先のためにもおいておきたいかな」

「養育費があるだろう」

「いや……もらってない」

養育費が振り込まれていたのなんて最初の半年までだ。奏多《かなた》は良くも悪くも私たちのことを切り離し、新しい人生を送っている。奏多のお金などもらいたくもないというわけではなく、ひかりは私が育てるのだという意識がある。だから、わざわざお金を請求しようとは思わなかった。それに、奏多に代わって養育費以上のことをしてくれる颯斗君もいる。お義母さんがお金を振り込んでくれているけれど、それはひかりのためのもので、私のお金ではないから手を付けるつもりはない。

「まあ、男なんてそんなもんだよね。私なんか、あんたの父親の借金まで返したんだから」

母は私に鋭い声で言った。

あんたの父親。それは母の夫ではないのだろうか。血がつながっているのは私だけだから、私に責任があるのだろうか。

「でも……」

「何も百万寄こせと言ってるんじゃないよ。たった十万。もう八万円でいいよ」

「でも、毎月なんだよね？」

月々だ。それなら、一気にいくらか渡すほうがよっぽど気が楽だ。永遠に続く支払いはあまりにも重い。

「そうよ。月々に分ければ、用意できない金額じゃないだろう」

「ごめん……ちょっと無理かな。生活に精一杯で」

「驚いた。美空、よくそんなことが言えるね。私があんたにどれだけのお金をかけたと思ってるの？」

母は目を剝《む》いた。

子どもが大人になるまでどれくらいお金がかかるのかはわからない。けれど、私もできる限りのことはした。贅沢は言わなかったし、高校からバイトをして、社会に出てからは家にお金を入れた。私にかかった金額すべてを返せているとは思わないけれど、いったいいくら払えば、帳消しになるのだろう。

「となりの倉田さんところ、息子さんが毎月十五万円仕送りしてくれるらしいわ」

「すごいんだね」

「うちは八万で渋られるとはね。じゃあ、もう六万でいいよ。それならどうにかなるだろう」

「六万……どうだろう」

六万円ならなんとかできるだろうか。いや無理だ。毎月払っていけば、いつか私とひかりの生活は破綻《はたん》してしまう。

「お母さんがどうなってもいいの?」

「そういうわけじゃ」

「美空が怖くなるよ。一人で育ったような顔して」

これもよく母が言う言葉だ。母に反抗することなどなかったはずなのに、「一人で育った気になるな」と何度言われたことだろう。私は黙ってうつむいた。

「よく考えるといいよ。自分がどうやって大きくなって、今こうしていられるのかをさ。大人になったら、次は恩返しする番だろうに。美空も子どもがいるんだからわかるだろう」

「美空がこんな親不孝者だとは思わなかったよ。なんのために私はあんたを育ててきたんだろうね」

遠慮がちだったのは最初だけで、用件を言ってしまった母は強気だ。この話は私が承諾するまで終わらないだろう。

「ごめん」

「実の親を助けられないなんて聞いたことがないよ」

「そうだよね」

父がいない中、無理をして育ててもらったのはわかる。何もできなかった幼かった私を大人にしてくれたのは母だ。次は私が母を助けなくてはいけないのかもしれない。けれど、どうしていいのかわからない。私には私の生活がある。ひかりのいる暮らしがあるのだ。

「そうだよね。って言うんだったら何とかしてよ」

「でも」

「でもってさ。あんた、いつまで私に無理をさせる気なの？　死んでもいいんだね」

「まさか」

母を納得させる方法はない。私が何を言ったって、母がうなずくわけがない。

「なんとか、考えてみる」

私はそう言うしかなかった。

「ああ、そうしなよ。考えがついたら連絡ちょうだい」

母はそう言うと立ち上がった。自分が下手《したて》に出るのが嫌いな人だ。仕送りをしてほしいという頼みは、いつしか私がすべき義務にすり替わっていた。

「どうするか、さっさと決めてメールしてよね」

母は不機嫌そうに言うと、出て行った。

母がいなくなると、足元から崩れそうになった。一瞬でもいい話が聞けると思っていた自分に笑いそうになる。私は母のことを何もわかっていなかった。そして、母も私のことなどわかろうとはしない。

母は目の前に解決できそうにもない問題を置いて帰っただけだ。どうしようか。「なんとか、考えてみる」母を納得させるためだけに放った自分の言葉が、もう私を苦しめ始めている。いい方法はないかと頭をひねるほど、途方がなくなり不安が募る。

私は静かに寝室にいき、眠っているひかりを後ろから抱きしめた。ひかりのにおいを吸いこむと落ち着く。大丈夫大丈夫と心の中でつぶやきながら、ひかりの体温を感じる。

これ以上母の機嫌を損ねるわけにはいかないけれど、私たちの生活を乱すこともできない。絶望している場合じゃない。動かなくては。何とかする方法はどこかにあるはずだ。

土曜日も申請すればひかりを保育園で預かってもらえる。土日にパートをするのはどうか。いや、これ以上ひかりと離れるのは嫌だ。二人の時間を削りたくはない。だとしたら、内職はどうだろう。私は手先が器用だ。それなら夜や土日に家にいながら何とかなる。そうだ。これしかない。

私は体を起こし、パソコンを立ち上げるとすぐさま内職の仕事を探した。意外に仕事はいろいろとあった。細かい部品がある仕事は、ひかりがどこかにやってしまう可能性がある。荷物が邪魔にはなりそうだけど、ポケットティッシュにチラシを入れる仕事を見つけた。一つで〇・八円。何個作れば六万になるのか計算すると気が遠くなるけど、必死でやればなんとかなる。六万円は無理でも月に二万くらいは渡せるはずだ。それでしのいでいくしかない。私はすぐさま内職の申し込みをしていた。

2

「何、この段ボール」

水曜日、案の定颯斗《はやと》君は驚いた。

見せずにおきたかったけど、ポケットティッシュが五千個ずつ入った大きな段ボールは置く場所がなく、和室の隅で目立っている。ふすまを閉めておいたのに、和室は寝室兼遊び場でもあるから、ひかりがおもちゃを取りに行くのにあっけなく開けてしまった。

「なんでもないよ。荷物が届いて」

という私のふわっとした言い訳などすんなり見抜いた颯斗君は、

「そんなわけない。絶対何かある。姉さんがこの顔になる時は、ばばあ関係ってわかるから」

とうるさく「言ってくれなきゃ帰らない」と言いはった。自分の内側はなかなか開かないのに、颯斗君は私とひかりの中には有無を言わせない勢いで入ってくる。そして、私はなんだかんだと言いながらも、それに応じてしまう。いや、自分からは見せにくい部分に無理やり触れてもらえることで、どこかで安心しているのかもしれない。私は夕飯後ひかりにＤＶＤを見せ、事情を話した。やっぱり話した分、気持ちは楽になった。

「それ、ゆすりじゃん」

颯斗君は私の話に目を丸くした。

「違う違う、本当に困ってるんだと思う」

「困ってるわけないだろう。ばばあの一人暮らしで。仮に困ってたとして、姉さんいつまで金渡す気なのさ」

「さあ。どうなんだろう」

「言っとくけど、くそばばあが死ぬまで、続くよ」

颯斗君は言い切った。そうだろうなとは私も思っている。

「だけど、内職は今だけで、しばらくしたらひかりも大きくなって、もっと長時間働けるようになるだろうし。今よりも稼げるはずだから」

「ばかだね」

颯斗君はため息をついた。

「姉さんは、なんのために働いてるの？」

「なんのって、生活のため？」

「だろう。順位なんてつけるべきじゃないのかもしれないけど、今の姉さんは優先順位を完全に間違っている」

「優先順位？」

「何が一番大事なわけ？」

「そりゃひかりだけど」

迷う隙もない。答えは明らかだ。優先順位も何も、ひかりより大事なものはない。

「そんなにはっきりわかってるなら、ひかりと姉さん以外にお金を使う必要ないだろう」

「そう、かな」

「内職してる暇があれば、姉さん自身の体を休めて、ひかりの相手するためのエネルギー蓄えればって思うけどな」

「だけど……育ててもらったのは事実で、親に仕送りしてる人だってたくさんいるでしょう？」

「親子なんてそれぞれじゃん。じゃあさ、姉さんは将来ひかりにお金をもらうつもりなの？」

「まさか」

私はきっぱり首を横に振った。そんなこと考えたことは一度だってない。

「だろ。もういい加減、戦う時が来たんじゃないの？」

「誰と？」

「ばばあとだよ」

「母と……」

「今更？　もうとっくに気づいてるだろ」

颯斗君は眉をひそめた。

ひかりが生まれてからずっと、母に対して得体のしれない違和感を抱いてはいる。けれど、私はそれを解決しようと思うことはなかった。何も気づかないふりをして、ずっとその場をやり過ごしてきた。

「ばばあも、いい娘でいようとする姉さんの薄っぺらい気持ちも、捨てる時だよ」

「捨てるって。そんな」

母の機嫌を損ねるのが怖い。連絡がなくなったらどれだけ楽だろう、とは思う。けれど、縁を切りたいわけじゃない。恩を感じているのも本当だ。

「必要ないじゃん。なんもしてくれないばばあなんて」

「でも、私、ひどいことをされたわけでもないし、こうやって育ててもらってきたんだよ」

母は言葉はきついし、私が意見を言ったり、反論したりすることを許さなかった。感情的で他人に厳しい人ではある。だけど、暴力を振るわれたこともなければ、育てることを放棄されたこともない。母が必死で生きてきたのもわかっている。

「親が子どもを育てるのは当然のことだよ」

「そうしない人だっているでしょう」

「そうしないやつらは、とことんおかしい。子どもは未来の塊《かたまり》なのに。ひかりだって、いつも信じられないくらいすてきなものを見せてくれるじゃん」

颯斗君は言った。

もっともな意見だとは思う。けれど、今の私は、誰もが子どもを受け入れられるものではないことも知っている。貴重な存在だとわかっていても、子どもの泣く声すら我慢できない大人もいるのだ。実の子であっても愛情を持てず苦しんでいる人もいるし、育てていく力がないこともだってある。私がそんなことを説明すると、

「子どもが苦手だろうと嫌いだろうと、どんなやつらだって、今目の前にいる子どもたちにいつか助けられるんだよ」

と颯斗君は言った。

「そうかな」

「そうに決まってるじゃん。子どもたちが大きくなって毛生え薬とか発明したら、意地悪な禿《は》げじじいだって使うだろう？　介護士になってたら頼るだろう？　敏腕外科医になってたら泣いて手術してもらうんじゃねえの」

「そんなすごい子どもばかりじゃないだろうけど」

「すごくない子どもなんていない。子どもがいなけりゃ未来は真っ暗だよ。明日は子どもにかかってる。じじいやばばあじゃなくて、子どもが作るんだよ。子どもだった姉さんだって、大人になった今、毎日走ってるじゃん。何も生み出さない人間はいないよ。子どもは想像もつかない未来そのものだよ」

颯斗君はそう言ってから、

「あれ、ぼく、熱すぎた？」

と照れ臭そうに笑った。

「うん。だいぶね。ちょっと驚いた」

いつも飄々《ひょうひょう》としている颯斗君が珍しく語気を強めるのに私は戸惑った。そんなにも彼は子どもが好きだったのか。そんな人がひかりのおじさんでいてくれるのはありがたいことだ。そう思う反面、懸命に語っている颯斗君はあまりに切実で、どこかが締め付けられる気がした。

「颯斗君、子どもが好きなんだね。すごく」

「まあね。っていうかさ、くそばばあのせいで変なスイッチ入ったんだよな。クールダウンしよっと」

颯斗君は話題をさらりと戻すと麦茶を飲み干してから、

「姉さん、勝負する時なんじゃない？　大事なものがこんなにはっきりわかってるのに、振り回されてる場合じゃないと思う」

と言った。

「そうだね。うん。そうだよね」

それはよくわかる。わかっている。だけど、できないのだ。行動にうつせないのだ。結局母が怖くて、母に嫌われたくないのだ。家に来られたら困る、電話で話すのすら緊張する。できれば離れていたい。そう思うくせに、母に好かれていたいのだ。

「ぼくは、大事なものがいる姉さんがうらやましいよ」

「颯斗君にもいるじゃない。恋人だって」

「いるけどさ。ひかりとは別物。恋人は未来の塊じゃない。優先順位をつけろって言われたら何位か悩むもんな。ダントツ一位がいるなんてすごいことだよ。とにかく内職はすぐにやめなよ。一度引き受けたら終わらないから」

「そうだね」

「ひかりを大事にするのが姉さんの仕事だろう」

「うん。わかってる」

私はひかりのほうに目をやった。ひかりはＤＶＤのアニメの歌に合わせて踊っている。自由勝手な振り付けに、こんな深刻な話をしている中でも自然と笑えてしまう。

「ばばあのこと切るのは難しいかもしれないけどさ。それでも、くそばばあに話してみたら？自分の気持ちとかだけでも」

颯斗君もひかりを見ながら言った。

自分の気持ち。何をどう話せばいいのだろうか。母に伝えたいことも伝えなくてはいけないこともあるはずなのに、それがなんなのか明確にわからない。だけど、このままじゃだめだということはわかっている。その場しのぎのような内職をするのも、やめるべきだ。

「ねえねえ、その踊りおじさんにも教えてよ」

颯斗君はひかりの横に行った。

「難しいからなー、颯斗君にできるかな」

ひかりが偉そうに言う。

「できるできる」

「じゃあ、ひかりがやるのちゃんと見ててよ」

「ちょっと、待って。ママにも教えて」

私も加わると、

「二人にも教えるの？　もう、ひかりたいへんになっちゃう」

とひかりが頬を膨《ふく》らませた。

「うわ。おいしそうな団子だ」

颯斗君がその顔を笑う。

「本当だ。ママ食べよっかな」

「やめてー。ひかり団子じゃない」

「そう？　なんか食べられそうだよ。いただきまーす」

私がひかりのほっぺに口をつけて、もぐもぐと言うと、ひかりが「キャー私、人間です。人間なのー」と叫んだ。「人間って自分で言う人間いるかな」と颯斗君が大笑いする。

こういうこと、私は母としたのだろうか。幼い記憶は薄れているけど、寝る時ですら母は隣にいなかった。母と私は寝る時間が違ったから、団地の狭い和室の端と端に離れて眠った。私は一人で早く寝て、母はテレビを見て十一時くらいに寝室に来ていたと思う。仕事は夜七時までだったはずで、夕飯は一緒に食べた。その後私は一人で絵を描いたり、折り紙をしたりし、母はテレビを見たり本を読んだりしていた。自分の時間がないとだめな人だったのだろう。

少しでも一緒にいたい。私がそう思えるのは、相手がひかりだからだろうか。私は可愛げがない子どもだったのかもしれない。周りにもおとなしい子だとよく言われていたから、愛想もなかったはずだ。

ひかりみたいにきゃっきゃと笑う子だったら、母はもっと私を抱きしめ、私と話し、私のために何かしたいと義務感とは違う衝動で動いていたかもしれない。

「ひかり、いただきまーす」

私はひかりをぎゅっと抱きしめて、かぷっと頬に口を付けた。

柔らかいほっぺ。ひかりがげらげら笑う振動が伝わってくる。そうだ。私はこんなふうにされたかったんだ。大事なんだよって、どんな方法でだっていい。伝えてほしかったんだ。

どこか母が怖くて、捨てられたくなくて、嫌われたくなくて苦しかった。好かれたい。そう思う一方で、否定的な言葉を浴びせられるのがつらくて、早く大人になって母から逃げたかった。私が愛されたかったという気持ちだけでも伝えたらどうだろうか。それなら母は聞く耳を持ってくれるかもしれない。自分の気持ちなら私にでも発することができるのではないだろうか。

3

母からの連絡はその後しばらくなかった。早急にお金がいるというわけではないのだろう。私がじっくり考えたほうがいい答えが出ると思って待っているのかもしれない。せっかく思い立ったのだから早く気持ちを話してしまいたいと思う反面、その日がこないことにほっともしていた。

颯斗君に言われた翌日に、内職先に断りの連絡はしたけれど、届いた分のティッシュにチラシを入れる作業はしなくてはいけない。一万個のチラシを詰めるのは想像以上に時間を要した。家の中に大量のティッシュがあるだけで気がめいりそうになる。でも、ひかりはたくさんあるということが楽しいようで、「いっぱいいっぱい」と喜んでいた。

ひかりは私と同じようにやりたがり、「今日もお仕事しなくちゃね」と時間があれば手伝ってくれた。一人前の顔で「よし、できた」といちいち言いながら私の隣で小さな手でチラシを折っている。私一人でやるほうが圧倒的に早いけどこっちのほうが楽しい。

ほんの少し暑さが和らいできた九月末の土曜日、ひかりに「まだまだあるから、早起きしてお仕事しなきゃね」とせかされ、朝食を食べてすぐに二人で取り組んだ。

「なんか全然減っていく感じしないね」

「お仕事だから我慢我慢ね。はいママ」

ひかりはチラシをずれないように慎重に折って、私に渡す。

「ありがとうございます」

と受け取ってティッシュに入れる。この調子でやっていると一ヶ月はかかりそうだ。夜ひかりが寝ている間に一気にやってしまわないとな。

十一時過ぎ、二人して作業に飽きてきて、「休憩だ」とゴロゴロ床で転がっていると、スマホが鳴った。どきっとして見ると、三池さんからだった。私が「そら君のママだ」と言うと、

「あ、お約束したんだった」

とひかりが言った。

「約束って何？」

と驚いたまま電話に出る。

「朝からごめーん。今日、そらがさ、ひかりちゃんの家遊びに行くってうるさくて。約束してたって言うんだけど、本当なのかな？」

しゃきっとした三池さんの声が電話越しに聞こえる。

「今ひかりもそんなこと言ってる」

「私は遊べたらうれしいけど、もし、ひかりちゃんが待っててくれたらなって電話しただけで、子どもの約束なんてこっちの都合も考えずにしてるもんだし、忙しかったら断って」

三池さんのはっきりとした提案はいつも心地いい。どう答えてもいいように選択の自由を与えてくれる。

今の我が家はティッシュの山に段ボールで散らかっている。でも、電話の向こうで、そら君の「絶対行く！」と言う声が聞こえているし、ひかりも「やったね」と喜んでいて、断れそうもない。それに、私も三池さんに会いたかった。大人と話がしたい。その気持ちのほうが強くて、ティッシュの山を見られたってどうでもいいと思えた。

「びっくりするほど散らかってるんだけど、それでもいいなら来てよ。ひかりも会いたがってるから」

「びっくりするほど？　それ見てみたいから行く。もうすぐお昼だからコンビニで適当に昼ごはん買ってくね。十一時四十分に着いて三時までには帰るから」

「ありがとう」

予定を先に言ってくれるのが三池さんのいいところだ。子どもがいると、先の時間が読めないと困ることがある。

「でも盛り上がったら延長ＯＫ？」

三池さんの言葉に、

「もちろん、何時間でも延長しよう」

と私も答えた。

三池さんは十一時四十五分にやってきた。

飲み物と紙コップ、おにぎりにパンにお菓子。すべて食器を用意せず食べられる物だ。

「紙コップまで用意してくれたの？」

「子どもと一緒に集まる時は、一切の家事をしなくて済むように、が私の鉄則なのよね。私が何もしたくないからなんだけど」

と三池さんは買ってきてくれたものをテーブルの上に並べながら、

「え？　っていうか、何あれ」

とティッシュに目を向けた。

出来るだけ隅に片付けはしたけど、ひかりが「見て！　たくさんあるでしょう」と自慢してしまったから、まるわかりとなってしまった。

「内職をね。ポケットティッシュに広告入れるっていうのをしてて」

「こんなのがんばっても月に一万くらいにしかならないよね？」

「家でできるものをと思ったんだけど、ひかりも寄ってくるし、想像以上にはかどらない」

「うちだったら、速攻でそらにぐちゃぐちゃにされてるだろうな」

三池さんはそう笑うと、

「食事の後、一緒にやろうよ」

と言ってくれた。

「そんなのいいよ。今日はおしゃべりしよう」

「私、こういうの超得意だからさ。そらとひかりちゃんこっちで遊ばせといて、私らでくっちゃべりながらやろう。手を動かしながらしゃべるの、超楽しいし」

「そうかな」

「そう、決定」

三池さんが提案してくれたように、昼ごはんを食べ終えると、ダイニングでお店屋さんごっことままごとが一緒になったような遊びをしているひかりとそら君をおいて、二人で和室の小さなテーブルの前に座った。

「で、どうして内職？」

三池さんは見ただけで作業内容を理解し、広告を折りたたみながら言った。

「どうしてっていうか」

私も手を動かす。

「勝手な推測だけど、ひかりちゃんと二人だったら、そこまでお金困らないでしょう？」

三池さんは「お金のこと聞いちゃ悪いか」と言いながら質問した。

「うん。そう。それがさ……」

作業をしながら面と向かわずだと、恥ずかしさは軽減する。いや、もともと私は誰かに話したかったんだ。だから、今日この荷物があるのに、三池さんが来ることに賛成したのかもしれない。

「母がね」

「お母さん？」

「そう。お金がいるって」

「お母さん、手術でもすんの？」

「しないしない。生活費に毎月六万いるって」

「ええ？　それはきついよね。お母さんいくつ？」

「五十三歳」

「元気なんでしょう？」

「元気元気」

「だったら働けるじゃん。家を出た娘に何言ってるんだって、私だったらキレるな」

三池さんはからりと笑った。

「そうなの？」

「そうそう。そんなこと言われて内職しちゃうなんて。美空さん、お母さんに圧力かけられてんじゃゃん。仲悪いの？」

お盆休みの間、何度かメールをしている内に、三池さんは私のことを飯塚さんではなく美空さんと呼ぶようになった。

「悪いっていうか」

仲はどうだろう。母とは、仲がいいとか悪いとかではない。母は私を育ててくれた存在で、そこまで対等な関係ではない気がする。そんなことを考えてると、

「こりゃ、仲悪いな」

と三池さんが言った。

「悪いかはわからないけど、気を遣うかな。母には」

「向こうは遠慮もなく金くれって言ってんのに？　やばいばばあだ」

三池さんが笑うから、私もおかしくなってきた。遠慮のないばばあ。言われれば母はそうかもしれない。

「そういうとこはあるな」

「自分が親になってわかったけどさ、必ずしも親子って気が合うわけでもないし、似てるわけでもないよね。親がいい人間だなんて思ってたの、私、小学五年までだわ」

「三池さんとこは仲悪くはないんでしょう？」

「うちは仲良しにしたがるんだよね。親が」

三池さんは話しながらでも作業スピードは変わらない。何をするにも気持ちがいいくらいに手際がいい。

「仲良しにしたがるって？」

「友達母娘？　なんかそういうのにあこがれててさ」

「いいじゃん。一緒に買い物行ったりお茶したりするんだよね」

そういう母娘がいるというのは聞いたことがあるし、うらやましく思う。

「よくないよ。こっちは同年代の友達と話したいじゃん。昔の子育ての話とか聞きたくもないしさ。それなのに、うちのお母さんは、『私、娘と同じ服が着られるから一緒に買い物行くの』とか、『娘と趣味が同じで映画楽しんできた』とか周りに言うわけ」

「三池さんが自慢の娘なんだと思うよ」

「違う違う。娘と一緒にいる自分が自慢なんだよ。娘と同じサイズの服をまだ着れる自分。若い感覚を持ってる自分。娘に友達みたいに接してもらえる理解がある自分。それが好きなの」

三池さんは辛辣《しんらつ》な言葉を並べる。

「悪い人ではないんでしょう？」

「まあね。子どもの時は、理解があって楽でいいって思ってたけど、今自分が親になってさ、友達でいようとするお母さんにちょっとひくんだよね。親は親だよ。そらの恋人にも友達にも私はなりたくない。ずっと親でいたいと思う」

「確かにそれはそうだね」

私もそうだ。友達みたいに付き合える親子はすてきだと思う。でも、ひかりの母親というかけがえのない存在でいられることは、それよりも幸せだ。

「それに、うちの親、私のことといい子だねって周りに褒められるのが好きなんだよね。そして、褒められると私に報告するわけ。どっかで自分の子育てがうまく行ったって恩に着せたいんだろうね。それ、あんたの手柄じゃないけどって言いたい」

「三池さんはいい人だけどね」

「そこはわかんないけどさ。私はそらがめっちゃいいやつに育っても、自分の教育のおかげだなんて思えない。子どもなんてどうなるかわからない未来そのものじゃん。そこに手を触れられるってすごいことでもあるし、同時に怖いことでもあるからさ。だから、してあげているなんて気持ち、一つもわいてこないもんなあ」

「ああ、それはわかる」

未来そのもの。似たようなこと颯斗君も言っていたなとうなずく。

「そもそも、私はそらのためにできているかなって不安のほうが強いし。これでいいのか、ちゃんとできてるのか、もっとしてあげられることないかっていつも迷う」

「三池さんでもそうなんだ。私なんか毎日、ちっぽけなことで悩みまくりだよ」

「子育てに正解なしっていうけど、正解どころか、わからな過ぎて心配だらけよ。それを思うと、自信満々にいい子に育てたとか言いきれるうちの親、すげー図々しいよね」

三池さんが豪快に笑うから一緒に笑った。

多かれ少なかれ、親子の間にはいろんなかけ違いがあるようだ。

「子育てって、マジ難しいよね。想像してたよりずっと」

笑い終えた三池さんがため息交じりに言う。

「本当に」

「人に迷惑かけない大人になってくれたらOKかなとも思うけど、子ども時代が楽しくなかったらそんなのだめじゃん。子ども時代を謳歌してても、将来悪いやつになったらえらいことだし」

「そうなんだよね。そもそもどうしたらいい大人になるか不明だしね」

私もため息をつく。甘やかしすぎなのか厳しすぎるのか、自分で自分がわからなくなる時も多い。

「どこまで子どもの言うこと聞いていいかって判断が難しいよねえ。あ、でも明らかにわかることがある」

「何？」

「親に六万払う必要はないよ」

「あはは。そっちか」

三池さんにもきっぱり言われてすっきりした。内職は今回で終わりだ。

「娘に気を遣わせて金出させるとか、マルチ商法まがい」

「うん。この分で内職はやめにするつもり」

「内職してまでお金用意しようとするとか、美空さんもよくないよ。もう洗脳されてる」

「洗脳？」

「だって、やばい親だと思うよ。人のことこんなふうに言ったらだめだけどさ。毒親だよ」

「そんなのじゃないんだよ。怒られることはあっても暴力振るわれたことはなかったし、高校まで女手一つで行かせてもらったしさ」

「圧力で縛ってたんだね」

「まあ、厳しい親ではあったけど」

私の母は「分相応をわきまえなさい」「女手一つで育てた」という言葉で私を律してきた。そして、その言葉を乗り越えられたことは一度もない。

「うちのお母さんは、反抗期がなくて育てやすいって周りにアピールしてた。そのせいか、私、反抗できなかった。こんなに気が強いのにね。いろんな方法で親ってしばりをかけてくるんだよな。まったくあいつらと来たら。……ね、美空さん、子ども時代に戻りたい？」

三池さんに聞かれて、私は言葉に詰まった。

子ども時代。いくつかの場面が頭に浮かぶ。泣いて怒られたこと。友達と遊びに行けなかったこと。欲しくても手に入らなかったもの。授業参観に親が来なかったこと。思い浮かぶ母はいつも怒っている。中学になってからは親の立場や気持ちが少しわかるようになって、申し訳なさで肩身が狭くなった。高校生で私は静かに生きるべきだと悟った。戻りたくない。子どもであったどの時代にも。ひかりが私のもとに来てくれるまでの日々には、たった一日でも戻りたくない。そう思う自分に、涙が勝手にこぼれた。

「あ、ごめん。ごめん」

「違う。三池さんのせいじゃない。気づいちゃった。私、全然楽しくなかったんだって。子ども時代、全然幸せじゃなかったんだって」

そう思うだけで、涙がまたあふれた。ああ、そうだったんだ。私は幸せじゃなかったんだ。その事実に初めて目を向けた気がする。

「でもさ、めっちゃひかりちゃん、幸せそうじゃん」

「そうかな」

「自分が幸せになるより、誰かを幸せにできるってすごいことだよ。見て」

三池さんが目で合図したほうを見ると、ひかりとそら君がお店屋さんごっこに夢中になっている。

「ママの分と颯斗君の分も欲しいので四つ下さい」

「それだったら、三つじゃないの？」

ひかりの注文に、ドーナツ屋さんらしきそら君が言う。

「ひかりは二つ食べるからね」

「食いしん坊なんだね」

「大きくならないとダメだから」

「そっか。わかりました。えっと、四つだから三万円です」

「はーい。高いんですね」

「このお金でぼくもママにドーナツ買わないとダメだから」

二人のやり取りに、三池さんと顔を見合わせて笑って、二人で涙を流した。どんな過去があったとしても、目の前にはまぶしい光景がある。

「ちょっと、これも見てよ」

ひとしきり笑った三池さんが指さしたティッシュの山に驚いた。

「本当に三池さん、何するのも速いよね」

「私、手が口の三倍動くんだよ。こんだけあれば一つくらいパクってもわかんないっしょ。涙拭いて」

三池さんがそう言って、ティッシュを一枚渡してくれた。

愛情を求め、それを埋められないまま、私は大きくなってしまった。子ども時代の自分にしてあげたいことがたくさんある。でも、あのころの私には戻れないし、過去には手を触れることもできない。それならどうすればいいのだろうか。どうしたら、大人になってしまった私を救えるのだろうか。

「うちはさ、お互い親になって、普通に話せることも増えたかな。まあ、お母さんは年取ってだんだん頑固になってて、こっちが言葉選ぶことも多いけどね」

三池さんもティッシュで涙をぬぐった。

「そっか。今って母とお互い同じ立場なんだよね」

私も母も大人だ。そして親だ。ついでにどちらも夫がいない。母と今の私には共通点がある。

「楽観的観測だけど、美空さんもお母さんと本音で話してみたら、すとんとお互いなにかがふっきれることもあるかもね」

距離を取って楽になるのがいいという考えもある。でも、大人になって親となった者同士で歩み寄れるものがあるのかもしれない。

「ママー、ドーナツ買ってきたよ」

とひかりが私のそばに走ってきて、

「ママー、三万円もらえたよ」

とそら君が三池さんのところに来た。

「ドーナツに大金に。ママたちは幸せ者だ」

三池さんが言って、そら君が「じゃあ万歳だ！」というのに合わせて、私もひかりも「やったね」と手をあげた。約束の三時がとっくに延長されたことを示すオレンジ色の濃い西日が、部屋には差しこんでいた。

4

十月に入っても母から電話はなかった。こちらからしようかとも思ったけど、ついつい後回しになった。まだそういう時ではないのだと示しているのかもしれない。何も自分から飛びこむことはない、などと自分に都合のいい言い訳で、先延ばしにすることを許していた。心の奥では気になりつつも、ひかりと共にいる日々は目まぐるしく、うまくほうっておきながら過ごせていた。

そんなことよりも、うっかりしていたことがあった。

ランドセルだ。

前の水曜日、颯斗君に、

「そうそう。今日、保育園でラン活の話になってさ」

と言われ、

「ラン活……あ、ランドセル!!」

と私は思わず大声になった。

「もうだいたいみんな注文してあるらしいよ」

颯斗君の指摘どおり、三池さんにも夏休み前、「ランドセルは早めに買うのがお勧めだよ」と言われていたのを、きれいに忘れていた。

「そうそうそう！　ランドセル！　ひかりもほしい。早く早く」

ランドセルという言葉にひかりは飛びついて、「ほしい」を繰り返した。

「なんでもいいのならどこでも買えるけど、人気のランドセルは十月くらいには次の次の年度の販売が始まっちゃうらしい」

「うわあ、そうだった」

そら君はまだ年中だが、何でも準備が早い三池さんは去年からすでに調べていたらしく、いくつかのブランドをピックアップして私に教えてくれていた。「量販店とさほど値段も変わらないし、軽さとか使いやすさとかアフターフォローを考えるとこの辺りがいいかな」と。それなのに、そっくりランドセルのことが頭から抜けていた。これでよくひかりが大事だと言えたものだ。

「ああ、ボケてるわ。私」

「くそばばあに振り回されてるからだよ」

「そうなのかな」

がくりとする私に、

「どれだけショックを受けるんだよ。まだ間に合うから」

と颯斗君は笑った。

「そうだね。まず買わなきゃだ。それにしても、颯斗君、保育園でそんな話をしてるんだ」

「するする。短時間だけど、お迎えの時って貴重な情報交換の時間だよな」

「すごいね」

「すごくないよ。話すって言っても、五分くらいだよ。近所のおいしい店とか、小学校までに準備したほうがいいものとか、ママ友の情報って最強だよな」

ママ友情報のありがたさは知っているけど、ママたちとそれだけ仲良くなっている颯斗君のコミュニケーション能力に感心する。短時間とはいえ保育園で有意義に過ごしていただなんて。

「あ、そうそう。そんなことより、言いたいのは、ランドセルはぼくに買わせてねってこと」

颯斗君はそう申し出た。

「いいよ。そんなの」

「もう決めちゃったから。次の日曜日に買いに行こう。休みとったし、めぼしいお店を三つに絞って予約したから。断る余地なし」

ランドセルは見に行くのに予約したほうがいいことも三池さんに教えてもらっていた。颯斗君が「予約したのはここ」とスマホで見せてくれたお店は、三池さんのおすすめと一緒だ。

「予約ありがとう。でも、自分で買うよ」

「だめだめ。ランドセルって、親以外に買ってもらう物なんだよ」

「何それ？」

「そういう風習なんだって。それに、のんきにしてると、うちのおふくろがしゃしゃり出てくるからな。おふくろにこの役を取られるわけにはいかない」

と颯斗君がわざと険しい顔を作って見せた。

「どこの風習？」

「だいたいそうじゃないの？　ぼくだってじいちゃんに買ってもらったし。そもそもランドセルは親戚に買ってもらうと長持ちするらしい」

「そんなの、聞いたことない」

颯斗君の話に私が言うのに合わせて、「ひかりもー。聞いたことない。ねー、ママー」とひかりが私の膝の上に乗ってきた。

「とにかく飯塚家では先祖代々、ランドセルは親戚に買ってもらう決まりがあるんだよな。これ破ったらだめなやつ」

「本当？」

「親は毎日子どもと会えるけど、親戚はそうじゃないじゃん。だから、そばにいたいという気持ちをこめて、親戚が、なるべくおじさんが買うのがいいって、飯塚家では語り継がれてる」

「そうなんだ」

わかりそうでわからない颯斗君の説明と、「ランドセル、ほしいほしい。ね、ママ早く行こうよ」とひかりにせかされ、そのまま日曜日に颯斗君とランドセルを見に行く約束をしていた。

「まずは上水田《かみみずた》まで出るね」

十月第二日曜日。駅前で待ち合わせした颯斗君は、いつものトレーナー姿じゃなく少しきちんとしたシャツを着ていた。

「おしゃれな格好も似合うね」

と私が言うと、

「おお、姉さん、そういうこと言えるんだ」

と颯斗君が笑った。

私はあまり口がうまくない。いいなと思ってもうまく表現できないことが多い。でも、どうしたって、颯斗君は義理の弟で、言えなかったようなことも自然に口に出てくるようになった。

「電車、電車!!」

ひかりは電車に乗ることに大喜びだ。乗り物が大好きなひかりは、バスやトラックを見るといつも手を振っている。今日も切符のボタンを押すのに大興奮で、私と颯斗君の切符をうれしそうに購入した。

「仕事休んでまで、ありがとう」

「有休がたまってるしね。何よりこんな任務を与えられて光栄すぎ」

日曜昼過ぎの電車は空いていて、ひかりを真ん中にして三人で座ると、贅沢な心地がする。三人で家族みたいかというと、それとはどこか違う。義務感や責任感を伴わない、もっと自由で穏やかな関係のような気がする。

ひかりは流れていく景色を「赤い屋根の家だ」「今、川あったね」「お店が見えたよ」とことこまかに報告した。電車ってこんなにもおもしろい乗り物だったんだと、ひかりと乗るといつも思う。

「最初に行くのは十津川《とつがわ》革店というところ。そこのは革が上質でアフターフォローがいいんだ。ただ機能性の面では少し劣るかな」

颯斗君はひかりの言葉にうなずきながら、説明を始めた。

「なるほど」

「で、その店のすぐ近くの百貨店の中に山下鞄店があるんだけど、そこは軽さが売りなんだ。精密に設計されてて、背負いやすいらしい」

「そうなんだ。軽いのが一番いいかもしれないな」

ひかりは平均より背が低い。軽さは大事なポイントだ。

「三軒目は、行くかどうしようか迷うんだけど一応見ておこうかなって。デザインが多彩だから、ひかりが好きな可愛い感じのランドセルも多いんだよなあ」

「すごいはりきってるね」

颯斗君がランドセル会社の営業のようで笑ってしまう。

「そりゃそうだろう。一世一代の買い物だもん」

「一世一代？」

「ランドセルって何回も買わないよね」

「本当だ。一回だけだ」

「だろ。だから、初めて車を買った時の気分。いや、車は買い替えるだろうからそれ以上」

「すごい買い物だったんだね。ランドセルって」

私が驚くと、ひかりまでが「そうだよ。知らなかったの？　ママ。ランドセルはすごいんだよ」と言って颯斗君と「やれやれですね」と笑った。

姪っ子のランドセルでこれだけ一生懸命になってくれるんだから、颯斗君の子どもは幸せだろうな。たくさんの愛情で満たされて。と思わず頭に浮かんだ情景に軽く首を振った。結婚をしなくても子どもを迎える手段はあるだろう。でも、颯斗君が我が子を育てることはたやすくはないはずだ。だからこんなにもひかりに。いや、全然違う。颯斗君がひかりに注いでくれる愛情は、自分の子どもが持てない代わりにといったものではない。足りないものを埋めるためや代替ではなく、ただまっすぐにひかりに向けられている。そんなことを考えていると、

「降りるよ」

とひかりと手をつないでいる颯斗君に声をかけられ、私は慌てて席を立った。


「えっと、一軒目は、ここだ」

颯斗君に案内された路面店に入ると、きれいに壁一面にランドセルが並んでいる。

「うわー、これだけランドセルが並ぶ姿って圧巻」

「すごいね！　ママ、すごいね」

ひかりと私が感心していると、

「ほとんどがもう来来年度のラインナップで、こちら側の棚が四月から一年生になるお子様のランドセルです。少なくてすみませんが」

と店員さんが奥の棚を示してくれた。みんなどれだけ早くランドセルを買うのだと驚いてしまう。それでも、奥の棚だけでも二十種類はあった。

「ひかり、どれがいい？」

颯斗君に聞かれ、

「ピンクでしょう、あと紫、あ、でもこのハートのもいい」

とひかりがあれこれ指をさす。

店員さんは、ひかりが惹かれた物をすかさず手に取ると、ベルトの長さを調節して、背負えるようにしてくれる。

今時のランドセル販売ってすごいんだな。自分で選ぶことなく、赤のランドセルを与えられ、何も考えずず六年間身に着けていた私はあっけにとられてしまう。

「うわ、颯斗君、ママ、見てみて。ひかり小学生になったよ」

ランドセルを背負ったひかりは鏡に姿を映しポーズを決めている。

一人前の顔をしているけど、ひかりにランドセルはまだ大きくてアンバランスだ。もうすぐ小学生になってしまうと思っていたが、ひかりの体の小ささが目立って、まだまだ幼いんだなとどこかほっとする。

「どれも、ひかりに似合いすぎるな」

と颯斗君は、ひかりがランドセルを身に着けるたびに写真を撮った。

「六年になっても使うから、あんまり子どもっぽくないのがいいよ」

私は淡いピンクにハートとリボンの刺繍《ししゅう》が施されたランドセルを気に入りそうなひかりに言った。あまりにかわいいのだと、高学年になった時照れ臭くなりそうだ。

「ひかりは、かわいいのがいいの」

「でも、十二歳になったらひかりは大きいお姉ちゃんなんだよ。今と同じのが好きかなあ」

「お姉ちゃんになってもかわいいの好きだもん」

「そう？　きっとひかり、もう少しシンプルなの好きになってると思うんだけど」

私とひかりが言いあっていると、

「ランドセルカバーをかけられる方も多いので、雰囲気はいくらでも変えられますよ」

と店員さんが教えてくれた。

「そうなんですね」

「ひかりがうきうきして背負えるのがいいじゃんね」

と颯斗君は言う。

「そうそう！　うきうきはピンク」

「それはわかるけど、一年生のひかりも六年生のひかりも、うきうきしてくれるランドセルじゃないと」

「なるほど。母親は六年後まで考えるんだな。さすが」

どうせ買うのだ。六年間納得できるものじゃないともったいないという考えが先立ってしまうだけなのだけど、颯斗君は「親戚と母親の違い見せられたかも」と感心していた。

ひかりのお気に入りがいくつかできてしまい絞り切れないまま、私たちは次の店に向かった。

「次は、新しくランドセルに進出した会社なんだけど、軽さや機能性が重視されていて最近人気らしぃよ」

颯斗君の説明を聞きながら、百貨店に入り、エスカレーターに乗る。家族連れが多く、騒々しくも楽し気な日曜日の空気が立ちこめている。

七階の売り場に着くと、

「うわ、これがいい」

とひかりは店の奥に展示されていたランドセルに一直線に走っていった。

ベースは柔らかいこげ茶でピンクの縁取りがしてあるランドセル。私も目を引かれた。

「おお、かわいいかも」

と颯斗君も言う。

「うん。いいかもね」

さっきまでピンクや薄い紫を選んでいたのに、どうしてこげ茶にと思うけど、ピンクの縁取りや留め具に彫られたハートがかわいいからだろうか。ひかりはすっかり気に入っている。これなら、落ち着いているし、高学年でも似合いそうだ。

お店の人に調節してもらって背負ってみる。

「背負いやすい？」

と聞くと、ひかりは、

「うん！」

と大きな声で返事をする。こげ茶の温かい色味のせいか、ランドセルを背負うひかりの姿は懐かしい感じがした。

「決定‼」

とひかりが叫んだ。

「ほかのも背負えば？」

と言っても、

「これこれこれ、絶対」

と言い切った。よっぽど気に入ったようだ。

「もう気が変わったりしないかな？」

「だって。このランドセルさん、ひかりの大好きなランドセルなんだもん」

子どもって、お菓子一つで迷うくせに、大きなものでも決めてしまえば、心を動かされない。

ひかりは他のランドセルには興味がないようだった。

「いいんじゃない？　ぼくもすてきだと思う」

颯斗君はひかりを前から後ろからぐるりと何度も眺めて「そっか。もう小学生になっちゃうんだよな」とつぶやいた。

「なるよ。ひかり、背も伸びてるしね」

ひかりは鏡で何度も自分の姿を見ている。

「泣いてばかりだったひかりも、何でも自分でできるようになっちゃうんだな」

「颯斗君、感慨にふけらないでよ」

花嫁の父親みたいなことを言う颯斗君を私は笑った。

「そう。ひかりはね、小学生になって、お利口になるからね。ママ、このランドセルどう思う?」

「ママもいいと思う」

「やったね!!」

ひかりは今日背負って帰ると言ったけど、イニシャルを刻印し、二ヶ月程度後に発送してくれるそうだ。あまり早くから家にあると遊びに使ってしまいそうだから、それがいいと私は同意した。

手にあるのは引き換え伝票だけだけど、お店を出ると私も颯斗君もひかりも、とっておきのものを手に入れたようでほくほくしていた。

「本当にありがとう」

と言う私に、

「こちらこそだよ。超楽しい買い物」

と颯斗君は声を弾ませた。

「ランドセル買えたもんね」

とひかりはそう言うと、

「あと何回寝たら届くんだっけ」

と首を傾げた。

「六十回くらいじゃないかな」

「それだったら、ひかりは保育園のある日は一日二回寝るから、すぐかな？」

「そうだ。お昼寝もあるね。じゃあ、百二十回寝ないとだ」

「百二十回も寝るの？　そんなこと人間にできるのかな」

百を超える数がひかりには脅威に思えるようで、

「無理だよ。ママも一緒にやってよ」

と弱音を吐いた。

「うん。ママは何回でも余裕で寝るよ」

「すごい。やっぱりママだ」

「二百回でも寝ちゃうから」

「え？　ママは世界で一番寝る人なの？」

ひかりの発言に私も颯斗君も大笑いした。

三軒目に見に行く予定だったお店は取り消しにして、電車に乗って我が家の最寄り駅まで戻り、

「夕飯はごちそうさせてよ」

と私が誘って、三人で小さなファミレスに入った。

「子どもの時ってレストラン行くの、本当楽しみだったな」

颯斗君が懐かしげな顔をする。

私も子どものころ外食したことが数回ある。だいたい近所のうどん屋かラーメン屋だった。子どもながらに安いものを頼んだほうがいいとわかっていて、きつねうどんか醬油ラーメンを注文した。それでも、外での食事はおいしく感じたしうれしかった。母は、厳しい家計の中で連れて行ってくれていたのだろう。そんなことを思い出すと胸が痛む。愛情深い人ではなかったのかもしれないけど、ちゃんと育ててくれてはいたのだ。

「今は外食って当たり前だけど、それでもいい年してもわくわくするんだよな」

「本当だよね」

ひかりはお子様ランチを頼み、私はドリアを颯斗君はハンバーグを頼んだ。あと、みんなで食べようとサラダとフライドポテトも。

私の隣にひかり。ひかりの前に颯斗君。席順も家と同じで、好きなものが並ぶテーブルも水曜日の夕飯と似ている。それでも、外だと特別感が増す。

ひかりは目の前に置かれたお子様ランチに、

「これはすごい食べ物だ」

と歓声を上げ、さっそくハンバーグを口に入れた。

「いいね。子どもはランドセルにお子様ランチにお得だね」

私が言うと、

「でしょ。ママも颯斗君もいるしね。ねー」

とひかりが私の腕に頭をくっつけた。ひかりはすぐに幸せになれる。こんな簡単に幸せになれる人を他に知らない。

「颯斗君は普段は休みの日、何してるの？」

私はドリアを冷ましながら聞く。ファミレスの特別感とランドセルを見た高揚感で、戸惑いがちな言葉がいつもよりするりと出た。

「寝てるか寝てるかだな」

「何それ。寝てばっかりじゃない。いつも水曜日来てもらってるけど、休みにしたいこととか行きたいとことかないの？」

考えてみれば、一度も水曜日に颯斗君が来なかったことはない。

「特にないかな」

「遊びに行かないの？」

「テレビで映画見て、おいしいもの食べてそれでいいかな」

「そう言えば最近の若い人ってあんまり外出ないって雑誌か何かで読んだ気がする」

私がそう言うと、颯斗君が噴き出した。

「姉さん、何歳？」

「二十六歳」

「ぼく二十五歳だよ。最近の若い人？　一つしか変わらないんだけど」

「ああ、そっか。同じような年だった」

私も自分の発言に笑ってしまう。子どもがいるせいか自分が年を取ってる気がしてしまう。

ひかりは、

「ひかりも若い人だからね」

と仲間に入ってきた。

「うん。若い人だね。ひかり、口の周り拭いたら、もっと若い人だよ」

私がナプキンを渡す。ひかりの口の周りはスパゲティのケチャップだらけだ。

「突然いろいろ聞いてくるなんて、姉さん風吹かしだしたな」

笑い終えた颯斗君がそう茶化した。

「私ひとりっ子だったから、弟ができてうれしいのかも」

私は正直に言った。奏多とは連絡を取っていないし、父もいないし、母とは通じ合えていない。颯斗君の存在がなかったらどうなっていただろう。

「ぼくも、兄貴しかいなかったから姉さんができたのはよかったな。姉さん、兄貴より真面目だしちゃんとしてるし。自分は何もしなくても、身内が結婚してくれるだけで家族って増えるんだな。しかも、こんなかわいい姪っ子ができるってラッキー」

「それ、ひかりのこと？」

ひかりがエビフライをかじりながら言う。

「そうそう。ひかりと会えてラッキー」

颯斗君が向かいの席からひかりにピースサインをして見せる。

「ひかりが二人いたら、二号のほうに颯斗君の家で暮らしてもらうんだけどなあ」

ひかりの提案に、

「一緒に暮らすのはいいかな。二号が来てくれるのは週に一回でいいかも」

と颯斗君が言った。

「どうしてよ」

ひかりが目を丸くする。

「だって、寝かしつけて朝起こして、ごはん食べさせて、保育園送って、変な遊びに付き合って、お風呂入れてまた寝かしつけて。それ毎日だろう。ひかりしょっちゅう泣くし。ぼく、倒れるかもしれない」

「え?え?え?　ママ、大変?　倒れる?」

颯斗君の答えに、ひかりが真顔になる。

「倒れないよ」

「ひかりが泣いても?」

「うん。大丈夫」

「毎日毎日ひかりを寝かしつけても?」

「そう。ひかりのほっぺ触ったら、どんなこともしんどくなくなるんだよ。ひかりのほっぺふわふわだから」

私はそう言って、ひかりの頬に自分の頬をくっつけた。

ひかりが生まれてから何度も何度も触れているのに、毎回ひかりの頬に触れるたびにこんなにすべすべで柔らかいものはないと感じる。頬の感覚だけで、体の隅々までが満ちていく。

「ひかりのほっぺ、ふわふわでよかった」

とひかりが心底安心したように言うから、みんなで笑った。

「ずっとほっぺがふわふわでありますように」

とひかりが言って、

「ずっとこんな時間が続けばいいのにな」

と颯斗君が言った。

「続くよ。ずっと」

私が発した言葉に二人が顔を見てくる。

「続くに決まってる」

私が言いきると、颯斗君とひかりは同じような表情を浮かべて「よかったね」と言い合った。

もうすぐやってくる日のための買い物。家族たちの話し声が溢れる空間での食事。取るに足らないことで笑って、笑っている相手の顔を見ているとまた笑ってしまう。それらはとんでもなく幸せな時間に思えた。

# 晩秋

## 1

「あれ、これ、なんだろう」

秋も終わりを迎えるころ、お風呂あがり肌がカサカサになりやすくなってきたひかりの体に、保湿クリームを塗っていて、太ももに小さなふくらみを見つけた。

「なに、なに？」

ひかりが聞く。

「ここ、痛くない？」

太ももの付け根に、ピンポン玉のような丸い腫れがある。私がそっと触れながら尋ねると、

「全然」

とひかりが首を横に振る。

「こんなふうになったことあったっけ？」

赤味はなく、ただぷくっと盛り上がっているだけで、熱は帯びていない。便でもたまってい

るのだろうか。

「なになになに？」

「何かなと思ったんだけど、うん。なんでもないみたい」

ひかりが怖がってはいけないから、私はそのまま「気のせいだね」とパジャマを着せ、ひかりを寝かしつけてからネットで調べてみた。

太もも　付け根　ふくらみ　など当てはまる様々な言葉で検索してみると、さっきのひかりと同じような症状が出てくる。一番多く並ぶ言葉は鼠径《そけい》ヘルニアだ。鼠径ヘルニアの症例画像もひかりのふくらみと似ている。治すには手術が必要だと書かれている。ひかりが手術？　あの小さい体で？　想像するだけで体が縮こまる。

子どもの鼠径ヘルニアは、生まれながらに腸などが出ている状態で深刻な病気ではないが、手術しておかないと、陥頓《かんとん》という症状が起こった場合が危ないらしい。様々なページを読んでみても、同じような情報が得られるだけで安心材料はなかった。

病院に行って実際に診てもらうのが一番いい。それが明らかなのに、ひかりは痛くないと言っているし、気のせいかもしれない。たいしたことはないはずだと思いこもうとしてしまう。病院に行くためには会社を休まなくてはいけないし、連れて行くだけでひかりは泣くだろう。ハードルが高くて、行かなくていい方法ばかりを考えてしまう。

熟睡して寝息を立てているひかりの太ももをもう一度そっと見てみた。さっきほど出ているようには思えない。考えすぎだったのだろうか。もしまた腫れていれば、その時は必ず病院に行こう。私は自分にそう言い聞かせ、ひかりの横で眠りについた。

翌朝、ひかりの太ももにはふくらみはどこにもなかった。何かの拍子で腫れに見えたのだろう。きっと大丈夫だ。心がざわついているのを無理やり押さえつけ、その日は普段どおりひかりを保育園に送り、仕事に出かけた。

案の定、仕事中に何度も「鼠径ヘルニア」という言葉が頭にちらついて集中力を欠き、慣れた作業ですら失敗をして、叱られた。仕事時間はいつも以上に長く感じられる。大丈夫だと自分に思いこませたくせに、心配でならないのだ。定まらない精神状態のままなんとか仕事を終え、ひかりを迎えに行くと三池さんに会えた。

月曜日、三池さんは仕事がいつもより早く終わるらしく、お迎え時に会えることが多い。三池さんの姿を見つけ、ほっとしている自分に気づく。親しい人がいることがこんなにも心強いのかと、母親になってから何度も思い知った。

そら君とひかりを園庭で遊ばせながら、三池さんにひかりの太もものことを話した。

「それ、腸の何かじゃないのかな?」

三池さんは眉根を寄せる。

「それが、今朝はへこんでて何もなかったんだ」

「病院行った?」

「いや、見つけたのが夜だったたし。今日の朝は何もなくて、大丈夫かなって」

「そうだよね。大丈夫だとは思うけど……。でも、病院行ってすっきりしたほうがいいよ。今から一緒に行く？」

三池さんはうらやましいくらいに、すぐに正しい決断ができる。

「今はへこんでるかも」

「それだと診断できないか」

「どうなんだろう」

何もない状態で連れて行っても、様子を見ましょうで終わってしまいそうだ。病院は無駄に行きたくない。

「今度、膨《ふく》らんでる時に写真を撮って、それ持って病院に行くのがいいかもね」

と三池さんが言った。

「ああ、なるほど」

「あ、これじゃない？」

三池さんはしゃべりながらもスマホで調べていた画面を私に見せた。

「ああ、やっぱりそうかな」

鼠径ヘルニア。私も何度も見た解説のページだ。

「そりゃもう見てるよね。……病院行くとなるとさ、会社休んで、泣くのわかってて連れてって、行ったら待たされて、そのうえたいしたことなかったら、こんなことで来なくてもと思われそうでって、いろいろ考えちゃうよね。そらなんて大暴れするから、私、病院行くの大嫌い」

三池さんは苦々しい顔をして見せた。

「私もだよ。病院に連れて行くの憂鬱《ゆううつ》で後回しにしちゃう」

「だよね。病院に行ったら、逆に風邪うつっちゃうしなとか、行かないでいい方法をいつも考えちゃう。だけど、ネットで調べても、安心なんてくれないし、行ったほうがいいよ、絶対」

「うん。そうだよね。そうする」

「何かあったら何でも言って」

「ありがとう」

「いつでもついていくしさ」

「大丈夫。行かなきゃってずっと思ってたのに動けなくて。三池さんのおかげですっきりした」

わかってくれている人に話すことは、安心だけでなく思い切りを与えてくれる。子どものことは自分以上に決心が難しい。意味もなく迷っていた気持ちは、三池さんがきっぱりと晴らしてくれた。


その後、家に着くなりひかりの太ももを見てみたけれど、ふくらみは見えなかった。だけど、お風呂に入った後、かすかに膨らんでいるのがわかった。昨日と一緒だ。すでに手にしていたスマホで、写真を撮る。ひかりが「なんでなんで？」とスマホをのぞきこもうとするから、

「写真ゲームだよ。ママが三回撮るまでにパジャマ着てください。どっちが勝つでしょうか」

と用意しておいた言い訳をする。

「キャー」

と慌ててパジャマを着るひかりの素直さが苦しくなる。

写真はしっかり撮れていた。昨日見たのと同じぷくりとしたふくらみがある。これは病院に行くべきだ。それ以外の選択肢はない。明日すぐに行こう。想像したくないけれど、ひかりにもしものことがあったら、私はすべてを失い生きていく意味をなくしてしまう。「あの時こうしていたら」そんな思いは絶対にしないようにしなくては。私はそう決心をし、ひかりのそばでいつも以上にくっつきながら夜を過ごした。


翌朝会社に電話をし、午前中の休みを申し出た。休みの連絡はいつも緊張する。「当日に申し訳ありません」とどきどきしながら謝ったけれど、半日私が休むことなど誰の気にもならないようで、「了解です」と電話口から返事が聞こえすぐに切れた。

そのままの勢いで保育園にも昼まで休むことを連絡し病院の予約もした。ここまではスムーズにいった。難関はひかりを病院に連れていくことだ。

「あのね。今日はママ、仕事を半日休んだんだ。ひかり、ちょっと気になるところがあって、病院行こうかなって」

朝食を食べ終えたひかりに、何気ないふうに告げると、

「やだやだやだやだ。ひかり、すっごく元気だから」

とひかりは、すぐさまぐずりだした。

「そうだよ。ひかり、元気だから大丈夫。病院行って診てもらうだけで、痛いことは何もされないよ」

「注射する？」

「しないよ。それにさ、診察終わったらガチャガチャさせてもらえるでしょ」

いつも行く小児科は診察終了後ご褒美にコインをもらえて、おもちゃが出るガチャガチャができるようになっている。

「いらないもん」

「今日、いいおもちゃ出そうだけどなあ」

「だってひかり元気なの！」

「そう。だから注射もしないし、お喉のアーもたぶんない。ひかりの太もものところね、ちょっとぷくってなってて何かなって思うから診てもらうだけなんだ。すぐ終わるよ」

「やだやだやだ。絶対に無理。ひかり、保育園に行く！」

「お休みしてママとゆっくり病院行こうよ」

「お休みするなら、ねんねしとく」

「そうだ！　病院の後さ、ママお昼までお仕事休みだから、昼ごはん一緒に食べよう」

私はひかりをぎゅっと抱きしめながら耳元で言った。だだをこねたひかりの体はいつもより熱い。

「病院が、やなの」

ひかりが泣き声を含んだ声で言う。それでも予防接種に連れて行こうとする度に、床に寝転んで拒否をしていた去年までのひかりとは違い、どこかで受け入れようとしているのが伝わる。

「病院なんて一瞬だよ。その後、お昼ごはん食べようよ。ママすごく楽しみ」

「ひかりもそれは楽しみだけど。病院はいや」

「すぐ終わるよ。こっそり二人でハンバーガー食べよう」

「ハンバーガー？」

「そうだよ。保育園のお友達は給食だけど、ママとひかりは食べに行こう」

「ポテト食べる？」

お昼ごはんの提案に、ひかりもだいぶ心を揺さぶられている。

「もちろん、フライドポテト注文するね」

「病院、何もしないんだよね？」

ひかりは私の顔を見て再度確認する。

「うん。きっと大丈夫。行けるかな？」

「たぶん」

ひかりは小さくうなずいた。

「二人で」「こっそり」が、ひかりは大好きだ。ファストフードで昼ごはんを食べる。それだけのことが特別に思えるなんて、ありがたい。ずるい手段を使っているような後ろめたさはあるけれど、しかたない。

　十一月後半だがまだ本格的な寒さがやって来ておらず、風邪もそこまで流行っていないせいか、病院は空いていて予約時間どおりに診察室に入ることができた。ひかりも昼ごはんが待っているからか、恐る恐る診察室に入りながらもおとなしくしている。

　スマホの写真を見せながら私が症状を説明するのを聞いた後、医者はひかりの太ももを確認すると、すぐに結論を出した。

「鼠径ヘルニアだわ」

「あ、はい」

　インターネットで何度も確認していながらも、「こんなの放っておけば治る」と言ってもらえるんじゃないかと、どこかで期待をしていた私はがくりときた。

「もうお洋服着てね。ひかりちゃん、すっごいお利口にしてたね」

とひかりは看護師さんにシールをもらい、ほっとした顔で診察室のおもちゃで遊びだした。

「急いでどうこうしなくちゃいけないわけじゃないけど、腸が出ている状態だから、手術がいるかな。普段はすぐ戻って問題ないんだけど、陥頓といって、腸が出て戻らなくなると緊急手術が必要になるから」

　私より二十歳ほど年上の女性の先生は落ち着いた声で言いながら図を描いてくれた。

「手術って言っても、そこまで大きいものじゃなく、一時間もかからないはずよ。たぶん一泊二日でできるかな」

たくさんの病気を見ている医者からしてみれば、たいした病気ではないのだろう。簡潔に説明が進む。

「ただ、小児外科医のいる病院じゃないとね。ここから一番近いところだと西部中央病院かな」

「あ、はい」

「緊急じゃないとはいえ、陥頓の恐れを考えたら早いほうがいいわ。いつなるかわからないから。できるだけ早く診てもらって」

説明にうなずいている間に、西部中央病院への紹介状を書いてもらい、そのまま予約までしてもらえることになった。スムーズな展開に戸惑い、空いている日を聞かれて、いつでもと答えていた。

「ほかに質問はある？」

「いえ。あの、どうして、ヘルニアに？　原因は何ですか？」

「先天的なものだから、何をどうこうしてなったわけじゃないわよ。一〜五パーセントの子どもはなるから」

「そう、なんですね」

一〜五パーセント。そのわずかな割合に、ひかりが当てはまってしまっている。不運だと思うのはどこか間違っている。だけど、どうしてひかりがと思わずにいられなかった。

「お母さんが、何かをしたからなったわけでも、何かをしなかったからなったわけでもないのよ。どこにも怠《おこた》った部分なんてない。病気になって、責められる相手なんかいないから」

先生は私の顔を見たままで言った。先生の言うことは正しい。でも、ひかりは父親がいない上に裕福でもない。そこにまだ何かが降ってくるなんて。

「そんなに心配することじゃないから。お母さんが深刻になると、ひかりちゃんも怖がるでしょう。子どもといるんだもん。病気も怪我もいつどこでやってくるかわからない。一つ一つ対処していくしかないよ」

「わかりました。ありがとうございます」

先生の言うとおりだ。ひかりの恐怖心をあおるようなことだけはしてはいけない。

ひかりは注射も喉を見せることもなく、すぐに診察が済み、

「ガチャガチャに昼ごはん！　この後はいいこといっぱい」

と喜んでいる。無邪気さに救われるのと同時に、その素直さに胸が痛む。

「何もなくてよかったね」

そう笑うひかりに、泣きたくなる。

「うん。そうだよね」

「歯も磨いてるし、早く寝てるからね。ひかり」

「そうだね」

「ママの言うことちゃんと聞いてるから、病気もさよならしちゃったんだね」

ひかりは自慢げに言うと、すっと私の掌《てのひら》の中に自分の手を潜りこませた。

すっぽりと包んでしまえるひかりの手。まだ幼い子どもなのだ。握ったひかりの手をどこに導いていくのかは、今は私にかかっている。鼠径ヘルニアくらいどうしたというのだ。もう進んでいくしかない。私はぎゅっと手を握り返し、病院を後にした。

夜、ひかりが寝てしばらくすると、三池さんから電話があった。

「遅い時間にごめんね。メールでもいいかと思ったんだけど、電話のほうが話が早いから。病院どうだったか、細かいこと聞きたいしさ」

三池さんらしい。そっとしておこうと敬遠してしまうところを、触れてきてくれるのがうれしい。一人で抱えているとあふれだしてしまいそうで、誰かに話したかった。

三日後には大きな病院に行かなくてはいけないこと、そこで診てもらった後手術の手続きをすること、一泊二日の入院になりそうだということ。そういう話をするのを、三池さんは一つ一つに相槌《あいづち》を打って聞いてくれた。

「早めにわかってよかったよね。でも、心配だね。大丈夫？」

「うん。大丈夫。今、話したら、ちょっと落ち着いた感じ」

「それならよかった。病院、ついていこうか」

「いいよ、いいよ」

「必要なこと、何でも言ってよね」

「うん、ありがとう」

三池さんの声を聴くだけで十分だった。親しい人と話すことはこんなに心を救ってくれるのだ。

「また連絡するね」

そう言って電話を切ると、私はひかりの隣に寝転んでそっと自分の体をくっつけた。

夜はひんやりとしていて、ひかりの体温が心地いい。

奏多《かなた》と別れると決めた日。まだ一歳だったひかりを、私が幸せにするんだと誓った。あの時はなんだってできそうな気がした。それなのに、おどおどしていてはいけない。子どもと共にある日々は、いつなにが起きるかわからない。ひかりがいるから、私は生きていける。やるしかない。ひかりが連れてくる不安を越えていく中で、私は確かに強くなっている。

「ママがいるから大丈夫だよ」

私は眠ったままのひかりの頭の上でつぶやいた。

## 2

「すっごい大きな建物だね」

十一月二十八日金曜日、電車で二駅とそこからバスで、西部中央病院に向かった。

「本当だね。なんか病院と言っても、こういう大きいところに来ることはないから、わくわくしちゃうかも」

私が言うと、ひかりが、

「ママって変わってるね」

と変な顔をした。

かかりつけの小児科を訪れ、その晩三池さんとも話し、覚悟は決まっていた。ほんの少しの恐怖心でも子どもは感じとる。私ができることは、ひかりを守り、ひかりに不安を与えないことだ。そう心に決めた以上、どこにもひるみはなかった。

「ここで、何するの？」

初めての場所で恐怖心より不思議な気持ちが先立っているからだろう。ひかりは泣くことはなく、私の手を握っていた。

「ママにもわからないけど、でも、ママが一緒だから大丈夫だよ」

私は正直に答えた。

「そっか。そうだね」

ひかりは私の言葉に素直にうなずく。私と同じように、ひかりも逃げられないものがあるとどこかで子どもながらに感じているのかもしれない。

長い間絵本を読んで待った後、ようやく診察室へと案内された。

「鼠径ヘルニアですね」

ベテランらしき初老の先生はズバリと言った。

「はい」

ひかりは診察室の中に置かれたおもちゃで遊んでいる。

「ひどい病気じゃないから緊急というわけでもないけど、いつ、陥頓といって、筋肉の穴に腸とかがはまっちゃって抜けなくなる状態になるかがわからないのが怖いんだよね。陥頓になると、緊急手術になるから。そうなると危険な状況にもなる。先に、手術をしておけば、それを防げるからね」

「はい」

小児科で受けた説明とほぼ同じことを、医者は図を描いて説明してくれた。二人の医者から同じことを聞くと、ほかに方法はないのだと思える。

「手術は二通りあるけど、おへそのあたりからカメラを入れてできる腹腔鏡《ふくくうきょう》手術がいいと思う。傷跡も目立たないから」

「それでお願いします」

「手術前に一度外来で検査して、で、一泊二日の手術になるかな」

「わかりました」

小児外科を訪れる中ではかなり軽度の病気なのだろう。先生は看護師さんに「カレンダーをお見せして」と言うと、自分はパソコンで日程を確認しながら今後の予定を即座に決めだした。

「えっとね。小児外科手術は木曜の午前に実施だから、前日水曜日から入院してもらうね。朝手術して、夕ごはんが食べられるか確認したらその日に帰宅できるから。麻酔の説明と手術前検査のために入院前に一度来てほしいんだけど、来週の月曜日って空いてる？」

「あ、はい」

「検査で何もなければ木曜日に……あ、来週の木曜日は手術が詰まってるから、その次。十二月十日に入院してもらって、十一日の朝から手術。この予定で大丈夫？」

「大丈夫です」

空いてるも何も休みを取るしかない。いつ緊急事態になるかわからない症状なのだ。それがわかっているのなら、すぐに解決したかった。

「緊急の手術が入る場合もあるので、その時は連絡しますね。とりあえず、十一日で決定でいいかな」

医者に言われ、私はうなずいた。

その後、ひかりをキッズコーナーで遊ばせている間に、入院の説明などを受け書類をもらい、会計を済ませた。

「ふう、ひかりくたくただ」

お腹を見られただけで、何もされなかったひかりは、私の手を引いてバス停までの道を歩いた。

「大きい病院って、中にいるだけで疲れちゃうね」

先が見えた分、私の心にも少し余裕ができている。

「人もいっぱいだし、いっぱい待つし、いっぱいお部屋あるしねーママ」

ひかりが「参っちゃう」と口を突き出した。

総合病院は待ち時間が長い。朝一で来たのに、病院を出るともう十二時を回っていた。入院。手術。次々に振ってきた言葉は自分とひかりとはかけ離れたものだと思っていた。でも、来週の手術は詰まっているうえに、緊急の手術が入る可能性もあると先生は言っていた。病気を抱える子どもはたくさんいるのだ。大きな病院に来ると、これくらいの病気で騒いでいることに罪悪感を覚えそうになる。

それでも、手術や検査をひかりと代わってあげられたらどれだけいいだろう。私なら手術や一泊二日の入院くらい難なく耐えられると、手を握ってくるひかりを見た。

「ママママママーマ」

ひかりは甘えた声で言う。

「何？」

「ひかり、おりこうだったよね」

「うん。びっくりしたよ。全然泣かなかったもんね。すごいね年長さん」

「ぎゅぎゅぎゅぎゅぎゅー」

ひかりが私の手を握る手に力をこめる。熱くて小さくて柔らかい手。あと、何度こんなふうに手をつなげるだろうか。

「そうだ。バス停まで抱っこしてあげよ」

私が言うと、

「本当？」

とひかりが声を弾ませた。

「だけど、重いかな」

「できるよ、できる！」

ひかりはそう言って、しゃがみこんだ私の首に手をまわした。十八キロのひかりはずしんと重い。ひかりは「やったね」「ママの抱っこ最高」と飛び切りの笑顔で私に顔をくっつけている。私が抱っこするだけで、こんなに喜んでくれるのだ。ひかりと入れ代わっている場合なんかじゃない。私が入院などしたら、ひかりを困らせてしまうだけだ。私なら、ひかりを笑顔にできる。つらさを和らげることができる。私にしかできないことがあるのだ。ひかりは私を悩ませ不安にさせ、そしてそれ以上に強くしてくれる。

3

入院前検査は、レントゲンと心電図と採血だった。前回痛い思いをしなかったせいか、ひかりはすんなり病院に入り、レントゲンと心電図は素早くこなせた。先生も看護師さんも慣れていて、可愛い貼り紙がたくさんの部屋でぬいぐるみでひきつけて、「ひかりちゃん、五歳なのにすごいね」と褒めまくっているうちに、やってしまう。

「全然痛くないね。ひかり、年長だからね」

とひかりも自信を持てたようだった。

「五歳になるとなんでもできるね」

私もそう言って何度もひかりを抱きしめた。

ただ、最後の採血はそうはいかなかった。

看護師さんの指示に従い、処置室と書かれた部屋に入り、ひかりを細いベッドに寝かせると、

「お母さんは、外で待っててくださいね」

と言われた。

部屋の中には注射器やいろんなものが見えて、恐怖心を抱かせる。ひかりの「ママ、ママ」という不安に満ちた顔に、「大丈夫だよ。ママはすぐそこで待ってるからね」という声が上ずってしまった。

「はーい。ひかりちゃん、お名前確認するね」

という看護師さんの声を最後に、私は部屋を出て前の椅子に座った。

腰を掛けると同時に、重い扉の向こうからひかりの悲鳴が聞こえた。

「もうやめてやめて、助けて。ママー」

という叫び声。

「動かないでね。ひかりちゃん、おりこうだもんね」

「すぐだよ。ほらウサギさんも応援してるよ。じーっとできるかな」

という看護師さんたちの声が聞こえる。子ども相手の採血はたいへんにちがいない。

中に入りたい衝動を抑えて座っていると、車いすに子どもを乗せたお母さんがやってきた。

子どもの腕には点滴の管が通っている。ひかりよりだいぶ小さい女の子だ。

「ななちゃん、こんにちは。五階よりここ涼しいでしょう。寒くない？　今日は機嫌どうかな？　次に採血ね。待っててね」

と看護師さんが子どもの顔をのぞきこみながら話しかける。子どもは何も言わないままだ。お母さんが「わかりました」と答え、私の横に腰を下ろした。私がどういう顔をしていればいいのか戸惑っていると、

「処置室って名前も嫌ですよね」

とお母さんに話しかけられた。

「そうですね」

まさか声をかけてもらえると思っていなかった私は慌ててうなずく。

「子どもって暴れるから体をタオルでぐるぐる巻きにして、採血するんですよ。泣いて動くと危ないからって。ママと離れるのも怖いんだから、一緒に入って抱っこして採血したほうがすぐに終わるだろうにって、いつも思っちゃう」

私より若いお母さんは眉をひそめてそう言った。

「キャー！　助けてー。嫌なの。ママ！」

というひかりの叫び声に体がこわばるのを感じながら、私はなんとか笑って見せた。さっきまでは飛んでいきたかったのに、目の前の子どもを見ると採血ごときでうろたえることが申し訳なくなる。

「すみません。うるさくて」

「全然。うちの子のほうがもっとうるさいから。毎週採血してるのに、一切慣れなくて、どんなひどい拷問されてるのだろうかってくらい叫ぶんです」

とお母さんは笑った。

「そうなんですね」

病名を聞くことははばかられる。まだ三歳にもなっていないくらいだろうか。澄んだ目にふわふわの頬。病気になるのに原因も責められる人もいないとお医者さんは言っていたけど、そのとおりだ。こんな小さな子どもが何をしたというのだろう。どうか苦しまなくていいように、とひそかに祈ってしまう。そして、祈っている自分に、私なんかがそんなことをしていいのだろうかと、どこかおこがましく思えてしまう。

「子どもの声に驚いちゃうけど、採血って注射より痛くないから」

私の顔がよっぽどこわばっていたのだろう。お母さんはそう言ってくれた。

「そうですよね」

「入院されるんですか?」

「ああ、えっと来週の水曜と木曜に」

「そっか。たいへんですね」

「いえ。そんな」

この人は毎週採血をすると言っていた。服装や看護師さんとの会話からして小児病棟から下りてきたのがわかる。一泊二日ではない入院をしているはずだ。

「あ、そうそう、病棟は空調が効きすぎてて、暑いくらいなの。半袖がいいよ。上着だけ持って、軽装できたほうがいいかも。子どもさんもお母さんも」

「そうなんですね。ありがとうございます」

「楽な格好がおすすめ。付き添いって疲れるから」

「はい」

「あ、なんか偉そうにごめんね。小児病棟にいると、大人と話せないから、いつも検査に下りて来た時、ここぞとばかりおしゃべりになってしまう」

お母さんは笑った。

「いえ。情報助かります。ありがとうございます」

私がお礼を言っていると、ひかりが看護師さんに抱かれて、ぐったりして出てきた。そのまま私が抱き上げると、ひかりは「もう嫌だ」「怖い」とつぶやきながら泣いている。そんなひかりに、

「よくがんばったね」

とお母さんが笑いかけてくれた。

「ななちゃんも、がんばってね」

私はさっき聞いた名前が自然と口に出ていた。そして、すぐに心の中で、「がんばってじゃないよね。ななちゃんががんばらなくてもいいように。少しでも痛くないように、すぐ終わり

ますように」と願った。

「じゃあまた会えたらね」

お母さんはななちゃんとともに処置室に入って行った。

覚悟は決めているとはいえ、ひかりの叫び声を聞くと参った。

もう、誰の泣き声も聞きたくない。我がままや気ままとは違う子どもの泣き声は、胸の奥がえぐられるように響く。ななちゃんの泣き声が聞こえたら、耐えられそうにない。

「あとは会計で終わりだよ。行こう、ひかり」

私はひかりを抱きしめたまま、急いで次の場所へ向かった。


その日の晩、ひかりは八時前には眠った。初めてのことばかりのうえに採血で号泣しあまりに疲れたのだろう。寝顔でもまだ目が腫れているのがわかる。額をなでていると、スマホが震えた。母からだ。

連絡がないままでひかりの鼠径ヘルニアが見つかり、母の存在を忘れていた。慌ててダイニングに行き、電話に出る。

「例の件、考えてくれた？」

母は挨拶もなくすぐに切り出した。

例の件。なんだったっけ。ああ、お金を毎月振り込むよう頼まれていたんだった。ずいぶんと昔の出来事に思える。あのころは平和だったなと、あんなに悩んでいたくせに、懐かしさすら感じる。ひかりが入院することと比べたら、母からお金を渡すよう言われることなど取るに足らないことだ。

「それが、ひかりが手術することになって」

私は正直に告げた。お金のことや、母に気持ちを告げようと思ったこと、そういうことは全て、入院や手術を前に消え去ってしまっていた。

「え？　どこが悪いの？」

「鼠径ヘルニアだって」

「そうなんだ。大丈夫なの？」

「一泊二日の入院で手術したら治るみたい」

「そっか。それならよかったよ」

「うん。ありがとう」

「じゃあ、手術終わってからでいいよ」

「何が？」

「だから、退院したら、お金のことを何とかしてよ」

母の言葉に、私は喉がしめつけられたまま「へ？」とおかしな声が出た。

「へって、ひかりの病気もたいしたことないんだろう。だったら、片付き次第どうにかしてくれないと。こっちは困ってるんだから」

母の言うとおり、ひかりは重い病気でも深刻な手術をするわけでもない。一泊二日で治すことができる。それでも、片付き次第などと表現されるものではない。スマホを持つ指先が震える。胸の奥底から押し出されそうな吐き気がする。落ち着けとつぶやいても、押しこめきれない思い。頭がうまく働かない。これは何だろう。コントロールできない勢いで暴れ出しそうな気持ち。ああ、そうだ。これは怒りだ。私は今、怒りが込み上げているのだ。

「お母さん」

私は深呼吸をして、努めて静かに言った。

「何？」

そう聞き返してくる声にさえ、苛立《いらだ》ちを覚える。この人と同じ血が流れているだなんて思いたくもない。これ以上、言葉を交わすこともしたくなかった。

「私、もう無理だと思う。お金のこともお母さんのことも。感謝はしてるけど、これから連絡してこないで」

私はそれだけ言うと、電話を切った。

一気に音をなくした部屋で心臓がどくどく打つのがわかる。手当たり次第に物を投げつけたくなるほどの衝動。大声で叫びたくなるくらいの苛立ち。押さえていないと本当にわめいてしまいそうで、口を手で強く覆《おお》った。初めて持つ感情だ。私は、今まで本当の怒りを持ったことがなかったんだと驚く。奏多に浮気をされた時は許せないと思ったし、なかなか言うことを聞かないひかりにいらいらしたり、仕事先で理不尽なことを言われてむっとしたりしたことはある。でも、それらは、「怒り」にまで発展しないまま消えていた。

思春期のころに、嫌だと思うことはあったけど、母を相手に反論したり、腹を立てたりすることなど、できるわけがなかった。しかたがないと閉じこめていた。けれど、今は信じられないくらいに腹立たしく頭に血が上りそうになっている。今日小さな体で採血を終えたひかりを思うと、何も考えずに自分のことを語る母が許せなかった。

このままだとどうにかなってしまいそうで、高ぶった気持ちを抑えようと、私は温かい紅茶を淹れた。台所には何種類か紅茶が並んでいる。「気分で飲み物選ぶのって最高じゃない？姉さん、そういうとこ無頓着だからさ」と颯斗《はやと》君が持ってきてくれたものだ。りんごの香りがする紅茶に、目の奥がじんわりしてくる。義理の弟でしかない颯斗君でもこんなにもしてくれるのに、私の母はどこかおかしいのではないだろうか。心がないのではと疑いたくなる。

でも……。母は私をここまで育ててくれた。それは紛れもない事実だ。温かい紅茶が体にしみわたって怒りが薄まっていく代わりに、大きな後悔が襲ってきた。母は自分本位で、愛情に乏しいところがある。だから、自分の生活への思いが先立ち、ひかりのことを思いやれないのだ。けれど、悪人じゃない。女手一つで、私を高校に入れ、育ててくれた。育児放棄をされたこともなければ、暴力を振るわれたこともない。そんな母に「連絡してこないで」だなんて、よく言えた。薄情なのは、母じゃなくて私だ。母は今ごろ、私以上に怒っているだろう。

母のことなど放って、かかわらずに済めば楽になる。これ以上母に振り回されたくない。何度そう思ったことだろう。けれど、育ててくれた親にそんなことをしていいのだろうか。取り返しのつかないことにならないだろうか、という不安が、その考えをいつも取り消してしまう。

電話をかけなおそうか。いや、私はまた母の機嫌を取ってどうしようというのだろう。衝動に任せてではあるが、母に意見を言うことができたのだ。それを元に戻してしまっては何も進めない。だけど、母親を傷つけたままでいいのだろうか。頭の中で整理が付かないまま、スマホを手に取ると、画面が明るくなった。知らない番号だ。まさか母が違う電話からかけてきたのだろうか。

恐る恐る出てみると、

「夜遅くごめんね。宮崎だけど。今、大丈夫？」

という声が聞こえた。

「宮崎……さん？」

「そう。ほら、会社の」

そこまで言われて、誰なのかやっとわかった。聞き覚えがある声なのに、名前を聞いてもぴんとこないなんて、私はよほど混乱していたのだろう。

「ああ、すみません。どうかされましたか？」

今日も会社を休んでいた。私のせいで何か起こったのだろうかと、どきどきしながら聞き返す。

「いや、飯塚さん最近よく休んでるからさ。どうしたのかとチーフに聞いたら、お子さん病気なんだって？　それで気になって」

「ああ、えっと、鼠径ヘルニアなんです。そんなたいした病気ではないんです」

仕事のことで何か注意をされるのかと思っていた私は力が抜けた。

「たいしたことないわけないだろうに。たいへんでしょう？」

「いえ。すみません。迷惑かけてしまって」

今日を含めもう会社を二日半休んでいる。私は慌てて謝罪をした。

「迷惑？　そんなの誰にも一切かかってないけど？」

宮崎さんが驚いた声を出す。

「そうなんですか？」

「そうよ。うちの工場、私らのブースだけで五十人はいるんだよ。飯塚さんいないからって、困る人誰もいないから」

正直な宮崎さんに笑ってしまう。確かにそうだ。私一人がいないくらい、何も支障がないどころか、気づかない人がほとんどだろう。

「それより、大丈夫なの？　来週入院だって聞いたけど」

「入院と言っても、水曜日と木曜日の二日だけです。一時間ほどの手術らしいし、本当たいしたことないんです」

「入院するんだから、たいしたことあるよ。飯塚さんはごはん食べてる？」

「食べてます。娘も私も元気ですよ」

「だといいんだけど。子どもが病気になると、親の体も参るんだよね」

「私はびっくりするくらいに元気です」

私はどこも弱っていなかった。改めて自分の体に意識をめぐらして、そう答えた。

「気が張ってて気づかないだけだよ。飯塚さん、他人の手作りのもの食べるの平気?」

「あ、はい」

宮崎さんの唐突な質問に、戸惑いながらも答えた。私は好き嫌いもないし、何でも食べられる。

「会社で渡そうかと思ったんだけど、腐ると怖いしね。冷凍できたり日持ちしたりするおかず、日曜日の三時ごろに飯塚さんの家の前に置いとくわ」

「そんな。とんでもない」

「なんで? 私が作る物まずそう?」

宮崎さんの言い方がストレートで笑ってしまう。

「そうじゃなくて、宮崎さんご面倒だろうし」

「あ、ついでついで。自分の分を作る時に、量を倍にするだけ。もらってよ。いいでしょう」

「ありがとうございます。それなら、頂きに伺っていいですか?」

「いやよ。家に来られると片付けなきゃいけないし、お茶でもどうぞとか言わないといけないしさ。飯塚さんの家の前に置いておく」

「あ、じゃ、せめてうちでお茶飲んでってください。我が家こそ散らかってますけど」

「それも嫌。ただ、おかず渡したいだけで、お茶なんてしたくないから」

こらえきれなくなって私は「そうですか」と言いながら笑い声を漏らした。

「もうばばあだから、無駄は嫌いなのよ。お礼を言われるのもしんどいのよね。日曜日の三時に家の前にこっそり置いておくから、三時五分過ぎたらドアを開けて。すぐに冷蔵庫に入れてね」

「秘密ミッションみたいですね」

「ミッション？」

「いえ。ものすごくありがたいです」

「そう。ならよかった」

「お気遣いありがとうございます」

「好きでやるだけだから。お礼の電話とか、お返しを渡してくるとか本当にやめてね。そういうの面倒だから。どうせ飯塚さん、ロッカールームですまなそうな顔でどうもどうもって言うでしょう？　それで十分。それ以上はなし。私みたいなばばあはすぐに疲れるから。おっと、ごめんごめん。夜に長話してしまった。そしたら住所教えて」

私が住所を伝えると「じゃ、おやすみ」と宮崎さんの電話はぷつりときれた。

なんて愉快な人なのだろう。二年前の夏前に助けてもらってから、宮崎さんは時折気にかけてくれる。野菜や果物を「余ったからだよ」とくれたり、「今日は顔色いいわ」などと声をかけたりしてくれる。

それにしても宮崎さんの歯切れのよさったらない。電話での宮崎さんの爽快ぶりを思い返して、また笑いそうになる。母と話したままだったら、罪悪感や後悔が拭えそうになかったが、宮崎さんと話したおかげで、重苦しさは薄まっていた。

今は母のことを気にしている場合じゃない。私にとって大事なのはひかりだ。しっかりしないと。宮崎さんに三池さんに颯斗君。そばにいる人たちは、こんなにも簡単に手を差し伸べてくれるのだから。その思いに触れると、私の気持ちはちゃんと前を向いてくれる。

4

十二月三日水曜日の夕飯後、入院することを颯斗君に話そうかどうか迷った。颯斗君には鼠径ヘルニアになったこと自体を話していない。とんでもなく心配する姿は容易に想像できたし、ひかりが颯斗君と楽しそうに遊ぶのを見ていると、口にできなかった。

今日も颯斗君とひかりは粘土でケーキを作って盛り上がっている。この空気を台無しにしたくない。三池さんに話を聞いてもらい、大きな病院で検査まで終えた私は、自分が何とかするんだという決意のほうが大きく不安は持っていなかった。

ただ、次の水曜日の昼から入院だから、来週颯斗君には会えない。そのことをどう話そうかと迷っていると、

「で？」

と颯斗君がテーブルに戻ってきて私に聞いた。

「でって何？」

「今、どうしようかなって言ったじゃん」

「え？　私言った？」

「あれ、何も言ってない？」

「自然と声、漏れてたのかな」

「どうだろう……」

二人で顔を見合わせて、お互いに首をかしげて小さく笑った。

何度も食卓を囲んでいるうちに、自然に聞こえてくる声や伝わる思いがある。私も颯斗君から何かを感じるときがある。なんとなく寂しいんだ。どこか疲れてるみたいだと。ただそれに触れる前に颯斗君がするりとかわしてしまうのだけど。

颯斗君と過ごした時間は知らない間に積み重なっている。私の母やひかりの父である奏多より、我が家のことを知ってくれている。心配をかけたっていいのかもしれない。

「あのね、来週の水曜日いないんだ」

私は声を潜ませた。

颯斗君はひかりに聞こえないようにしたいということを悟ってくれ、ひかりに「すっごい大きなバースデーケーキをお願いします」と注文をしてから私に顔を向けた。

「いないって？」

「ひかりが、鼠径ヘルニアで入院なの」

私は今までの経緯をざっと説明した。「まさか、ひかりが」と颯斗君は驚いたけど、大きな声は出さず、丁寧にうなずきながら話を聞いてくれた。

手術と入院に関しては、ひかりにはその日まで黙っていて、当日打ち明けるつもりだ。大人と違って早く知ることが心の準備にはならないだろうし、恐怖を抱える日が増えるだけだからと私は付け加えた。

「誰も悪くないし、理由なんかないってわかってても、それでも、よりによってひかりがって、どうしてなんだって思ってしまうよな」

颯斗君は頭を抱えてから、

「でも、そう。大丈夫に決まってるけどね」

と顔を上げた。

「平気だよ。私もひかりも」

「そうだよな。うん。そうだね。じゃあ、水曜日はもともと会社休みだから姉さんとひかりを病院へ送るね。ついでに木曜日も休むから、何でも言って。できることは全部するから」

「いいよ。二人でできるし」

「そりゃそうだとは思うけど、こまごましたこと出てくるだろうしさ。ぼくにできることはないだろうけど、せめて送迎だけはさせてよ」

「本当にいいんだよ」

「意外と便利だよ。弟って」

「でも」

「もう決めたからよろしく。ぼくが行くかどうかはぼくが決める。勝手についていって勝手に帰るから気にしないで」

颯斗君はそう言って「ひかりに秘密なんだろう。この話はおしまい」と口に人差し指を当てると、

「すみません、ケーキできましたか？」

とひかりのそばに戻っていった。

「颯斗君が大きなケーキって言うからたいへんだよ。そんなすぐにできるわけないでしょ」

ひかりが文句を言う。

「そっか。誕生日ケーキだもんな。うわ、すごい豪華じゃん」

「でしょう。ひかりね、こういうの得意だからね」

丸でも四角でもない分厚い塊《かたまり》に、いろんな色の団子のようなものがのっている粘土は、とてもケーキには見えない。不器用なくせに自慢げに言うひかりが笑える。

「あとね、ろうそくもつけてあげるね」

「すごいじゃん。そんなことできるの？」

「うん。ひかりね、粘土のプロなんだ」

ひかりは細長く粘土を伸ばし始めた。颯斗君といる時のひかりは、私と二人の時とは少し違って、自由に楽しんでいる。

入院中、颯斗君がいてくれたら、ひかりがほっとする瞬間も増えるだろう。ひかりへの厚意

を、私が断るのは違っているのかもしれない。それに、私だって心強い。

「じゃあ、ぼく誕生日のプレートを作りますね」

颯斗君はひかりの隣に座って粘土をこねだした。

「颯斗君はお手伝いさんですね。いいですよ。作ってください。ハートの形のをお願いします」

「はい」

颯斗君もひかりに負けず不器用で、こねている粘土はいびつな形になっている。ひかりのろうそくも颯斗君のハートも、不格好だ。「もっと上手に作れるよ。最初に粘土を伸ばして……」と割りこもうとしてやめにした。

並んで粘土を丸めている二人の姿は何より楽しそうだ。私はお茶を飲みながら、「えー。颯斗君。それ、ちっともハートじゃないよ。ちゃんと作ってよ」と言うひかりと、「ひかりが知らないだけだよ。本当のハートってこういうのなんだって」と返す颯斗君を眺めていた。二人の弾んだ声は、これから起こることは悪いことだけじゃないと思わせてくれる。寒さだけではなく、あちこちに灯りがちりばめられている冬と同じだ。冬が深まる一歩前。部屋の中は温もりに満ちていた。


日曜日。午後三時六分に家の扉を開けると、大きな紙袋が二つ置いてあった。宮崎さんからだ。

届いた食料はすごい量だった。一つ一つタッパーやフリーザーバッグに入れられ、「鶏の照り焼き：冷凍庫二週間」「筑前煮：冷蔵庫二日間」と丁寧に記入してくれてある。添えられたメモには、容器返却不要とだけ書かれている。さすが宮崎さんだ。

「うわーおいしそうだね」

ひかりは紙袋からハンバーグやらマッシュポテトのチーズ焼きなどを探して取り出した。子どもの好きそうなものからひじきの煮物や切り干し大根などの体に良さそうなものまで、様々な種類がそろっている。

これだけの料理を作ってくれるのに、お茶を飲んだりお礼を言われたりするのは面倒だなんて。宮崎さんの口調を思い出して笑いそうになる。でも、少しわかる。単純にしてあげたい気持ちに対して、気を遣われると億劫《おっくう》になることはある。ありがたすぎる贈り物だけど、ここは遠慮なくしっかりといただいておくことにしよう。私はお惣菜を机の上に全部並べて、数えてみた。

「うわ。これ、十四個あるよね。つまり、二週間は料理しなくていいってことだ！」

「ママ、そんなに料理嫌いなの」

私が言うのに、ひかりが目を丸くした。

「嫌いというか、ちょっと下手だから」

「どこが？　ママ、すっごく上手なのに！」

ひかりが本気で言うのが笑える。

子どもってママへの評価がすごく高い。前、そら君に「ひかりちゃんのママかわいいね」と言われて、「そんなことないよ」と否定した時も、ひかりは「どうして、ママそんなこと言うのよ!! こんなにもかわいいのに」と主張するからこっちが恥ずかしくなった。子どもにとって母親ってどんなふうに見えているのだろう。

「お料理、上手かな」

「上手だよ。今日のお昼の焼きそばもすっごいおいしかったしね。たぶんだけど、ママが世界で一番お料理上手なんだと思うよ」

「そうだったらすごいよね。ありがとう」

キャベツと小間切れの豚肉を入れてソースだけで味を付けた焼きそば。それをこんなにおいしいと思ってもらえるんだからありがたい。

「宮崎さんのお料理もきっとすごくおいしいよ。今日どれか食べちゃおうか」

「うんうん! ハンバーグ」

「よし。じゃあ、他は冷蔵庫だ。ひかり、運んできて」

「了解いたしました」

「それ、了解いたしましただよ」

「了解いたたしました」

「まいっか。おお、ぎゅうぎゅうだ」

冷蔵庫や冷凍庫がいっぱいになると、心も満たされる。しばらく買い物も献立を考えることも料理からも解放される。なんて幸せなんだろう。「ありがとうございます。宮崎さん」私は冷蔵庫に向かってお礼を言った。

この日、夕方にもう一つ荷物が届いた。三池さんからだ。

段ボールの中を開けると、可愛い歯ブラシセット、タオル、パジャマ、シールブックやお絵描きセットにお菓子などが詰まっていた。これは……。入院グッズだ。

ひかりが、

「なになに?」

と寄ってきたけど、当日まで秘密にしようと、

「お仕事の荷物だ、大事だからしまっておくね」

と私は押し入れの上の段に押しこんだ。

「ママ、お電話しなきゃだから、ひかり、くうちゃんと遊んどいてくれる?」

「OKー!　くうちゃんとピクニック行ってくるね」

私はひかりが遊びだしたのを確認すると、三池さんに電話をかけた。

「あ、届いた?　うきうき入院グッズ」

と三池さんは楽しそうな声を出した。

「こんなにたくさん。いいの?　ひかりには当日行く直前に見せようと思って、隠しちゃったんだけど」

「おお、いい考えだね。当日少しでもひかりちゃんの気分が上がってくれるといいな」

「なんか気を遣わせちゃってごめんね」

「いいいい。女の子のもの選ぶのっていいよね。男の子って洋服もおもちゃもつまらないもん。こんな言い方悪いけど、楽しませてもらっちゃった」

「ありがとう。すごくうれしい」

「喜んでもらえてよかったよ。余計なお世話だって言われたらどうしようかと、びくびくしてたから」

「まさか。ひかりも絶対喜ぶよ。入院だけど遠足みたいな気分になれそう」

「楽しいわけはないだろうけど、できるだけ嫌な思い出にはならないといいなって」

三池さんの真意に胸がじんわりする。

「ありがとう。たった一泊入院するだけだから大丈夫。たいしたことないのに大げさにしちゃってごめんね」

颯斗君に宮崎さんに三池さん。優しさに触れうれしくなると同時に、あの日、処置室で会った女の子を思い出して、自分が甘えているのではないかとも思う。

「美空さん、たいしたことないって言いすぎだよ。手術だよ。入院だよ。こういう時は、周りには心配してもらったもん勝ちよ」

「そっかな」

「そう。もっとしんどい病気の人だってたくさんいるだろうし、反対に苦労知らずの人だっているだろうけど、比較することじゃないじゃん。ひかりちゃんがどうかってだけが問題だもん。美空さんとひかりちゃんにとっては、たいしたことだよ」

三池さんは時々私の思いを見透かしたように話す。

「そうだよね」

「同情してもらえる時にはしてもらいまくるに限る。そらが入院なんてことになったら、私は盛りに盛って大げさにして、あちこちに連絡しちゃうけどね」

「あはは。それいいかもね」

「知らないママにまで言っちゃう。口が軽いママに一番に言って広めてもらおう」

三池さんは笑っているけど、そんなことは決してしない人だ。きっと黙々と一人で立ち向かって人知れず解決してしまうだろう。三池さんやそら君が何かにぶつかることがあるのなら、せめて私の前では「たいしたことない」なんて言葉を言わせないようにしたい。そのためには、しっかりアンテナを張っておかなくては。

「ありがとうね」

「ううん。ひかりちゃんが退院したらまた遊ぼうね」

「うん。楽しみ」

「そうだ。キッズルームのあるカフェとかで、そらとひかりちゃんを遊ばせている間に、私たちもおいしいもの食べて話しまくろう。退院後、都合のいい日メールしといて」

三池さんはすぐに提案してくれる。「今度ね」や「またいつか」という消えそうな約束じゃなく予定を差し出してくれる。

「それ、すごくいいね。親も子も楽しめる」

「私、よさそうなお店探しとくね」

「さすが」

「段取り命だから。都合のいい日教えてくれたら即、予約取る」

「お楽しみが待ってるって、うれしい」

入院。手術。でもその後には、いいことが待っている。子どもじゃないのに、楽しみな予定に力づけられる。

「でしょ。待ち遠しいもので埋めまくらないと、子育てなんてやってられない」

私の知る限り、そういう三池さんは誰よりも真面目に子育てに向かってる。

「うん。ありがとう」

電話を切ると、私はひかりとくうちゃんのもとに向かった。ちょうど二人はお弁当を食べている。

「そら君のママと遊ぶ約束しちゃった」

「やったね！　いついついつ？」

「まだ日は決めてないんだけど、ひかりとそら君が遊んで、ママとそら君のママも遊ぶ」

「みんな遊んでばっかりだね」

「そう。いいでしょ」

「うん。最高」

ひかりは私にぎゅーっとくっつくと、

「なんか最近いいことばかりだね。それなのに、まだずっといいことばっかり続くなんてうふふだね」

と笑った。

「そうだよ」と言うのは嘘になりそうで、その代わりに私は抱きしめる腕に力をこめた。いいことはいくらでも作れる。親になって、自分にもその力があることを知った。ひかりにとってのいいこと。待ち遠しいこと。それをたくさん用意しよう。

くっつくのにこれからの季節はちょうどいい。ひかりの体温をいつまでも感じたくて抱きしめていると、「くうちゃんと、お弁当の片付けしないといけないのに」と言いながらもひかりは「ぬくぬくだね」とさらに体を密着させた。

5

十二月十日、入院当日。着替えと朝ごはんが終わってから、

「今日は仕事も保育園も休みなんだ」

と私はひかりに告げた。

「どうして？」

ひかりは首をかしげつつも、顔が少しこわばっている。最近よく病院に行っているから、察するところがあるのだろう。

「ひかりさ、お腹の下のところ、時々ぽっこりなるでしょう。それを治してもらいに行くの」

「どこに行くの？」

「病院だよ」

「どこの病院？」

「ちょっと大きいところ。それよりさ、見てよ。一日だけ病院にお泊りするから、これ」

この間採血した病院だとわかると、泣き叫ぶかもしれない。私は質問をさらりと流して、昨晩ひかりが寝た後に用意した、お泊りグッズが入った鞄を開けて見せた。

「かわいいパジャマに歯ブラシセットにタオルに、あとシールにおもちゃも入ってる」

「うん、すごいね」

心がひかれながらも頭の中は病院のことでいっぱいのひかりは、

「お泊りって何？　病院で寝るの？」

と聞いた。

「そう。今日病院に行ってお泊りして、明日の朝、お腹のポッコリを治してもらって、その後、少し病院でお休みして、で帰るだけ。すぐだよ」

「泊まるなんて嫌だよ。ひかりおうちにいたい」

「おうちでは治せないんだ。でも、ママと二人でお泊りだよ。病院っていうのはあれだけど、ちょっと旅行みたいでしょ。おうちと違うベッドで二人で寝よう。ほら、それに見て。可愛いパジャマに歯ブラシ。ひかりの好きなウサギさんのだよ。そら君のママにもらったんだ」

私はひかりが泣く隙を与えないように、次々に言葉を並べた。

「へえ……」

ひかりは不安な顔のままで大好きなウサギが描かれたパジャマを手に取っている。どんな気持ちになっていいのか、混乱しているのだろう。ひかりの恐怖心を少しでも取り除きたくて、私は陽気な声を精一杯出した。

「見てみて。ママもさ、小さいけどぬいぐるみ買ったんだ。ひかりにぴったりの見つけたから」

三百円で買った手のひらサイズのウサギのぬいぐるみ。耳が茶色の白いウサギ。夕飯の買い出しに行ったスーパーの雑貨売り場でこっそり買った。ひかりの手に握らせると、ひかりは「やったね。かわいいね」と言いながらも、ぽろぽろ涙をこぼした。

「いやだ?」

「うさちゃんはやったーだよ。この子の名前ふわちゃんにする。ふわふわしてるから」

「うん。いい名前だね」

「でも、病院はいやだよ」

ひかりはぬいぐるみを手に握ったまま私に抱きついた。

「ポッコリを治すだけだよ。治さないと後でしんどくなるんだって」

「また注射する？」

「ママもよくわからない。でも、ひかりが寝てる間にお腹の中を治すから、痛いことはそれほどしないと思う」

「痛くないの？」

「お医者さんが痛くないようにしてくれるはずだよ。寝ている間に終わる」

「でも、今日水曜日でしょう？　ひかり、水曜日、一番好きなのに」

ひかりは大声で泣くことはせず、涙をこぼしながらつぶやいた。もっと抵抗するものだと思っていたけれど、どこかで覚悟をしているのだろうか。まだ五歳。そう思っていたけど、少しずつなんでも思いどおりには行かないことを、知りつつある。

「そうだね。颯斗君ももうすぐ来てくれるよ」

「そうなの？」

「うん。お昼に来るって。お昼ごはん、みんなで食べようね。ハンバーグ作っておいたし、パンにはさんで、みんなで好きなハンバーガーにしちゃうの」

「楽しそうだね」

ひかりは鼻をすすった。

「うん。楽しいよ。病院にお泊りするけど、病気を治すのは大事なことで、怖いことではないから」

「本当に本当？」

「ママずっとひかりのそばにいるしね」

「絶対だよ。ママ、ひかりのこと離したらだめだよ」

ひかりが私に抱きつく。その温かさにその力の強さに、私自身が鼓舞《こぶ》される。ひかりを絶対に不安にはさせないと。

「ママはひかりをちゃんと見てるから」

「お約束ね」

「うん。約束。絶対大丈夫。さ、荷物そろってるか見てみよう。うわ、シール、こんなにいっぱいあるんだ。動物にリボンにかわいいね。病院でシールブックに順番に貼っていこうね」

「このパジャマ、本当最高。病院から帰ってもずっと着よう」

「うわ、歯ブラシの持つところまでウサギの形だったんだ。そら君のママ、いいの見つけてくれたね」

一つ一つに楽しい言葉を添えながら、荷物をもう一度ひかりと一緒に確認していく。

「ママとお泊りなんだね」

「このフライパンのおもちゃほしかったやつだ」

「あれ、ママのお菓子もあるんだね」

ひかりは小さな心で気丈にふるまおうとして、涙の合間にかすかな笑顔さえ見せてくれる。

そんな様子が余計に胸が痛い。

「ミニフライパンに玉子焼き器にフライ返しにウインナーに。このおままごと種類いっぱいだ。

そら君のママ、ひかりのためにすごい用意してくれたんだね」

「ひかり、少しだけ今遊びたいな」

「いいね。ちょっとだけ遊ぼうか」

三池さんがくれたミニおままごとセットで遊びながらゆっくり準備を進めていると、

「車、近くに停めてきたから」

と十一時三十分に颯斗君が迎えに来てくれた。

「颯斗君、今日お昼ごはんハンバーガーだよ。好きに挟んでいいんだって」

今日初めて聞くひかりのはしゃいだ声に少しだけ心が和らいだ。

三人で昼食を済ませ、病院に向かう。

「イエーイ、ひかり。入院だね」

運転しながら颯斗君はいつもの調子で軽く言った。

「颯斗君、入院したことあるの？」

私の質問に、

「あるある。二回あるよ」

と颯斗君は答えた。

「すごいねー。二回も病院でお泊りしたんだ」

ひかりが感心する横で、私は驚いた。

颯斗君はまだ二十五歳だ。入院するほどのことが今まで二回もあったのだとは知らなかった。

「二回も？　いつ？」

「高校生かな。あ、病気じゃなくて怪我ね。二階から落ちたり川に落ちたり、意外にやんちゃだったんだ。姉さんは？」

颯斗君はさらりと流すと、私に話を振った。やんちゃだと言っても、高校生が二回も入院が必要な怪我をするほどのことって、どんなことだろうか。

「姉さんはどうだったの？」

「私は……、ひかりを出産する時だけかな」

颯斗君の怪我について聞きたかったけど、今はそういう場合じゃないとやめにした。

「お腹パンパンになった時だね」

ひかりが言う。

「そうそう。ひかりが早く出たいって騒ぐから、長い間入院しなくちゃだめだったんだよね。一ヶ月病院にいたんだよ。ひかりは一日だからあっという間だね」

「ママも颯斗君も。みんな入院するんだね」

「そうだなあ。みんな一度や二度はするもんかもな」

颯斗君の言葉に、

「そっか」

とひかりは納得したようにつぶやいた。

病院に着くと、看護師さんに案内され病室に入った。窓から入る日差しのおかげで部屋が明るく見える。三池さんにもらったパジャマに着替え、手首に名前が書かれたバーコードの付いたバンドを巻き、体温や血圧などを測った後は自由だった。

ひかりの部屋は四人部屋だったけど、半分は空きで、一人だけ患者さんがいるようだ。人の気配はあったが、カーテンが隙間なく閉められていて、挨拶ができる雰囲気ではなかった。

ベッドにぬいぐるみやシールブックを並べると、ひかりは少しずつ落ち着いてきたようで、知らない病院の中を見てみたいという好奇心もわずかながら出てきた。お風呂の入り方の説明を受けたり、プレイルームを見せてもらったりして、時々「すごいね」と笑顔も見せた。プレイルームで少し遊ぶと、すぐに夕飯の時間になった。

ミニコロッケとふりかけごはんとお味噌汁とマカロニサラダの夕飯のトレイを、ベッドに細長い台を設置して置くと、

「ベッドで食べるのお姫様みたい」

とひかりは言った。

「本当だ。ベッドで食事って特別だね。それにおいしそうだね」

私と颯斗君はベッド横のパイプ椅子に座り、コンビニのおにぎりを食べた。

「ひかりのが一番ごちそうだよな」

「いいな。おかずがあって」

と私たちがうらやましそうにすると、

「まあね。ひかり、ちゃんと食べないとだから」

とひかりは少しだけ笑った。

私だけでなく颯斗君もあまり食欲がないのか、おにぎり一つだけで夕飯を済ませていた。

夕飯後は絶食でお茶と水しか飲んじゃいけないと言われたけど、そこは普段と変わらない。

歯を磨き、お風呂の時間まで颯斗君と三人で三池さんがくれたシールブックにシールを貼り付けて静かに遊んだ。

七時になるとチャイムが鳴り、

「もう時間なんで、お父さんは帰ってくださいね」

とひかりと話しこんでいた颯斗君は看護師さんに注意された。

私とひかりが「お父さん？」と顔を見合わせていると、

「お父さんじゃなくておじさんです」

と颯斗君はどこか自慢げに言い、

「じゃあ、また明日だな」

と立ち上がった。

「本当にありがとう」

「ううん。わずかだけど役に立てるってうれしいしさ。車の免許持っててよかったよ」

颯斗君はそう言うと、ひかりにハイタッチをして病室を後にした。

七時三十分から予約しておいたお風呂に入りに行く。家よりわずかに広いお風呂だけど、一人に与えられる時間は二十分だから湯船は使わず二人で急いでシャワーを浴びた。脱衣室の使用時間も併せてとなると、かなり短時間だ。

「大急ぎだ」

と髪も乾かして部屋に戻り、小さなベッドで二人で横になる。

「簡易ベッドもありますよ」と看護師さんが言ってくれたけれど、ひかりと一緒に寝るほうがよくて断った。

体を縮こまらせないと入れない、周囲に柵がついている子ども用のベッドにもぐりこむと、

「秘密基地だね」

とひかりが言った。

「本当だ。二人だけの基地だ」

「ここにいれば安心なんだよ」

「そうなんだ。よかったー」

「ここ本当は海の底だけど、このベッドの上だけ息ができるようになってるの」

「え？　海の底なの？」

「そうだよ。くうちゃんもふわちゃんもこのベッドにいる時は、息ができるんだ」

「すごいね」

「サメがいるから、ママ絶対に外に出ちゃだめだよ」

ひかりがひそひそ言うのに、私は真剣な顔で「わかった」とうなずいた。子どもはいつだって、楽しいことを生み出す能力を持っている。

九時前に体温を測ってもらい、最後にトイレに二人で行き、

「早く基地に行かないと」

と息を止めるふりをするひかりのまねをして、ベッドに戻った。

ひかりは、

「眠れないかも」

と私にいつも以上にくっつきながらも、それでも十分も経たないうちに寝息を立てていた。

ひかりの横で私はじっと天井を眺めた。消灯時間を過ぎ、病院内のかすかな音が聞こえる。斜め向かいのベッドの子どもはどんな子なのだろう。食事の時間や入浴の時間にもすれ違うことがなかった。かすかにお母さんがささやく声と物音が聞こえるだけだ。ひかりよりも小さい子どもなのかもしれない。

採血の時に会ったななちゃんは、この病棟のどこかにいるのだろうか。前よりも元気でいてくれたらいいな。子どもがつらい目に遭うのはどうしたって耐えられない。どうか、みんなが苦しまないでいられますように。何もできない私でも、そう願ってしまう。

眠っているひかりが私の体に手を伸ばした。肩に置かれたひかりの手をそっと握る。

私が子どものころ、母と私の布団は部屋の端と端にあったから、手を伸ばしても母の体に触れることはできなかった。

ひかりを包みこみながら、ひかりの体温に心がほどけていく。母はこういう感覚を味わうことはなかったのではないだろうか。私は幸せなのかもしれない。寝よう。明日が待ってる。ひ

かりを少しでも安心させるために元気でいなくちゃ。私は眠れそうにないまま目を閉じた。

翌朝、朝ごはんはなしで、十時からの手術に向け浣腸をし、点滴の短い管を付けた。

そのたびにひかりは泣いたけど、ここまで来て引き返せないのもわかっているのだろう。少しすると泣きやんだ。

手術まで、三池さんが用意してくれたおもちゃで遊ぶ。ふわちゃんとくうちゃんを並べて、ベッドの上はにぎやかだ。

シールに、お絵描きグッズに、なぞなぞの本にスタンプ。「全部百円均一でそろえたんだ。すぐに飽きたらごめんね」と三池さんは言っていたけど、それらはひかりを十分楽しませてくれた。

九時三十分には颯斗君がやってきた。小児病棟の病室は両親以外立ち入り禁止で、父親だと思われているところを、

「ぼくは父親ではなく、叔父です。父親より頼りになるので来ています」

などと看護師さんに申し出て、ナースステーションで時間がかかったそうだ。

「颯斗君、意外にややこしいことするんだね」

いちいち叔父だということを主張する颯斗君を笑った。

「当たり前じゃん。父親はあのいい加減な兄貴だろう？　一緒にされちゃ困る。おじさんのほうがいいに決まってるんだから、言いたくなるって」

「そんなにひかりのパパは変だったの？」

とひかりに聞かれ、

「あ、いや、ひかりのパパは優しくていい人だけど、でも、ぼくのほうがもっといい人だからさ」

と颯斗君はごまかして肩をすくめた。

「パパはくうちゃんも買ってくれたし、楽しくてひかりにも優しかったよ。だけど、颯斗君のほうがちょっとだけすてきかな」

私が味方すると、

「そうだよね。颯斗君は困った時はいつでも来てくれるもんね」

とひかりは言った。

そんなに颯斗君がひかりにとって大きな存在になっているんだ。そりゃそうか。私たちは何度も助けられている。私はひかりの頬をそっと撫でた。つい一人で背負っている気になってしまうけど、ひかりにとって、頼れるのは私だけではないのだ。

それからしばらくすると、ひかりは眠くなる点滴を打たれた。ストレッチャーに乗せられると、さすがにいよいよなのだと緊張した。「ひかり、ひかり、ママ待ってるね。がんばってね」手術室に運ばれる途中、私は何度も呼びかけたけれど、ひかりは半分うとうとしていて、

「いってきます」

とつぶやくだけだった。

「三十分から一時間で終わります」

と看護師さんに言われ、重々しい手術室の扉が閉まった。最後に見た半分眠ったひかりの顔が残像のように消えない。絶対大丈夫だ。無事に終わる。手術室の前でそう願った。

「あとはお医者さんに任せるだけだし、今のうちに休憩しよう」

颯斗君にそう肩をたたかれ、ふと我に返る。そうだ。あとは待つしかないのだ。二人で手術室と同じ階にある待合室の中に入った。

手術を受けている患者の親族が待機する部屋だから緊迫感があるのかと思いきや、待合室の中は和やかだった。二組の家族がいて、おしゃべりをしたり、軽食をとったりしている。久々に会う親戚がいるのだろうか、話が盛り上がっている人たちもいる。長丁場の手術もあるだろうし、ずっと深刻にはしてられないのだろう。

一番後ろの席に並んで座ると、颯斗君がコンビニで買ってきたパンや飲み物を出してくれた。

「絶食のひかりの前でしばらくは食べられないだろうから、今のうちに食べちゃおう」

「お世話になりっぱなしだね。ありがとう。いただきます」

この病院に来て一度も空腹を感じなかったのに、くるみパンを一口食べて、私は食欲があることに驚いた。

「あれ、私お腹空いてる」

「そりゃそうだよ。夕べもおにぎり一つだし、朝もなしだろう？　ひかりの手術を待ってるだけだもん。食べていいに決まってるし、食べられるに決まってるよ」

颯斗君が笑った。

「そうだね。……あ、そうだ、颯斗君って、高校の時、そんなにやんちゃだったの？」

「え？」

メロンパンをかじっていた颯斗君が顔をあげた。

「病院に行く車の中で二回入院したたって言ってたでしょう。怪我で」

颯斗君と二人だけで並ぶのは初めてだ。いつもはそばにひかりがいる。二人きりで話ができるのは滅多にないことで、しゃべる以外何もすることがないこの空間でなら普段聞けないことも聞けそうな気がした。

「ああ、そうそう。飛び降りまくってたから」

「飛び降りまくるって……」

「なんかそういうお年頃だったのかな。多感だから、ぼく」

颯斗君がふざけた顔を作った。

「大事にはならなかったんだよね？」

「うん。二回とも足の骨折だけ。だから、ぼく松葉杖使うのすごいうまいんだよな」

「お年頃って言っても飛び降りるなんて。どうして？」

軽口で流そうとする颯斗君のペースに乗らずに私は質問した。

「どうしてだったたんだろう」

颯斗君は少し困った顔をした。

もしかすると、同性が好きだという気持ちにつらくなったのだろうか。

そして、それは二回も飛び降りるほど颯斗君を苦しめるものだったのだろうか。

「しんどかった?」

なかなか返事をしてくれない颯斗君に不安になってそう聞いた。

「どうかな。ただ、みんなと違う自分がいやになっただけかな」

「みんなと違うなんて、みんなじゃん」

「でも、ぼく普通じゃないからさ。周りを見てるとどうしたって自己嫌悪になるよ」

「好きになる対象なんて同性でも異性でもなんでもいいよね」

普通やみんなと違うというのが何を指すのか、わかっている。それなのに、私の口からは、聞き飽きているであろう当たり前の言葉しか出てこなかった。

「うん。そうだよな。知ってる」

颯斗君はそう言って笑うと、

「でもさ、親に迷惑かけたよなあ。こうして見守る側の立場になると、どれだけ心配なのかよくわかるよ。うちの家、兄貴はいい加減だし、ぼくはこんなだし。熱心で理解のある両親なのに気の毒。子どもはどう育つかって本当わかんないよな」

と話の向きを変えた。

颯斗君はもう深刻な話をする気はなさそうだ。それでも、颯斗君が私とひかりにとってかけがえのない人で、私もひかりも同じように颯斗君にとって必要な人間でいたいということだけは伝えたかった。

それなのに、

「本当、ぼくら親不孝兄弟だろ？」

と、颯斗君が冗談めかすのに、出かけた言葉は引っこんでしまった。

「颯斗君は親不孝じゃないよ。お義母さんもお義父さんもいい息子だと思ってるはず」

私はかろうじてそう言った。

「それはどうかな。姉さんはくそばばあに育てられたのに、いい人だよな。だけどさ、姉さんあのばばあの子どもでいることはしんどかっただろう？　いい人間に育てるのが正解なのか、楽しい子ども時代を送らせてやるのが正解なのか、難しいよな」

颯斗君と話していると、いつだって話は私のことにすり替わる。

「颯斗君は子ども時代楽しかった？」

「まあまあ機嫌よくやってたよ。でもさ、親子だって、合う合わないあるよなあ。血がつながってるからって相性がいいわけじゃないよな」

「そうだけど、颯斗君はご両親と仲が悪いわけじゃないでしょう？」

「まあ。いい人たちだし、大事にしてもらってるかな。でも、だからって何でも話せるわけじゃないしね。ひかりと姉さんは相性も仲もばっちりだよな。二人ともいっぱい笑うもん。ひかりはすごく陽気で、姉さんもだんだんひかりに似てきてる」

「私が似てきてる？　反対じゃない？」

「姉さんが似てきたんだよ。だって、最初会った姉さんは、おとなしくて遠慮ばかりしてる人だったのに、今はよく笑うし、おもしろいもん」

「何それ」

私は少し笑った。

「ひかりは幸せな子どもだと思うよ。ひかりのうれしそうな顔見たら、十分だっていつも思う」

颯斗君の言葉は、心に静かに響いた。ひかりにはいつもどこかで引け目を感じている。経済的にも時間的にも余裕がなく、してあげられないことが多すぎる。今のこの生活がひかりの未来をどう左右するのだろうかと考え出すときりがない。でも、颯斗君の言うとおり、ひかりは毎日笑ってくれる。それでいいのかもしれない。

「姉さんってすごいよな」

「私が？　どこが？」

「ひかりのこと幸せにしてるじゃん。誰かを笑わせるって、誰でもいいから自分以外の人を救えるって、一番存在意義があることだと思う」

「それは」

それは颯斗君だってだよ。私とひかりを笑わせて、救ってくれてる。そう言おうとした時に、看護師さんが「飯塚ひかりさんのご家族の方、手術終わりました」と告げに来た。

手術室から出てきたひかりは、酸素のチューブが鼻先にあり、包帯でしっかりと固定された腕には点滴の管が、指には心拍数を測る機械がつけられていた。いろいろと結び付けられている小さな体に、胸が痛む。

執刀医から、手術は成功したこと、ヘルニアの袋の根元をしばってあること、麻酔をかける時、最後に「ランドセルがね」と話してたこと、などの報告を受けた。

「ありがとうございました」

私も颯斗君も深々と頭を下げた。

ひかりは病室に帰った後、うっすら目を開け「ママ」とつぶやくことはあっても、ほとんど眠ったままだった。何度も何度もひかりの頬に触れた。がんばったんだね。もう大丈夫だよ、と。

一時間ほどして、初めてしっかりと目を開けたひかりは、突然泣き出した。ここがどこかわからないようで、ぼんやりと天井を見ている。

「痛いの?」

「しんどいの?」

と聞いても、「マママママ」と弱々しく言いながら泣いているだけだ。

「ママはここだよ」「ママはいるよ。大丈夫だよ」

私はひかりの額や頬を撫でながらそう繰り返した。

「痛みはそれほどないと思うので、麻酔から覚めていく感じが不快なのかもですね」

と看護師さんが教えてくれた。

さらに時間が経ち、意識がよりはっきりしてくると、

「喉が渇いた」

とひかりは泣き出した。

「水、お茶、飲みたい」

と泣いている。そりゃそうだろう。ずっと何も飲んでないのだ。すぐにでも何か飲ませてあげたい。だけど、まだ絶飲絶食と言われている。すかさず颯斗君が看護師さんにどうしたらいいかと尋ねてくれたが、

「三時間経ったら、一緒にお水飲みましょう。それまで待っててくださいね」

と言われた。

喉の渇きを我慢するのはどれだけしんどいだろうと思ったが、

「点滴をしているから、水分は足りてるんですよ。たぶん口の中が気持ち悪いんだと。口を湿らせるのは大丈夫なので、濡らしたガーゼを当ててあげてみてください。それですっきりしますよ」

と看護師さんが教えてくれた。

「そっかそっか。なるほどな」

颯斗君はミニタオルを水で濡らして私に手渡した。

「ひかり、もう少ししたらお水飲もうね」

唇を濡らすとひかりは少しだけ気持ちよさそうな顔をし、またうつらうつらと眠ってしまっ

た。

その後ひかりは時々目を覚まして泣き、また眠るのを繰り返していた。

「すごいな。起きてからさ、ママしか見えてなかったよ。ひかり」

颯斗君がひかりの顔を見ながら言った。

「ぼんやりしてたからだね」

「眼中に一切入ってなかったね。ぼく」

「そんなことない。そばにいてくれるだけで、どれだけ安心できるか」

「姉さんの偉大さを見たな。そろそろおじさんは必要ないのかも」

颯斗君はそう言った。笑ってはいるけど、瞳が揺れている。

「まさか。ずっと必要に決まってるよ」

「そうかな」

「そうだよ。変なこと言わないで」

「そうだね。あ、ひかりが寝てる隙に、こっそりジュース飲んでくる。喉渇いちゃって」

颯斗君はいたずらをするように肩をすくめて、部屋を出て行った。

「ママー」

颯斗君が出ていくと同時にひかりが手を伸ばす。私が手を添えると、ひかりが握りしめてきた。

「どう？　ひかり、気分は悪くない？」

ひかりはそれには答えないものの、私の手をしっかりと握り「ママママー」と少しだけ安心した顔を見せてくれた。その顔だけでほっとする。

私の手は不安を和らげることができるんだ。つらさを軽減することができるんだ。何も持っていなかった私が、何者かになれた気がした。

三時間後、看護師さんに見てもらいながらひかりは水を飲んだ。何口か飲むのを確認してもらい、「もう水分はとっても大丈夫だよ」と許可が出た。酸素の管も外し、あとは夕飯を食べられたら帰れると言われた。

ひかりはだるそうにしていたけど、その二時間後には、看護師さんに見てもらいながらゼリーを食べ、リンゴジュースを飲んだ。いつもの元気はないけど、ぬいぐるみをかかえて私と颯斗君に見せたり、「終わったんだね」と私の腕にしがみついたりした。

手術をしてもこんなふうに着々と回復していくのだ。目の前で一つ一つ動きが大きくなっていくひかりの様子に、目を見張った。

夕飯は魚の煮つけとお浸し、ご飯とお味噌汁が出た。手術を終えた後で食べられるものかと思ったけれど、朝食も昼食も食べていないひかりは、包帯が巻かれた左手で器を押さえながら、三池さんにもらったスプーンでご飯を口に運んだ。

「おいしい？」

と聞くと小さくうなずく。

泣いて腫れぼったくなった目で時々こちらを見ながら、ゆっくりとした動きでご飯を口に入れる。

しばらくすると、

「お、ひかりちゃん、ちゃんと食事できてるね」

と手術をしてくれたお医者さんが来て、「ちょっと見せてね」とお腹を確認し、もう帰っても大丈夫と言われた。

「ひかりちゃん、よくがんばったね」

とお医者さんに言われ、ひかりは、

「うん。すごいでしょ」

と笑った。

ひかりはまだだるそうで、半分ほどご飯は残したが、手術は終わったのだ。私は体中から力が抜け、代わりに安堵《あんど》が広がっていくのを感じた。

颯斗君がてきぱきと片付けてくれ、看護師さんに最後の確認をしてもらい、帰宅することとなった。同室にいながら、斜め向かいのベッドの子どもとは一度も顔を合わせることがなかった。たった一泊二日の入院でこんなに疲れるのだ。日が重なれば重なるほど気がめいるだろう。誰かと話したいと思うこともあれば、すべてをシャットアウトしたくなることもある。子どもが病気になると、平常心ではいられない。挨拶をしたほうがいいのかと迷ったが言葉が浮かばず、しんどい思いをすることができるだけ少なくて済むようにと祈りながら部屋を出た。

ひかりの手術が終わってよかった。それは確かだけれど、小児病棟はそれだけではない感情を与えられる場所だった。

颯斗君も、

「小児病棟って、本当きついよな。子どもが病気なのはさ。本当……」

と言葉にならないままだった。

ひかりと三人で手をつないで病院を後にする。湿り気がなく澄んだ夜空は月がくっきりと見える。空にも町にも。すべてに深い冬がやってきているのだ。

# 冬

## 1

退院後最初の土曜日、宅配便でランドセルが届いた。二ヶ月前のことだから忘れかけていたひかりは、突然のプレゼントのように喜んだ。

「うわー！　ランドセル！　あの時買ってもらったのだ」

早速二人で箱から取り出す。ランドセルは落ち着いた色味なのに光って見える。

「かわいいね。ほら、ここ見て。ひかりのイニシャルがほってあるよ。H・Iって。ひかり・飯塚ってことだよ。おしゃれ」

私が言うと、ひかりは「これはもうすごく小学生ぽい」と気取った。

ひかりは何度もランドセルを背負ってぬいぐるみたちに見せ、鏡の前に立ち、次は中に色鉛筆やノートを入れて試した。私は何枚も写真を撮って、颯斗《はやと》君とお義母さんに送った。お義母さんからは「最高！　なんてかわいいの」と絶賛する返信が、颯斗君からは「もうすぐ小学生だね。ひかりはもうお姉ちゃんだ」という返信が来た。

ひかりは満足いくまでランドセルと戯《たわむ》れた後、

「ねえねえ。ママの子どもの時の写真見たい」

と言いだした。

「え？　なんで？」

「いいからいいから」

ひかりは、私の子ども時代の写真を見るのが好きで、たまにアルバムを出してきては、「ひかりにそっくり！」と言っている。残念ながら、ひかりの顔は奏多《かなた》に似ていて、私にはあまり似ていないのだけど。

数えるほどしか写真を撮ってもらってないから、私のアルバムは一生を通して写真屋さんで無料でもらえる薄いアルバム一冊だけだ。写真は全部で三十枚もない。

家を出る時、母は、「全部持ってって。邪魔だから」と私の荷物を渡し、その中にこのアルバムもあった。実家の私の部屋は今は荷物置きになっている。

「やっぱり!!」

ひかりは、写真を見て言った。

「何が？」

「このママ見てよ」

小学校低学年のころだろうか。公園のジャングルジムの上に立つ私の写真をひかりが指さした。

「ああ、すごいでしょ。ママ。高いとこ平気だったんだよね」

私は幼いころ運動神経がよかった。小学校の前半までは、かけっこでも縄跳びでもクラスで一番だった。特別何かができたのは、この時期が最後で、その後は何も秀でないまま今に至っている。

「そうじゃなくて、ママの足見て」

「ママの足？」

「そうお靴」

そう言われて、小さく写っているスニーカーを見た私は、

「本当だ！」

と声をあげた。

幼い私が履いているのは、マジックテープで開閉するタイプのスニーカーで、落ち着いた茶色に緑のステッチと側面に書かれたアルファベットが濃いピンクになっている。

色味、雰囲気。ひかりが選んだランドセルと同じだ。

「ひかりさ、ママと同じもの選んでたんだよ。子どもの時のママとひかり、好きなものも同じ！」

ひかりはうれしそうに言う。

「それで、あの時ひかり、すぐにこのランドセルを気に入ったんだ」

あの日お店に入るなり、ひかりはこのランドセルを即決していた。

「ひかりね、どこかで見た気がして、昔から大好きだった気がしたんだ」

「そうなんだ。ママもこのランドセルすぐに可愛いなって思ったんだよね。この靴をどこかで覚えていたのかな」

「きっとそうだよ」

「この靴……」

写真をじっと眺めていて思い出した。

この靴は、母と買いに行ったものだ。

「派手な色はだめよ。後で飽きるから。白もだめよ。汚れが目立つから」

そんなことを言われながら、母が候補で持ってきた三つの靴の中で私が選んだ。ピンクのステッチがとてもかわいくてすぐに気に入ったのだ。

「そうね。それがいいわ」

私が選んだ靴を見て、母も満足そうにうなずいた。

初めて母と自分の意見が合致してうれしかったのを覚えている。母は「よく似合ってる」と笑ってくれた。嫌な思い出だけで私の子ども時代は埋め尽くされているわけではない。

「ママ、この靴大好きだったんだね」

ひかりが写真をめくると、だいぶ背が伸びた私も同じ靴を履いている。

「きつかったんだけどね」

その後、靴が小さくなったことが言い出せなくて、私は長い間この靴を履いていた。母への遠慮もあるけど、本当に気に入っていたのだと思う。

「ひかりは、どんなに気に入ってても靴とか服とかきつくなったら、ちゃんと言ってよ。靴はきゅうきゅうで履くと痛いし、歩きにくかったりするし、足の指が曲がっちゃうから」

「そんなの当たり前だよ。でも、ランドセルは六年間使うでしょう？」

「そうだよ。大事にしてね」

「ママとお揃いだもん。大事にするに決まってる」

ひかりはそう言って、またランドセルを背負い始めた。

「またやるの？」

私が笑うと、

「くうちゃんとふわちゃんが見たいって言うから」

とひかりはぬいぐるみたちのせいにして、

「いってきまーす」と「ただいまー」をひたすら繰り返した。

2

ひかりが退院してから夢中になっているのは、ランドセルを背負うこととお泊りごっこだ。

ひかりは退院後、

「手術は嫌だったけど、ママとのお泊りは楽しかったよね」

と何度も口にした。

「本当に？」

「うん。お風呂入ったり、小さなベッドで寝たり、またしたいな」

「えー。お風呂は忙しかったし、ベッドはぎゅうぎゅうだったよ」

「ぎゅうぎゅう楽しいでしょ？　またママとお外のベッドで寝れたら最高なのに」

子どもは何に喜ぶのかわからない。入院がつらい思い出にならなかっただけでもいいのかもしれない。

ひかりは食後に、毎日のようにぬいぐるみを相手にお泊りごっこを繰り返した。

「お風呂はこっちですよ」

「こっちがベッドです」

とぬいぐるみたちを案内し、部屋の隅っこで入浴するふりをし、反対側で寝転がった。

病院でさえお泊りが楽しかったのだ。どこかで宿泊できたら、ひかりは喜ぶだろうな。お正月休みに旅行できないだろうかと、私は通帳を確認し、サイトを検索してみた。冬休み代金のあまりの高さにため息が出る。一泊二日でディズニーランドとか行けたら最高だけど、とても無理だとあきらめかけて、

「子どもって公園で大喜びじゃん。コスパいいよな」

と颯斗君が言っていたことを思い出す。

そうだ。ひかりは電車に乗って、いつもと違う景色を見て、どこかに泊まれば楽しんでくれ

るはずだ。気を取り直して、

「旅行　子連れ」

というワードで調べてみる。できるだけ近場を探すと、山麓公園が出てきた。そういえば、奏多と行ったことがある。山のふもとにある公園で、大きなグラウンドにバーベキュー広場やアスレチックがあった。そこに、少年自然の家のような宿泊施設がある。ホームページを開くと、冬休みでも一人七千円で宿泊できる。しかも民間企業に経営が変わったようで、小さなレストランもあり可愛らしい内装だ。部屋はホテルのようにはいかないが、ベッドもありこぎれいだ。

「ねえ、ひかり。お正月ここに行こうと思うんだけど、どう？」

とネットの画像を見せると、「行く行く行く！」とひかりはすぐさまはしゃいだ。

「部屋の広さは家と変わらないけどね。でも大浴場があるみたい」

私は施設の写真をひかりと一緒に見た。公園の様子や周辺地図も載っていて、宿泊施設から少し登れば、展望台があり朝日が見られると書いてある。初日の出を見るのにもいいかもしれない。

「うわあ。このきれいな色の鳥を見つけて、連れて帰りたいな」

季節の鳥や植物紹介の写真を見たひかりが言った。

「こんなかわいい鳥いるんだね。でも、捕まえちゃだめだよ」

ホームページには鳥や植物がたくさん載っている。ここから一時間足らずの場所にこんな自然豊かなところがあったとは。

「そっか。ひかりもきれいな色だからって、誰かに持って帰られたらいやだもんね。ねねね、本当に行くの？」

ひかりはもう目を輝かせている。

「行くよ。水曜日だけど三十一日は大晦日で颯斗君も家で過ごすだろうから、その日に泊まって、一月一日の朝日見れたらいいなって思ってる。新しい年の最初のお日様を見るの」

「なんかすごいってことだね」

「そう。ひかり早起きできるかな」

「できるできる！　入院みたいだね。楽しみ」

入院みたいだと喜ぶだなんて、笑ってしまう。この旅で、もっとお泊りが楽しいことを伝えないと。

私はすぐ施設に電話をした。普段は研修に使われることが多い施設で、年末年始は利用者が数名らしく部屋も夕飯もすんなり予約することができた。

旅行なんて、何年ぶりだろうか。電車とバスの時刻を調べ、スケジュールを立ててみる。それだけでわくわくする。簡単なしおりを作って、ひかりに見せると、

「うわー。すごいね。ひかり、こんなに幸せでいいのかな」

と喜んだ。

「ひかりもうすぐ六歳だよ。これからいっぱい幸せなことがあるよ。こんなのミニ幸せだよ」

「ミニ幸せじゃないよ。ママと二人でバスに乗って、公園行ってお泊りするんでしょ？」

「そうだよ」

「それって、すっごいすっごい幸せだよね」

ひかりが私の目をのぞきこむ。

「そっか。そうだよね。赤ちゃんは泣くのが仕事ってよく聞くけど、子どもは幸せになるのが仕事みたいなものかもね」

私が言うと、

「そうなの？」

とひかりが首を傾げた。

「うん。たぶんそう」

「そっか。いい仕事だなあ。じゃあ、大人は？　幸せじゃないの？」

「ママは幸せだよ。ひかりとぎゅうして、ほっぺをくっつけるだけで幸せになれるもん。たまに、こんなに簡単に幸せになれて誰かに怒られないかって心配になるくらい」

「ひかりもママとぎゅうしたら幸せ。あとね、朝のパンにいちごジャム塗ってくれると幸せだし、夕ごはんに野菜がないと幸せ」

「ママはひかりがなんでも食べたら幸せだけどね」

「すごいね。この家、幸せ多すぎだね」

ひかりがそう言って笑った。

たくさん転がっているんだ。こんなに幸せでいいのかと思えるほどの瞬間が。もっとよりよい明日を願う気持ちと、この日々が崩れないように守りたい気持ちが、私の中に同居していた。

3

日曜日、ひかりのダウンコートを買いに出かけた。

山麓公園の展望台は近いとはいえ小さな山の中腹にある。少し袖が短くなってはいるものの去年のダウンコートでもう一年乗り越えようと思っていたけど、ひかりが「誕生日に水色のダウンコートが欲しい」と言ったので、十七日の誕生日に向け、この機会に買い替えることにした。

この辺りでは一番大きなショッピングモールに出向き、子供用品のフロアに行くと、おもちゃ売り場前でイベントをやっていた。長テーブルが並んでいて、新商品を子どもたちが試していいようになっている。ひかりが「うわあ」と走っていく。

置かれているのは、何かを作ると音が鳴るブロックだ。ドアが開く音やクラクションなどといった具合に、作ったものに似た音を鳴らすこともできる。ひかりも座って、ケーキを作り出した。エプロンをつけたスタッフが数人いて、子どもたちに頻繁に話しかけている。これは後でおもちゃを勧められるかもだな。さっさと遊んで去らないとと思っていると、

「おお、ひかりじゃん。あ、美空さん」

とスタッフが声をかけてきた。三十過ぎくらいのがっちりした体形の背が高い男性だ。見たことがないけれど、ひかりの名前を知っているということは、保育園の保護者だろうか。

「こんにちは。お世話になってます」

私が頭を下げると、

「まさか、こんなとこで会うなんてな」

と満面の笑みで答えてくれた。この親しげな様子は同じ組の保護者だろう。向こうは私の名前まで知ってくれているが、誰かわからない。失礼にならないようひかりから名前を聞き出さないと、と思いながら、

「本当に。奇遇ですね」

と私は話を合わせた。

「お、なんだケーキか？」

男性はひかりに近づくと、ひかりが作ったブロックの塊《かたまり》をすぐにケーキだと言い当てた。

「ひかり、もうすぐお誕生日だからね。できたらハッピーバースデー鳴るんでしょう？」

「ああ、それ、いい発想だな。ごめんごめん。音のパターンがちょっとしかなくてさ」

「えー」

「でも、どんな音鳴るか、最後のブロック載せてみてよ。このピンクの」

「うん」

ひかりが渡されたブロックをくっつけると、キラキランと音が鳴った。

「おーすごい」

「だろ」

名前を確かめる前に二人の会話が盛り上がってしまっている。

「本当楽しいおもちゃですね」

私は名前を知らないことを悟られないような会話に努めた。

「いえいえ。ひかりちゃんに楽しんでもらってよかった。写真で見るより、ずっとかわいいね」

「とんでもない……え？　写真？」

会ったことがあるわけではなく、写真でひかりの存在を知っているのだろうか。それはどういうことだろう。

私は「楽しかった」と席から立ったひかりの手を握った。

「保育園の方ですか？」

「あ、ごめんごめん。突然話しかけて、驚かせたよな」

「どこかでお会いしましたか？」

見ず知らずの男性は、親しげに話しかけ、ひかりだけでなく私の名前まで知っていた。ひかりの手を握る手のひらに、じんわり汗がにじむ。

「いや。初めましてだ。毎日のように写真見せられて、話を聞いてるから、すっかり親しい気になってしまっててさ」

「どこでですか？」

「いや、申し訳ない。自己紹介遅れちゃって。そりゃびびるよな。林田です」

男性はひかりと私の目を交互に見ながら頭を下げた。

「林田……さん？」

急いで頭の中をかけめぐらしたけど、聞いたことのない名前だ。

「あ、林田圭吾です」

フルネームで言われてもわからない。これだけ堂々と名乗るのだから怪しい人ではなく、どこかで会っているのかもしれない。悪いと思いつつ、

「すみません。記憶になくて、どちらの林田さんか」

と正直に告げると、

「え……」

と林田さんは首をかしげて、そのまま額に手をやった。それからしばらくして、

「ああ、そっか……そうなのか」

とつぶやくと、

「いや、話に出てるかと勝手に思ってました。飯塚颯斗の知り合いです」

と言った。

「だろうなと思ったー！　お洗濯の匂い同じだし、話し方も似てたもんね」

とひかりは声を弾ませた。

「申し訳ないです。知人の飯塚君から話に聞いたことがありまして、突然お声掛けをしてしまいました」

「あ、ああ。なるほど、そうだったんですね。こちらこそ初めましてです」

颯斗君が一緒に暮らしている人だ。私は頭を下げた。

「いえ、本当すみません。ただの知り合いなのに馴《な》れ馴《な》れしくて。失礼しました」

あんなに親しげだったのに他人行儀になり、何度も知り合いだと言ってしまわないといけない林田さんに悲しくなった。

「ああ、すみません。怖がらせてしまいましたね。本当考えなしで。ごめんなさい」

「全然気にしないでください」

大きな林田さんが体を縮こまらせて謝る姿は胸が苦しい。でも、それは林田さんが気の毒だからだけじゃない。颯斗君に何も知らされていなかったことが、何も踏みこめなかった自分が悔しかった。

「あの、忘れてください。本当」

林田さんが何度も頭を下げるのに、私は「十分だけでもお時間いただけませんか？」と申し出た。

颯斗君は私のこともひかりのこともよく知っていて、すべてを受け入れてくれている。同じように私も颯斗君に近づいてもいいのではないだろうか。颯斗君が有無を言わせず我が家に入りこんできたように、私だって動いていいはずだ。

ひかりにリンゴジュースを渡して、私たちはフードコートの隅に座った。

「最初はお友達のお父さんかなと思ったんです。ひかりが親しげに林田さんと話してるから、今更名前聞けないな。早く名前思い出さないとって焦ったんですよね」

不安げな顔で座る林田さんに、私は颯斗君が話すように陽気に口火を切った。

「ああ。そうなんですね」

林田さんは私が何も知らなかったことに驚き傷ついている。それなのに、颯斗君をかばうためなのか、この期に及んで隠そうとしている。

「颯斗君から一緒に暮らしている人がいるとは聞いていました。そして、男の人が好きだからとも」

これだけは正しく伝えないとと、私は林田さんの顔を見た。

「ああ、そうなんだ」

林田さんは困った顔のままうなずく。

「私たちの写真は林田さんに見せてるくせに、私たちには林田さんのこと何にも教えてくれないなんて。不公平ですよね」

私は冗談めかした。

「本当。ひかりも、おじさんの写真見てない」

ひかりが会話に入ってくる。

「私たちのことよく話してるんですか？　颯斗君」

「ああ、えっと、毎週、姪御さんとお姉さんの家に行くというのは聞いてたし。颯斗から、すてきな姉さんと、とんでもなくかわいい子どもがいるって、何度も写真見せられてて。っていうか、美空さん、すごい順応性だな」

「順応性？」

「だって、俺と颯斗が恋人だってすんなり飲みこんで」

林田さんが颯斗君の恋人だという事実には、少しもびっくりしていない。そばにいる人が、いい人そうでよかったと、安堵のほうが大きい。

「会ってすぐですけど、林田さん悪い人じゃなさそうだから」

「ひかりもね、それ、思ったよ」

「本当に？　第一印象良くないと言われがちだけどな」

と林田さんは照れ臭そうに言った。

「髭を生やしてらっしゃるのと、がっちりしてる体が少し威圧感あるだけで、しゃべったら大丈夫です」

「しゃべったら大丈夫って。結局、第一印象は悪いってことだな」

林田さんが笑う。

「いえ、悪くないですよ。そりゃよくもないですけど」

私が言うと、林田さんは、

「ひかりのママって、めちゃくちゃおもしろいよな」

とさらに笑った。体中で笑っている嘘のない笑顔。この顔を向けられたら、ほっと気を許せてしまう。

林田さんに、ひかりは、

「ママはおもしろいし、賢いし、かわいいんだよ」

と自慢した。

林田さんがそれを聞いて「賢いし、かわいいんだ」とまた笑う。

「おじさん、よく笑うよね。声も体もでかいし」

とひかりが指摘すると、

「お姉さんと姪っ子がいるってこんなに楽しいんだな。颯斗が毎週通うのがわかる」

と林田さんは言った。

「メイッコじゃなくて、ひかりだけどね」

「そっか。そうだった」

林田さんはうなずくとまた笑った。

「あ、すみません。俺、そろそろ行かないと」

時計を見て立ち上がってから、林田さんは、

「会ってすぐだけど、連絡先、メールとかでも交換できないかな」

と申し出た。

「もちろんです。ぜひ」

と私はスマホを出した。

「大事なことでもない限り、連絡しないから」

林田さんはそう言った。交換したのだから、いつだって連絡してくれてもいいけど、そういうものだろうかと私もうなずいた。

「今日のことはさ」

林田さんが気まずそうに言う。

「ええ。なんとなくいい時が来たらで」

「そうだよな」

「それがいいと思います」

颯斗君には私たちが会ったことは、まだ話さないほうがいいかもしれない。からりと打ち明けてしまえば楽な気もしたけれど、颯斗君が私たちにもう少し隙間を開けてくれてからにしたい。

林田さんはひかりに「大きくなるんだよ」と手を振って、仕事場へと戻っていった。

「おもしろいおじさんだったね。あ、ママのほうがおもしろいけどね」

ひかりは見えなくなるまで手を振ってからそう言った。

「おもしろさで勝ちたくはないけどね」

「どうしてよ。こんなにおもしろいのに。ママ、保育園の中で一番だよ」

こんなにおもしろい。褒められている気はしなかったけど、ひかりがうれしそうに言うから、ありがとうと言っておいた。

## 4

大晦日はさすがに寒く、新しい水色のダウンコートを着るひかりの鼻先は赤くなっていた。電車を乗りついで、その後バスに乗れば山麓公園だ。ひかりは「荷物になるから置いていこうよ」と言ったのに、「だって連れていきたいんだもん」と聞かず、ぬいぐるみのくうちゃんとふわちゃんもリュックに入れてきた。あと、十七日に颯斗君からもらった猫のぬいぐるみのミイちゃんも。

先週、十二月二十四日の水曜日は会社の忘年会らしく、颯斗君には会えなかった。その分、先々週の水曜日は盛大だった。

「ひかりの誕生祝いに退院祝いだろう、ランドセル届いたお祝い、それに来週は会えないからクリスマスパーティーに三十一日も会えないから忘年会も一緒にやろうよ」

と、颯斗君は慌ただしいくらいに盛り上げてくれた。いつも以上に夕飯は豪華で颯斗君はおしゃべりで、ひかりにだけでなく私にまでクリスマスプレゼントだとマフラーをくれた。そして、何度もひかりのランドセル姿を見ては、「ひかり、すてきな小学生になるんだよ」「毎日楽しんでね」と颯斗君は繰り返し言った。

「二度と会えないみたい」

とひかりが言うと、

「忘年会だもん。言いたいこと全部言わないと」

と颯斗君は、私にまで「姉さんも無理せずにね」とねぎらいの言葉をかけてくれた。

「一年の終わりってこんなに大げさなものだったっけ」と驚く私に、「保育園最後の年末でもあるしね」と颯斗君は言っていた。退院祝いに誕生日にクリスマスに忘年会。四つ詰めこむと怒濤《どとう》の時間だったな、とバスの景色を見ながらあの日の颯斗君を思い浮かべた。ひかりが保育園に通いだしてから、四月で年が替わる気がしていたけど、十二月は年末だ。街を離れて走るバスから見える風景には、一年を終えるさみしさが含まれている。

「山のそばは静かだね」

「本当だね。ママとひかりしかいないみたい。あ、ミイちゃんもいたんだ」

ひかりは本物の子猫くらいの大きさのミイちゃんに「山が近づいてるんだよ」と景色を見せた。

「着いたよ」

私が言うと、

「みんな、降りますよ」

とひかりはリュックの中のぬいぐるみたちに声をかけた。

バスから降りると、お花見に奏多と来たことがある芝生が広がる公園と広いグラウンドがあり、その奥に宿泊施設が見える。町中より、木々に囲まれた山の中は、冬が濃い。

「本当に木と公園しかないね。人はどこに行ったのかな」

　ひかりの感想に笑ってしまう。

「山の中だからね」

「そっか。自然いっぱいってことだ」

「そう。ほら、空気がおいしくない？」

「うん。おいしい気がする」

　冬の寒さで鮮やかさを消し、葉や枝だけになった木々が力強く立っている。年々、四季がわかりにくくなっているけれど、山を目の前にすると季節が巡っているんだと気づかされる。二人で思いっきり深呼吸をして、あちこちを見渡しながら歩いた。

　宿泊施設に着くと、ひかりは「お泊りだ」と意気ごんで、ずんずんと中に入っていった。ロビーには地域の名産品や枝や松ぼっくりで作られたオブジェなどが飾られていて、質素ながらも可愛らしい。日の出を見にくる人も多いのだろう。「明日の日の出時間」がボードに書かれている。

　受付で案内された部屋に入ると、ひかりは「部屋だ‼」と歓声を上げた。ベッドが二台だけで他には何もない部屋だけど、ひかりはよっぽどうれしいのだろう。歌を口ずさみながら部屋の中を何度も歩いた。

　その後二人で施設前の子ども広場で遊んで、レストランで食事をとって大浴場で入浴した。ひかりは宿泊施設の部屋にいることが一番うれしいようで、歯磨きをし、いつもより早く、

「寝よう寝よう」

とベッドに、くうちゃんとふわちゃんとミイちゃんを並べた。

「ママとくうちゃんとふわちゃんとミイちゃんとお泊りだね」

「たくさん連れてきたもんね」

「ベッドってすごいね。ふわふわ」

ひかりはベッドに寝転がって感触を何度も確かめた。

電車乗ったね。バス揺れたよね。ブランコおもしろかったね。そんなことをしゃべってうとうとしかけたひかりは、

「ママママ、一緒のベッドで寝ようよ」

と言った。

「そうだよね」

広々寝たいとも思ったけど、いつもそばにある体温がないと変な心地がして、私は隣のベッドに移った。

「あ、今日で一年が終わるよ」

当たり前に過ごしていたけど、大晦日だ。私がそう告げると、ひかりも、

「そうだ！　十二月三十一日なんだ」

と眠そうだった目をこすった。

「いい一年だったね」

手術もしたし、母からお金をほしいという申し出もあった。でも、振り返ってみると、楽しいことのほうが多かった。

「うん。最高の一年だったな」

とひかりも言った。

「遅くまで起きてみる?」

大晦日だ。特別に夜更かしをしてもいいだろうと私が言うと、

「だめだよ。ママ、明日新しい年始まるでしょう」

とひかりが言った。

「うん。そうだけど、大晦日って遅くまで起きてていい日なんだよ」

「そんなの、明日のほうが大事じゃない! 一年が始まるのに。朝日見なきゃでしょ」

「そうだったね」

「そうだよ。まったくママは」

子どもにとっては終わりより、始まりのほうがよっぽど大事みたいだ。「さあ、寝ますよ」

ひかりはぬいぐるみと私にそう言って、

「おやすみ、ママ、ラビュー」

とにこりと笑ってから目を閉じた。

「おやすみ。ひかり」

明日は初日の出を見に行く。日の出時間は六時五十一分と書いてあった。ここから歩いて十

五分で展望台まで行けるそうだけど、ひかりと一緒だから余裕を見て三十分前には出よう。そうなると六時には起きないといけない。そんなことを考えているとひかりの寝息が聞こえてきた。一日テンションが高かったから、疲れたのだろう。笑ったまま寝たからか寝顔まで笑顔だ。なんておもしろい寝顔。私はひかりの頬にそっと触ってから眠りについた。

翌朝、目覚ましどおりに早起きをして、二人で顔を洗って着替えを済ませ、施設を出た。受付でおにぎりと温かいお茶を、朝ごはん用にと渡してくれた。うれしいおもてなしだ。外で食べるときっとおいしい。

最初は意気揚々と歩いていたひかりは、途中から「寒い寒い。凍るかもしれない」と言って、私に腕を絡ませた。薄暗い早朝の空気は一切のゆるみがなく体の芯まで入りこみ、土の匂いも木の匂いもダイレクトに伝わってくる。

道中、お年寄りや家族連れ何組かとすれ違った。今まで知らなかったけど、気軽に初日の出を見られるスポットみたいだ。

枯葉が敷き詰められた道を二人でザクザクと歩く。二十分は歩いただろうか。体が暖かくなってきた。「あと少しだよ」と、上り坂を進んでいくと、展望台が見えた。

「ついた！」

展望台に続く階段を上ると、ひかりはすぐに端まで走って行き、「おーい」と声を出した。

私も隣で、できたての空気を思い切り吸いこむ。

「上まで来たのに木ばかり見えるね」

ひかりはぐるりと周りを見回した。

「ひかりは何が見えると思ったの？」

「そりゃ、雲だよ」

「山と言っても頂上じゃないし、そんなに高くないからなあ。でも、ほら、家が小さく見えるよ」

私がふもとのほうを指さすと、

「本当だ。地上から離れたんだね」

とひかりが言った。

「そう。空に近づいたね」

「やった」

「あ、ひかり、そろそろだ」

空の濃い青が薄まっていき、白っぽい光が広がっていく。数名の人がカメラを構え出した。

「もうすぐお日様が昇るよ。ひかり、あっち行こう」

私たちは東側の柵のそばに行くと、ずっと遠くの空を見つめた。

「あ、来た」

光があふれ始めた空の端に目がくらみそうに眩《まぶ》しい太陽の縁が見え、展望台にいる人たちから「うわー」と歓声が漏れた。

底からこみあげて来たように力強く、混じるもののない新鮮な光。あの日、病院で見たのと同じだ。

「ひかりが生まれた時も、こんなふうだったんだ」

私はそう言っていた。

「どんなふう？」

ひかりがじっと太陽を見ながら聞く。

「空も山も木も全部に光が降ってきたように見えたんだ」

「まっさらみたいだね」

「そう。空気がキラキラして全部をまっさらにしてくれるみたいで。だからだよ。だから、ひかりって名付けたの。また見られるなんて。あの日、透明な日差しがあって、そしてひかりがいるなら、新しい自分になれて、新しい世界を生きていける気がしたんだ」

ひかりにはわからないだろうと思いながらも、私はひかりが生まれた時に感じた気持ちを口にせずにいられなかった。

あの時と同じ光。昨日の続きの今日じゃなく、新しい一年が始まったのだ。太陽や雲と同じように私たちの日々も、動き出す。きっと、いや、絶対にいい年になる。すてきなことが待っている。きらめく日差しを前に私の心の中は希望といっていいもので満ちていた。

「ひかりの生まれた日と同じだったら、たくさん持って帰らないとだね」

ひかりが私に言った。

「何を？」

「光だよ」

「え？」

ひかりは持ってきたリュックを開くとぶんぶんと振り回した。

「何してるの？」

「ひかりが生まれた日と同じ光を入れてるんだよ」

「リュックに光を入れてるの？」

「うん」

「持って帰れるかな」

「いっぱい入れておくから大丈夫」

光を集めるひかりの横で、私はスマホで写真を撮った。何枚撮っても、写真は目の前の輝きを収めてはくれない。ここで見られる光は今しかないのだ。スマホを鞄にしまいもう一度空を見つめる。こんなにも一日の始まりは新鮮だったのか。太陽の光を前に、体の中も新しい空気で満たされていくようだった。

「ねえ、ママ。ごはん食べよう。おにぎり」

明るくなっていく空をじっと眺めていると、ひかりが腕を引っ張った。感動していても一瞬で、子どもの興味は移っていく。

「そうだね」

「お腹すいたもんね」

「歩いたからなあ」

「いただきまーす!」

私とひかりは展望台に設置されたベンチに座っておにぎりを食べた。具のない塩おにぎりはまだほんのり温かくおいしい。

「外で食べるとどうしてこんなにおいしいんだろうね」

私が言うと、

「ママとお日様がいるからだよ」

とひかりが二個目のおにぎりを手に取った。

「ここでだといくらでも食べられそうだよね」

「本当最高」

そう言っていた私たちだけど、じっとしていると寒さが体に染みてくる。途中からは二人で「早く食べよう」と体をぴたりとくっつけて急いでほおばった。

おにぎりを食べ終え、山を下り宿舎へと戻る。動きさえすれば凍えた体がじんわり温かくなっていく。眩しさが広がっていく空も背中を押してくれているようだ。

木々が多い場所を通ると、ひかりは、

「鳥さーん、鳥さーん」

と呼びかけた。だけど、鳥の姿は見えない。

「寒いから鳥さんもお休みかもね」

「鳥さーん、おいでー」

「そう簡単には出て来ないんじゃないかな」

「えー。鳥さん、ひかりに会いに来てよ」

「どうかな。見つかるといいけど」

と言いながら歩いていると、かさっと音が聞こえた。

「あ、ひかり、静かにして」

私は足を止めて、ひかりの横でかがんだ。ひかりも同じようにしゃがむ。

「いるかもしれない」

私が小声で言うと、「鳥が？」とひかりは真剣な顔をした。

「うん」

私は静かに首を動かしながら、木々を見上げた。かさかさと音はするのに、なかなか姿は見えない。いったいどこにいるんだろうとゆっくり視線を落とすと、低い木々の合間に小さな青い鳥がとまっている。こんな近くにいたのだ。

「見て」

私が指さすと、ひかりが「うわ……」と声をあげた。その声に驚いて鳥は飛び立ったけど、隣の低木に移っただけでまだ姿が見える。

「かわいいね」

ひかりがささやく。

「すごくきれい」

ブルーの羽の下に黄色が混じり、お腹の辺りは白い。手のひらに乗りそうな鳥だ。

「なんていうお名前だろう」

ひかりはじっと眺める。人に慣れているのか、鳥は人が行きかう中でも逃げ去ることはなく、低木を飛び移っては羽を動かしている。

「見たことない鳥だよね。もしかして、これ、幸せの青い鳥だったりして」

こんなに鮮やかなブルーの鳥は初めて見た。

「かわいいね」

「一月一日に見られるなんて貴重だよね」

「連れて帰りたいな」

とひかりと話していると、通りすがったおじいちゃんが、

「その子、ルリビタキだよ」

と教えてくれた。

「ルリビタキ。ありがとうございます。きれいですね」

「ああ、冬はよく見られるよ。たまに町の公園でも飛んでるんじゃないかな」

「そうなんですか?」

「冬の鳥だからね。最近ハクセキレイとか、山まで来なくても、ちょんちょんって歩いてるよ」

「鳥さんは家の近くにもいるんだ」

ひかりが驚くと、

「いるいる。今度見つけてみて」

と言いながら、おじいちゃんは先を歩いて行った。

息をのむようなきれいな鳥が身近にも飛んでいるんだ。見過ごしていただけで、そばにいるのかもしれないなんて。

私はルリビタキを目で追いながら、絶対にまたひかりと見たいと思った。

「ルリちゃん、バイバイ。また会おうね」

ひかりが大きく手を振ると、さすがにルリビタキは飛んで行った。

「ママと一緒にルリちゃんを見れたなんてすごいよね」

「しかも、逃げずに姿を見せてくれたもんね」

「そう。お名前だって知れたし」

「本当だ。鳥がいたこともだけど、鳥に詳しいおじいちゃんが通ったのもラッキーだ」

私が言うと、「すごすぎる」とひかりは興奮した。

宿泊施設に着くころにはさっきより高くなった太陽が空を様々な色に染めていた。

「太陽さん、今日も一日がんばってね」

ルリビタキの次は太陽に、ひかりが手を振る。

「白と黄色とオレンジでしょ。青に紫でしょ。あ、ピンクもある。日の出さん、何色のクレヨン持ってるんだろう」

「二十四色じゃ足りないよね。お店にはないクレヨンかも」

「えーいいなあ。ひかりお日さまになろうかな」

「でも、お日さまはお泊りできないよ」

「そっか。じゃ、ひかりのほうがラッキーだね」

ひかりと朝日を見ていて、思い出した。私も一度だけ母と旅行をしたことがある。子どもといると普段思い出さなかった、記憶の一部が突如よみがえることがある。小学一年か二年のころだ。

どこにいったか、場所はわからない。ただ、母の友達なのか、私と同じくらいの年の子どもが二人いる家族と一緒だった。海がある場所で、海水浴をして民宿で一泊した。でも、楽しくはなかった。母は始終ピリピリしていて、

「お友達に貸してあげなさい」「お友達が先でしょう」

と私を叱っていた。

どうしてこんなにこの子達に気を遣わないといけないんだろうと思ったことを覚えている。でも、母も私以上に楽しそうじゃなかった。我が子よりお友達を立てないといけないという親の気持ちが今はよくわかる。外では人目を気にする人だったから、旅行中、母は疲れた顔をしていた。

「どうしたの、ママ?」

ひかりが私の手を引っ張る。

「ひかりは誰に似たんだろうね」

「そんなのママだよ。ひかり、ママにそっくりでしょう」

「そうかな」

私とは全然違うよ。違うほうがいいんだよ、と思う。だけど、ひかりは、

「そっくり。顔も髪の毛も手も」

と言いはった。

「本当?」

「そうだよ。ひかりとママ、ほとんど一緒なんだよ。だからね、ひかりはラッキーなの」

「そっか。じゃ、ママもやっただね」

私はひかりの手をぎゅっと握った。ひかりも「ねー。ママー」と握り返してくる。朝を迎えた空はどんどん光の濃さを増していく。

子どものころの私を、ひかりは知らない。ひかりが見ているのは今の私だ。今の私やこれからの私は、自分で作れる。だったら、ひかりが私に似ていることを否定しなくてもいいのかもしれない。

「ママ、家に帰ったら、公園に鳥さん探しに行こうね」

「そっか。ルリビタキとハクセキレイがいるんだよね」

「うん。毎日違う公園に行こう。そしたら、絶対に会えると思うから」

「見つけられるといいね」

「見つけられるよ。ルリちゃんが、みんなに言ってくれてると思うから」

「何を？」

「ひかりとママが探しに行くこと。だから、ほかの鳥さんも待っててくれると思う」

「そっか。じゃあ、ちゃんと見つけに行かないとね」

「忙しくなるね」

旅行の途中にもう次の予定。ひかりといると、慌《あわ》ただしくも待ち遠しいことが次々と舞いこんでくる。

5

一月三日は義父母の家を訪問し、お義父さんとお義母さんからお年玉をもらいおせちを食べた。例年と同じく颯斗君はいなくて、「本当に寄り付かない子よね」と言いながらお義母さんから颯斗君から預かったというお年玉ももらった。

颯斗君はお父さんとお母さんに自分のすべてを見せられないのかもしれない。そうなると共にいる時間はどこか気詰まりだろう。親だからと言ってすべてを知らせる必要はないし、すべてを知り合うのは誰とだって無理に近い。いつかひかりにも私に話せないことが出てくるだろう。けれど、そのことで苦しまないでほしいとは思う。

「夏に会った時より、ひかりちゃん、うんとお姉さんだわ」

「おじいちゃんは久しぶりだから、こんなにも大きくなって驚きだよ」

お義父さんとお義母さんに言われ、ひかりはすっかりご機嫌で、

「ひかり、もうね、お風呂で体も一人で洗ってるんだよね。あと、字もいっぱい書ける」

などと自慢した。

お義父さんもお義母さんも、本当にうれしそうに、

「それはすごいなあ。もうすぐ小学生なんだもんな」

「ひかりちゃんは賢いのね。おばあちゃん負けちゃうかも」

と目を細めた。

孫は手放しにかわいいというのは本当のことなんだなと、ここに来ると思う。

おせちを食べ終え、みんなでカルタをして遊び、デザートにケーキを食べ、昼過ぎには義父母の家を後にした。お義母さんはいつもどおり、

「美空さん、買い物行ってらっしゃいよ。バーゲンバーゲン！」

と提案してくれたけど、今日は家の片付けをしないといけなくてと断った。

入院の日以来、ひかりは私と離れるのを嫌がるようになった。保育園はがんばって行っているものの、今日も、

「ママ、ひかりとずっと一緒にいてね」

と念を押していた。お泊り楽しかったと言っているのと同時に、入院はひかりの中に小さな

しこりを残していた。単純に見えて、子どもは自分でも気づかないうちに不安を抱えこんでいる。

早めに帰ることを告げると、

「そっか。それなら帰りにひかりちゃんとママと二人で買い物もいいかもね。おばあちゃんは次のお盆休みにひかりちゃんと遊ぼうっと」

とお義母さんは笑った。お義母さんは人の気持ちをすぐに汲んでくれる。だからこそ些細《ささい》なことでもがっかりさせたくないと颯斗君は思うのかもしれない。颯斗君のどこにも、人を落胆させる要素はなくてもだ。

私たちは帰り道、ショッピングモールに寄った。みんなからもらったお年玉は全部で三万円。あまりにありがたすぎる額だ。しかも、ひかりが生まれてから毎年同じだけもらっている。そこに私からのお年玉として一万円を足してひかりの口座に生まれた年から貯金している。お義母さんが奏多の代わりにひかりの口座に毎月振り込んでくれているお金とお年玉の貯金。希望によっては大学も選択できるようにしたいし、ひかりにはやりたいことを制限させたくない。お金がすべてではないけど、お金は大事だ。

ショッピングモールに着くと、

「かわいいものあるかな」

とひかりとファンシーショップに入った。

「お年玉もらったから、ひかりが好きなもの買っていいんだよ」

「うん。やったね」

ひかりは店に入るなり、枕くらいの大きさのイルカのぬいぐるみに惹かれたようですぐに手に取った。そのくせ、元に戻して、

「どれにしようかな」

といつまでも店の中を見て回っている。

大きなぬいぐるみが高価だと遠慮しているのか、入院時に買ったふわちゃんと同じくらいの大きさのぬいぐるみを見ている。

私が子どもの時、忙しくて誕生日などを祝う余裕はなかった母が、それでも何年かに一度プレゼントをしてくれた。小学四年のころだろうか。好きなものを選ぶようにと文具店に連れて行ってもらった。めったに物を買ってもらえることがなかった私は、うれしさよりも緊張が勝った。お母さんの機嫌が悪くなるものを選ばないようにしないとと、どきどきしていた。まだ金銭感覚はそんなになかったけど、安そうなものを、それでいて長く使えるものを選ばなくてはとプレッシャーしかなかった。好きなキャラクターの筆箱がすぐに目に入り、「可愛い」そう思ったけれど、筆箱は高いはずだし、一年の時から使っているものがまだきれいだ。悩みに悩んで私が消しゴムを選ぶと、「え？　これでいいの？」と母はつまらなそうな顔をした。もしかして、筆箱を選んでもよかったのだろうか。筆箱を買えたかもしれなかったのだろうか。そう後悔したのを覚えている。ひかりがそんな気持ちでいるのだとしたら、やるせない。

「ひかりが一番欲しいものを買えばいいんだよ。お年玉だもん。ひかりがもらったお金で買う

んだよ」

「そっか」

「うん。ひかりがものすごーく喜ばないと、おじいちゃんもおばあちゃんも颯斗君も、ついでにママもがっかりしちゃう」

「そうなの？」

「そりゃそうだよ。みんなひかりを喜ばせたくて、お年玉をくれたんだよ」

「じゃあね、ひかりね」

ひかりはそう言うと、イルカのぬいぐるみに近づき、

「この子どうかな」

と指さした。

「いいね。きれいな水色でかわいい。ママもこのイルカが家に来たらいいのになって、お店に入った瞬間思ったんだ」

私が言うと、ひかりは安心した顔を見せて、イルカのぬいぐるみを手に取った。口うるさく言ってるつもりはないし、言ってないはずだ。「女手一つ」なんて言葉も「分相応」なんて言葉も一度も使ったことはない。でも、節約はしている。そんな私の言動はひかりにも伝わっているんだ。子どもだからといつまでも甘く見ていてはいけない。

私は「いいの見つけたよね」とほくほくした顔を見せてひかりとレジに並んだ。会計時に五千八百円と言われた時は、ぬいぐるみって結構するんだなと驚きで声が出そうになったけど、

そんな様子を悟られないよう、すぐに、

「くうちゃんと、ウサギのふわちゃんに猫のミイちゃん。イルカの名前は何にする？」

とひかりに話しかけた。

「イルマシュにしよう」

ひかりはシールを貼ってもらったぬいぐるみを手にして、そう言った。

「ひかり、名前をつけるの早いよね」

「イルカで、マシュマロみたいにやわらかいから。ね、イルマシュ」

さっきまでお店にいたイルカのぬいぐるみは、もうイルマシュとなってひかりに抱きかかえられている。

「いい名前だね」

「うん。イルマシュすごくかわいい。大大好き」

「そっか。大好きなものが増えるって最高だよね」

「うん。ママもイルマシュ好き？」

「もちろん」

「ありがとう。よろしくね。ひかりちゃんのお家で暮らすの楽しみだなー」

ひかりは声色を変え、イルマシュを動かしながら、私に挨拶をさせた。

家に帰り、ひかりはぬいぐるみを並べた。くうちゃんとふわちゃんとミイちゃんとイルマシュ。我が家の仲間が四人になった。ぬいぐるみなのだけど、ひかりが普段からあまりに可愛がるから、私も愛着がわいていて、この家の住人に思えている。

「冬休みって贅沢だねえ」

「贅沢？　ひかり、難しい言葉、知ってるね」

「うん。いっぱい食べたり、いっぱい買ったりできることでしょう？」

「そうだね」

「おせち食べたし、お餅食べたし、ぬいぐるみ買ったし、お菓子買ったし」

「おお、そういえばいいことばっかりだね」

「夕飯は何？」

「じゃあ、贅沢にミートスパゲティにしようかな」

「やったね！」

三池さんに教えてもらってから、私はよくミートソースを作るようになった。人参でもキャベツでも家に残っている野菜をみじん切りにして、ひき肉と一緒にホールトマトで煮たら出来上がり。しかも、冷凍保存できるから便利だった。冷凍庫に作り置きが数回分ある。今日はスパゲティにそれをかけて夕飯。こうやって、料理をさぼれるのも私には贅沢だ。

夕飯前、私は颯斗君にメールを送った。

文章は「あけましておめでとう」だけで、初日の出の写真を添付した。

あ、そうだ。と思い出して、

先日はありがとうございました。今年もよろしくお願いします

と林田さんにもメールを送っておいた。あの時会っただけで、連絡は一度もしていない。

林田さんからは、

あけましておめでとうございます。今日は神社に来ています。良い一年になりますように。

今年もよろしくお願いします

とすぐに返信が来た。

母には昨日、新年の挨拶のメールを送っていたが、まだ返信は来ていなかった。あの日以来電話もメールもこない。いまだに怒っているのかもしれない。ひかりが入院をし林田さんに会い初日の出を見た。以前なら母の機嫌を損ねただけでびくびくしていた私だけど、母のことばかりかまっていられないのが現状だ。その日々のおかげで、怒っているならそれはそれでしかたない、とのん気に構えることができた。

残りの冬休みは、近所の公園に鳥を見に行った。鳥探しは困難だった。寒さもあり鳥どころか、公園では人にも会わない。昔は雀や鳩くらいなら飛んでいた気がするのに、減っているのだろうか。

冬

「冬だからかな。それに、ハクセキレイとルリビタキはそんなに簡単には姿を見せてくれない鳥かもね」

　私はあきらめていたけど、

「ルリちゃんが見つけてって言ってたから、探さないと鳥さんも困ってるよ」

　と朝やら夕方やらひかりに連れ出された。

　と言っても、ひかりは最初に「鳥さーん、鳥さーん」と公園周りの木々をのぞきこむだけで、あとは遊具で遊んでいるのだけど。

「今年の冬は晴ればかりなのがいいよね」

　私はひかりの横でブランコに腰掛ける。薄い雲が浮かぶ空。公園の真上は、遮《さえぎ》るものがない。

「今日もいなかったな。また明日だ。待っててねー鳥さん」

　ひかりは鳥が見つからなくてもしょんぼりすることなく、意気揚々と帰る。公園に行くのが楽しいのだろう。

　冬休み最終日も鳥探しに出かけたが、鳥には出会えなかった。

「ああ、もう冬休み終わりなのに」

　とひかりはふくれていたけど、

「三学期でも、土日なら探せるじゃない」

　と言うと、

「本当だ！　ずっとずーっと鳥さんを探せるんだ」

とすぐに機嫌を直した。

ああ。言うんじゃなかった。これだと見つかるまで永遠に鳥探しをしないといけない。

「春にはこの辺りには鳥はいないかもだけどね」

と言う私に、「大丈夫。絶対見つけよう。ね、ママ」とひかりは力強く言った。

その夜、ひかりは布団に入ると、

「明日から保育園か。もう三学期だ」

と私のほうへ体を向けた。

「保育園ももうすぐおしまいだね」

入ってすぐは布団がひんやりして寒い。私たちはいつも体をくっつけながらおしゃべりをする。

「そうだよ。ゆり組さんはあと少しでおしまいだから、やることいっぱい」

「年長さんは忙しいよね」

「そうなんだよ。あ、ママの足冷たい」

ひかりが私の足に足を絡ませる。

「じゃあ、ひかんぽつけようっと」

私はひかりのおでこを人差し指でピっと押した。

「ひかんぽ、起動しました。温かくなりました。五十度です」

ひかりは、ロボットのまねをしてそう言うと、さらに私にくっついてきた。

冬の間、ひかりは自分のことをゆたんぽ改めひかんぽと名付け、密着してくる。ひかりいわく、体を温めてくれる代物らしい。

「五十度って、熱すぎないかな」

「では四十度にします」

「おお、ちょうどいいかも」

「でしょ？」

「でもさ、夏になったら、ひかんぽは押し入れにしまわないとね。暑い時はいらないから」

私がからかうと、

「ひかんぽはね、夏は冷たいんだよ」

とひかりが返した。

「そうなの？」

「そう。だから、夏も使えるんだ。ひんやりして気持ちいいよ」

「じゃあ、春と秋がいらないのかな」

「春と秋はちょうどいいくらいのふわふわの気持ちいいお布団さんになるんだ」

「ひかんぽって、一年中使えるんだ」

年中くっついていられるってことだ。この温もりを来年も再来年も味わえるといいな。大きくなったひかりと「ひかりは自分のこと、ひかんぽって言ってたんだよ」と笑いあうのもいいかもしれない。

「ママはすごくいいもの見つけたよね」

ひかりが言う。

「ひかんぽ？」

「そう。どこにも売ってないもん」

「じゃあ大事にしないと」

「そうそう。故障したらね、修理できないから」

「えーたいへんだ。しっかり野菜を食べさせないとダメってことだね」

「違う！　ひかんぽはお菓子で動くんだよ」

「そんなばかな。明日、説明書読んでみるね」

「そんなのあるの？」

自分で生み出したひかんぽなのに、ひかりが不思議そうに聞く。

「本当、ひかりっておもしろちゃんだよね」

私が笑いをこらえきれずにいると、

「もう、夜でしょ。ママ。ちゃんと寝ないと」

とひかりに注意された。

「そうだそうだ。明日から新学期だもんね。おやすみ。ひかり、ひかんぽちゃん」

「うん。おやすみ。ママとママんぽちゃん」

いつの間にか私も湯たんぽの一種にされてる。しかも美空をもじってみそんぽじゃないんだ、と笑いたくなったけど、また注意されかねない。ひかんぽで温められた私はそっと目を閉じた。

6

三学期最初の登園日は楽しかったようで、ひかりは帰りの自転車であれこれ話した。「かれんちゃんがグアムに行ったって」「しゅう君は九州に行くのに新幹線乗ったんだよ」「そら君はディズニーランド」

ひかりの報告に、「うわ。みんないいなあ」と私は心の声が漏れた。

「でも、山に行った人はひかりだけだったもんね」

「そうなんだ。それはすごいかもだね」

「うん。すごいよ。たぶんね、一番高いところにいたんだよ。ひかり」

「そうなのかな」

きっと旅行をしたお友達の中で一番近場だろうけど、喜んでくれているからいいにしよう。

「早く明日になるといいな」

「明日？　あ、水曜だね。颯斗君に会えるの久しぶりだよね」

「そうだよ。ベッドで寝たこととかお日さまのこととか話さないとなのに」

十二月二十四日は颯斗君の会社が忘年会で会えなかったし、翌週の水曜日は大晦日だった。

明日颯斗君と三週間ぶりに会うことになる。あの退院祝いと誕生日とクリスマスと忘年会が合同だった日と違って、今度はゆっくり過ごしたいね。いろいろ話したいもんねとひかりと言いあった。

ところが、一月七日。颯斗君は来なかった。

「ごめん、急な仕事が入ったから」

と颯斗君から朝にメールが来た。年明けで忙しいのだろう。「えー。早く遊びたいのに」と文句を言うひかりを、「仕事だからしかたないよ。来週には会えるから」となだめた。

そして、次の水曜日。仕事を終え、今日こそ颯斗君に会えるとうきうきしながら帰り支度をしていると、前回と全く同じ文面のメールが届いた。

仕事が忙しい時期なのだろう。新年になって勤務形態が変わったのかもしれない。そう思おうとしたけれど、違和感が拭えない。今まで一度も颯斗君はこんなことをしなかった。私たちを不安がらせることも、同じ文面を貼り付けて無駄を省くことも。何らかの事情で来られないのなら、もっと説明を加えてくれるはずだ。何かおかしい。そう思い始めると、心臓が高鳴った。

あの時、初めてショッピングモールで会った林田さんは、私と連絡先を交換したいと申し出た。「大事なことでもない限り連絡しない」と言って。それは、何かが起きそうだと思ったからじゃないだろうか。十二月最後に会った颯斗君は、不自然なくらい上機嫌だった。考え出すと、いろんなことが数珠《じゅず》つなぎで浮かび上がってくる。私は頭を軽く振った。

何を考えているのだ。いつも颯斗君が私たちを優先できるわけではない。年が明け仕事が忙しいのは当然だ。メールの文面どおり、急な仕事で来られないのだ。

私は不安を無理やりに押しつぶすと、ひかりを迎えに行った。

「あれ？　なんでママなの？　颯斗君は」

と不思議がるひかりに「お仕事って大変なんだよ」と言いながら家に帰り、夕飯を準備しようと冷蔵庫を開けたけど、何を作ればいいのか頭が働かない。

ひかりは、

「颯斗君と会えないとつまらないよ。これもこれもこれも。颯斗君がくれたのにな」

と颯斗君からもらったおもちゃや絵本を並べている。

「それに、ランドセルもだよね」

ひかりはそう言って、ランドセルを背負った。十二月十七日には、颯斗君が「思った以上にひかりに似合う」と褒めてくれていた。

「全部入れちゃおう」

ひかりはランドセルの中に、おもちゃやノートを入れて遊びだした。

今日は簡単にミートスパゲティにしようとお湯を沸かし始めた私を、

「ママ、ママ、これ何？」

とひかりが大きな声で呼んだ。

「これって？」

火を止めてひかりのもとへ行くと、

「ランドセルのここに入ってたの」

とひかりが一枚の紙を差し出した。ランドセル内側のファスナー付きポケットに入っていたらしい四角く折りたたまれた紙には、「ひかりへ」と書いてある。

颯斗君の字だ。ランドセルが届いた日にはなかったから、十七日にここに来た時に入れたのだ。

「読んでみて」

ひかりが言う。

「うん……」

どうして颯斗君は手紙を？　何のためにいつ開けるかわからない場所に？　私は飛び出そうに打つ心臓を収めるため、こくんとつばを飲みこんでから、紙を開いた。


ひかり小学生、おめでとう。

もういろんなことが自分でできるお姉ちゃんだね。

これからはママとがんばって！

ひかりなら何でもできるよ。応援してるね。


これは……。ひかりが小学生になってから読むと想定して書かれた手紙だ。そして、同時にお別れの手紙でもある。

「ひかり、行こう」

私は手紙をポケットに突っこむと立ち上がった。

「どこに？」

「颯斗君の家。出かける準備して」

私はひかりに言うと、

住所教えてください

と林田さんにメールを送った。


「急ごう。ひかり」

「うん、わかった」

二人で慌ててアパートを出ると、自転車を駅まで走らせた。ひかりも何かあると察しているのか「ママがんばって。速く」と自転車をこぐ私に言った。駅に着くと林田さんから住所が送られてきていた。丁寧に地図も添付されている。電車に乗りながら、

今から伺います

とだけ返信した。

ひかりは、

「こんなに長い間、颯斗君に会ってないのはだめだね」

と真剣な表情を浮かべている。

「ちょっと寂しいもんね。颯斗君の家で待ってみようか。会えたらうれしいしね」

私は心配させないよう微笑んで見せた。

きっと大丈夫だ。さっき、颯斗君から今日は行けないとメールが来たじゃないか。手紙だって小学生になるひかりに向けて、メッセージを書いただけだ。今はまだ一月。今日、何かが起こるわけではない。私は自分に言い聞かせた。

駅を出て五分程度歩くと、林田さんに教えてもらったマンションが見えた。

「ここだ。きれいなマンションだね」

八階建てのおしゃれなマンションは新しくはないけど、重厚でお金がかかっているのがわかる。エントランスを入ってエレベーターに乗ると、ひかりは「お店みたいな建物」と感想を漏らした。

「506……」

部屋まで行き、チャイムを鳴らす。本当に仕事でいないだけならいい。少し待たせてもらって、颯斗君に会おう。颯斗君の顔さえ見れば安心できる。それで十分だ。鼓動が速まっているせいか、扉の前で待つ時間がとんでもなく長く感じた。しばらくすると、「あいよー」と声がして、林田さんが出てきた。

「うわ、ブロックのおじさんだ」

ひかりが目を丸くする。

「おお、ひかり。待ってたよ。どうぞどうぞ。上がって上がって」

林田さんはにこやかに私たちを出迎えてくれた。そのおおらかな様子に、緊張や不安が少しだけほどけた。

「すみません。お邪魔します」

ひかりは初めての家に興味津々なのだろう。ずんずんと中に入り、私もそれに続いた。

広めのリビングダイニング。他にも三つほど部屋があるようだ。すっきりしていて無駄なものがなく広く見える。それでいて、家具も置かれている物も、洗練されている。

「おしゃれですね」

「だろ。っていうか、今日、颯斗、行ってなかったんだ？」

と林田さんは私の顔を見た。

「今日……仕事じゃなかったんでしょうか？」

「いや、何も聞いてないけど」

林田さんが少し眉をひそめる。

林田さんに、私の家に行かないことを話してなかったなんて。誰にも何も言わないで颯斗君は何をしているのだろう。いったいどこにいるのだろうか。

「それが先週も来てなくて」

「そうなんだ」

「何かありましたか？」

「何もないはずだけどさ。ただ……」

林田さんはそう話しかけてから、

「夕飯食った？」

とひかりに尋ねた。

「まだだよ。保育園から帰ってすぐに飛んできたんだもん」

ひかりがえらそうに言う。

「それなら食ってってってよ。今日、作り置きしておこうと、たくさん筑前煮作ったから。あ、まずお茶淹《い》れるわ。ひかりはリンゴジュース？」

「うん。リンゴジュース大好き」

「おかまいなく。本当、お忙しい時に突然すみません」

「煮物作ってただけで忙しくないよ。俺の会社、毎日五時には仕事終わるし」

林田さんは食卓に日本茶とリンゴジュースを置いてくれた。

「あの、颯斗君、様子おかしいですか？」

「様子っていうか。おい、ひかり、これやる？」

林田さんは棚からホワイトボードのようなおもちゃを持ってきてくれた。

「やるやる！」

「すげーいいだろう」

「うんうん」

ひかりは返事はそこそこにすぐにマジックを手に取り遊び始めた。ひかりが夢中になったのを確認すると、林田さんは声を落として話し出した。

「冬になって、颯斗、少し調子悪いみたいだったからさ。ひかりちゃん手術したんだろう？成功したって聞いたのに、その後からなんだか元気なくて。ま、気のせいかもだけどな」

林田さんは自分にも淹れたお茶を飲んだ。手術後はたった一度、十二月十七日にしか会っていない。

「仕事が忙しいのではないんですよね」

「特にそういうことはないんじゃないかな。今日も休みのはずで朝は寝てたし。もともとわかりにくいやつだからさ。まあ冬だからそんなものかなって」

「仕事でもなく、ここにもいないってことは、颯斗君、今どこにいるんでしょう」

私は泣きそうになっていた。声がかすれているのが自分でわかる。

「どこかで時間つぶしてるんだと思う。先週も普通に八時ごろに帰ってきたし。美空さんの家に行ってたと俺に思わせるためにうろついてるだけだろう」

「場所、心当たりありますか？」

「どうだろう。あいつ行きつけの場所ってないからな」

「外は寒いし暗いですよね」

胃やら心臓やらが落ち着かずに動いていて、きりきりする。

「ここで待ってたら、何食わぬ顔で帰ってくるって」

「そうでしょうか」

ランドセルから見つけた手紙は、心配をかけるだけだから林田さんには見せないほうがいい。でも、もう会えないことを示しているようだった。

「そうだよ。ごめん、俺、なんか、心配させるようなこと言っちゃったな。だけど、今朝も元気だったし、何もないよ」

「どうだろう……」

「絶対大丈夫。颯斗、ああ見えて、意外と冷静だしさ。感情的な行動はしないよ」

きっと林田さんの言うとおりだろう。毎日そばにいる林田さんのほうが颯斗君をわかっている。それでも、じっとしていられない。「万が一」を考えてしまう。それはひかりが生まれてから持つ感情だ。ありえないと思っていても、今すぐこの目で確かめたくなる。そうしないと、どうにもしていられないのだ。

「すみません。ちょっとの間、ひかりを見ててください」

私はそう告げると玄関へと急いだ。林田さんの「ちょっと、美空さん」と呼び止める声が聞こえたが、体は止まらなかった。

マンションを飛び出ると、冷たい風が体に当たる。どこへ行けばいい？　どこに颯斗君はいる？　いつもなら、今はひかりと過ごしている時間のはずだ。となると、ひかりとよく行く場所？　そうだとしたら公園？

確信はないけれど、行くしかない。私は震える体で駅へと引き返して電車に乗った。電車の速度があまりにも遅く感じて、何度も「急いで」と叫びそうになる。何とか鼓動を抑えながら我が家の最寄り駅で飛び降りると、アパート近くの公園へと自転車を走らせた。ひかりと颯斗君が保育園帰りに遊んでいる公園だ。きっといる。いてくれるはずだ。そう願いながら、公園の前に自転車を停め、中へ走ったが、真っ暗な公園には誰もいない。くまなく探しても、人の気配がない。どうしよう。どこへ行けばいい？

颯斗君がいそうな場所に、見当がつかない自分がいやになる。颯斗君だったら、私のこともひかりのことも見つけられるはずなのに。……もしかして保育園？　颯斗君はひかりを迎えに行った時、ママたちと話していると言っていた。何か思いがあるかもしれない。

かすかな希望を持って保育園に急いだが、颯斗君はいなかった。暗くなっている園庭はひっそりして怖いくらいだ。

他にどこがあるだろうか。保育園からアパートまでもう一度丁寧に周りを見ながらゆっくり自転車をこぐ。「颯斗君！」と大きな声で呼び、路地まで覗いてみるが、どこにも姿がない。

ここにいないとしたら、ひかりが手術をした病院？　いや、颯斗君は小児病棟の空気をつらそうにしていたからそれはない。それなら、いったいどこに？　そして、今、何をしてるの？

もしかして……。押しこめたはずの嫌な想像が頭に広がる。今日送られてきた颯斗君のメール。前回と同じ文章だなんて、あまりにも無気力だ。未来を感じられなくなったのでは……。私は何を考えてるんだ。颯斗君に限ってそんなことありえない。いや、違う。あの優しい颯斗君だからこそ、耐えきれない思いがあるのではないだろうか。

馬鹿な想像はやめようと深呼吸をする。心配はない。林田さんの言うとおり、いつもの調子で帰ってくるはずだ。そう思いたいのに、頭も心も言うことを聞いてくれない。

颯斗君は高校時代に二度も飛び降りたと言っていた。親に本当のことを話せないとも。「必要とされるのって、こんなにうれしいことなんだな」去年の夏、ひかりにゼリーをせがまれただけで、颯斗君はとんでもなくうれしそうだった。そして、ひかりの手術後、「そろそろおじさんは必要ないのかも」とつぶやいた顔はどきっとするほど寂しそうだった。どうしてあの時、私は「そんなわけがない」と、もっときっぱり否定しなかったのだろうか。

最後に会った十二月十七日。颯斗君はこれでもかというほど盛り上げ、何度もひかりに「楽しんでね」と伝えていた。あの時、ひかりは「二度と会えないみたい」と言っていたじゃないか。どうしてひかりの言うことに耳を貸し、颯斗君ともっと話をしなかったのだろうか。

お願い、颯斗君、姿を見せて。そう願い手当たり次第に名前を呼びながら歩く。ひかりと颯斗君が好きな場所。どこだろう。周りの空気はどんどん冷えこんでいく。こんな寒い中、一人でどこにいるのだろう。

ひかりを授かった時、一番喜んでくれたのは颯斗君だ。奏多と別れた後は、強引に家にやってきて、私たちを何度も何度も笑わせてくれた。颯斗君に救われてきたのに、見つけることすらできないなんて……。

颯斗君が私たちのもとを去る日が来るなんて、たった一度も想像しなかった。ずっとこんな時間が続くと信じて疑わなかった。颯斗君も同じ気持ちでいてくれていると思っていたのに、私たちの独りよがりだったのだろうか。

いや、そんなことない。颯斗君も思ってくれている。あの日だ。あの日、颯斗君は姉さんと姪ができてよかったと言ってくれた。そして、こんな時間が続けばいいのにと言っていた。ひかりも私も颯斗君も、みんなが幸せだよねと笑っていた日。あの時間は、まだ続いているはずだ。颯斗君が私とひかりを傷つけるわけがない。

あそこだ。私はすぐさま駅へと自転車を走らせた。私はにぶい人間だ。とろいし、人の気持ちにも気づけない。颯斗君が林田さんと付き合ってると聞いて驚きはしなかったけれど、同時にそこに付随する颯斗君の気持ちや、そこに至った日々も想像しなかった。私とひかりの暮らしも、私と母との関係も全て知ってくれている颯斗君のことを見逃していた。何度も何度もチャンスはあった。颯斗君は楽しいだけでなく、寂しい顔を見せることだってあった。一瞬一瞬の積み重ねが大事な人を遠ざけてしまうことになるなんて。

時を戻せたら、絶対に颯斗君にそんな思いをさせない。過ぎ去った日の颯斗君の表情や言葉が浮かんでは消える。待ってて。颯斗君がどんなに大切でしかたがない存在かということを伝えないと。

早く、少しでも早く颯斗君のところに行きたい。これ以上ないほど必死で足を動かす。はやる気持ちをおさえ、吸っていいのか吐いていいのかわからなくなっている息のまま自転車をこいだ。ひかりに何かあったら生きていけない。そう思っていた。でも、それはひかりだけじゃなかった。颯斗君も同じだ。颯斗君に何かあったら、たまらない。私は願うような気持ちで駅の駐輪場に自転車を停めると、駅前のファミレスの中に飛びこんだ。激しく肩が動き、足が震えるのも構わず、辺りを見渡す。

いた……。あの時と同じ奥の席に、颯斗君が見える。ランドセルを買った日と同じ場所に座っている。

「見つけた。見つけたよ」

私が近づくと、颯斗君が「え?」と立ち上がった。

「姉さん?」

「私、見つけられた。颯斗君のこと」

私は足がふらついて、そのまま床に座りこんだ。安堵が押し寄せて、一気に汗と涙が落ちてくる。もう無理かもしれない。そう思っていた颯斗君がいるのだ。周りのことなど目に入らなかった。

「どうしたの?」

「人のことなんかわからないって思ってたけど、ちゃんと考えたらわかるんだね。これだけ一緒にいたんだもん。見つけられるんだね」

私は颯斗君の反応にかまわず、一人で話していた。

「うん。わかったから」

颯斗君は私の腕に手をやり、座るように促すと、

「姉さんも何か頼む？」

と聞いた。

私の横には、スタッフが立っている。少し心臓が落ち着いてきた私は、たちまち恥ずかしくなって、

「あ、すみません。アイスティーをお願いします」

と小声で注文をした。

「アイスティー？　極寒なのに？」

「あちこち回ってきたから喉がカラカラで」

私は切れている息を整えながら、水を飲んだ。

「ひかり以外のためにもこんなに動けるんだね。私、昔は運動神経が良かったこと思い出したよ」

「それはいいけど、姉さん、何しに来たの？」

「颯斗君を探しにきたんだよ」

「探しにって、どうして？」

「どうしてって、二週連続来ないんだもん。探すよね？」

「ぼく、仕事だってメールしたのに？」

「え？　今仕事中？」

私が言うと、「ああ、違うな」と颯斗君は笑った。

「颯斗君、私のこと見くびりすぎだよ」

二週間会いに来ないで、私が何も気にしないとでも思ったのだろうか。同じ言い訳の使いまわしを信じると思ったのだろうか。

「あ、それよりひかりは？」

颯斗君の声が大きくなった。

「大丈夫。ひかりは今……」

私は目の前に置かれたアイスティーを一口飲んだ。人の心に近づける方法を、颯斗君も三池さんも宮崎さんも教えてくれた。ここまで来たら、躊躇《ちゅうちょ》している場合じゃない。

「颯斗君の家、すごいすてきだね。家具もおしゃれで驚いたよ。ひかりは今、林田さんに預かってもらってる」

「え？」

「ひかりは颯斗君の家で林田さんが見てくれてるんだ」

私の言葉を頭の中で整理しているのだろう。颯斗君はしばらく黙っていて、ずいぶん経ってから、静かに「そっか。そうだったんだ」と言った。それから、

「ごめん。迷惑かけたよね」

と小さく頭を下げた。

「全然。家が見られてラッキーだよ。きれいだしおしゃれだし。よく考えたら、颯斗君は私の家に来てくれるのに、私、颯斗君の家の場所すら知らなかったっておかしかったね」

一度も颯斗君の生活や住まいを見ようと思わなかった自分の鈍感さにあきれる。颯斗君が自分自身のことを多く語らないのを気にしながらも、そのまま甘んじていた。

「おかしくないよ」

「颯斗君がいつもどおり私の家に来てくれてたら、一生家に行かなかったかもと思うと、ぞっとするよ」

「そんなことないだろうけど」

「それで、どうして？　どうして、二週間も来てくれなかったの？　というか、この手紙は？」

私はポケットに入れてぐしゃぐしゃになった手紙をテーブルの上に置いた。

「え？　もう見つけたの？」

「ひかりを甘く見ちゃだめだよ。ひかりがどれだけ颯斗君のことを思っているか」

私が顔を見ると、颯斗君はわずかに目をそらした。

「もう、必要ないかなって」

「何が？」

「ひかりもうすぐ小学生じゃん。そろそろぼくの助けなんかいらないだろう」

「なに言ってるの。いつだって必要だし、これからだって」

「姉さんがいればひかりは十分だと思う。この前手術の時悟ったよ。ひかりは完全に姉さんを頼ってて、姉さんさえいれば大丈夫だって。二人の間にぼくがいることの意味はないだろうなと」

「うそでしょう？　そんなこと思ってたの？」

「ちょっとね」

「どれだけ颯斗君に助けられてるか、どれだけ必要かわかってないなんて」

「これからは大丈夫だよ。ひかりはもう小学生だし」

「大丈夫じゃない。颯斗君がいなかった日には戻れないよ」

「ひかり、だんだん大きくなっていくのに、いつまでもおじさんが近くにいたんじゃ、気味悪いだろう？」

「気味悪い？」

颯斗君が自嘲《じちょう》気味に言う不似合いな言葉を聞き返した。

「ぼくさ、子どもが好きなんだよ」

颯斗君はもう冷めているのだろう。コーヒーのカップを横にずらした。

「知ってる。そんなの、見てればわかるよ。だから来てほしいんだよ」

「本気で好きなんだ。保育士免許を取ろうとしてたくらい」

「それなら、なればよかったのに」

私に「保育士とか幼稚園とかの先生になればよかったのに」と言っていたけど、颯斗君こそ向いている。ひかりと延々と夢中で遊べるのだから。

「なろうと思ったよ」

「じゃあ、どうしてならなかったの？」

お父さんもお母さんも応援してくれるだろうし、保育士免許を取るのは颯斗君にはそう難しくはないだろう。

「ぼくが実習行った保育園で、事件があって。知らない？　水田市にあるこども園。結構話題になったけど」

私は静かに首を横に振った。

「男の若い保育士がいて、男児にわいせつな行為してたってニュース。トイレの補助や着替えのたび、触ってたらしい」

「何それ。怖い……」

想像しただけで、ぞくっとした。颯斗君も当時のことを思い出したのか、苛立った表情を見せた。

「本当許せないよな。相手子どもだぜ。吐き気がする」

「最悪だよ。ひどすぎる」

「子ども傷つけるやつ、全員終身刑でいいってぼくは思ってる。子どもって純粋な未来の塊《かたまり》なのに、そこに不純な気持ちぶつけるとかありえない。性癖？　知ったことじゃない。理性で抑えきれないんだったら、子どもに近づくなよな」

「うん。私もそう思うよ」

颯斗君の怒りの大きさにたじろぎながらうなずいた。その手のニュースを見るたびに、私も恐怖を覚える。

「そのこども園、実習生で男はぼくだけだったから、その日から白い目で見られた。あの実習生を子どもに近づけないでくださいって保護者からも何件か連絡あってさ。男の保育士が、しかも男児にいたずらしたから、衝撃だったみたいだけど、ぼくは、そんな目で子どもを見たことなんて一度もないのに」

「とばっちりもいいとこだよ。どうしてひとまとめにされないといけないの？」

その時の颯斗君を思うと私まで怒りに震える。

「ぼく、その時子どもピアノ教室で講師のバイトしてたんだけど、そこでも子どもと若い男が同じ部屋で一対一でいるのが怖いって話が出始めて、居づらくなってやめたんだ。打ち明けてはいなかったけど、あえて隠してはなかったから、ぼくが同性愛者だって気づいてる人もいてさ。それで、実感した。男が子ども相手の仕事をするハードルは想像より高いってこと。ましてや、同性愛者が子どもに関わるなんて、受け入れてもらえないということを」

「ひどい。あんまりだよ」

その時に私がいたら、颯斗君がどれだけ素晴らしい人か、どれだけ子どもに愛情を注ぐ人か、何度だって何回だって説明しただろう。

「許せない。世間も。その男も。許せないよ、絶対」

悔しさが収まらず何度も怒りを口にする私に、颯斗君はなぜか「ありがとう」と言った。そして、

「ぼく、同性愛者なんだ」

と改めて口にした。

「うん。知ってるよ」

「そうだよね」

「うん」

しばらく沈黙が流れる。水曜の夜のファミレスは、日曜と打って変わって静かだ。私はそっと窓の外に目をやった。一月の夜の空気は冷たいだけでなく、深い。子どものころは夜が怖かったけれど、大人になると暗いだけじゃない濃い空の色に、溶けこんでいけるような安らぎを感じる。

「姉さん、林田のおっさんのこと、どうして知ってるの?」

颯斗君はようやくそう言った。

「十二月に林田さんにショッピングモールで会ったんだ。おもちゃが試せる場所で。そこで、声かけてくれたの。ひかりのこと、すぐにわかってくれたんだよ」

「ああ、あのおっさん無神経だからな」

「ひかり、すぐに林田さんのこと好きになってた」

「ぼく、あのおっさんと暮らしてるんだ。つまり、恋人ってこと」

颯斗君が一つ一つの事柄を確実に伝えるかのように、改めて言う。

「うん」

「うん。って、姉さん、気持ち悪くないの？」

「何が？」

「林田のおっさん見てさ、リアルに感じただろう。ぼくが男が好きだってこと」

「そんなことはないけど」

「姉さん、ちゃんと想像してよ。漫画やドラマではきれいに表現されてるけど、現実はあんなのじゃないよ。おっさんとおっさんが愛し合ってるんだよ。加齢臭だらけの汚いおっさん同士が青髭生えた口と口を合わせたりするんだぜ。ぞっとする」

颯斗君は自分で言いながら眉をひそめた。

「髭が気になるの？　それなら永久脱毛とかあるよね。あ、加齢臭は専用の石鹸、前にドラッグストアで見た。えっと、柿の葉石鹸、違う、柿渋石鹸だったかな」

私が役立ちそうな情報を思い出してると、颯斗君は、

「もう今年一番おもしろいんだけど。って、まだ一月か」

と泣きそうな顔で笑った。

「姉さんはひかりと一緒にいるからかな。何にも影響されてない自分の気持ちだけの考えを持ってるんだね」

「そうかな」

颯斗君が誰を好きになるかに大騒ぎすることのほうがおかしい。世の中にはそうはいかない部分があるのもわかるけど、好きになる相手は異性でも同性でもどうだっていい。

「ぼくは中学くらいで自分が男が好きだって気づいて毎日死のうと思ったよ。高校生になるころには、自分で自分が気持ち悪くて受け入れられなくて、頭がおかしくなりそうだった。周りの人間はみんな普通に楽しそうでさ、うらやましくて、そのたびに自分を嫌いになって。たまらなかった」

「そんな」

私はひかりが入院した時の颯斗君の話を思い出した。二回飛び降りたのはその時期だ。どうして私に話してくれなかったのだ。まだ奏多とすら出会ってもいない時なのに、そう思わずにいられなかった。

「それでも、死にきれないし、自分の中の感情はどうやったって消せないし、どうしていいかわからなかった。ただの個性だ。何も悪くない。堂々としてればいい、と開き直ろうとしたって、白い目は転がってて」

「白い目って誰の目？」

「世の中。一番は自分自身の。だけど、兄貴が、あいつ、どうしようもないやつだけど、ぼくが十八歳過ぎても彼女できないのに、ピンときて、おお、男が好きなんだ！　俺、恋人探してやるわ、って言いだして。それでちょっと気が楽になったっていうか」

「ああ、奏多ぽい」

私は久々に奏多のことを思い出した。いい加減ともいえる奏多の軽さには、深刻な問題を軽減してくれる力があった。

「だろう。あいつ、くそだけど、なんでもOKのところだけは愛せるよな」

奏多は何も持っていなかったあの日の私のことも愛してくれた。彼に対して負の感情がないのは、奏多のおおらかさに救われた日々があったからだ。

「兄貴、知り合いは多いから、友達の先輩とかで、あの髭のおっさん見つけてきたんだ。つうかさ、もう少し爽やかなやつ探して来いよって話だけど。あいつ女好きだから、男を好きなやつもすぐにわかるらしいよ」

「お似合いだと思うよ」

「誰が？」

「誰がって、林田さんと颯斗君。二回しか会ってないけど、林田さんも子ども好きだよね」

「ああ、そうだな。ぼくは子どものいる暮らしは望めないだろうから、子どもにかかわる仕事がしたいと思ってたんだけど、あのおっさんは知育玩具の会社で働いてるんだ。ぼくと同じような理由で、子どもを楽しませる仕事がしたいって。それで兄貴は単純にぴったりだって思ったらしい。おっさん、ぼくより七歳年上なんだよ。しかも、年より老けてるしさ。顔とか年とかも考慮してほしかったな」

颯斗君はくすくす笑った。

ようやく見せてくれた本当の笑顔にほっとする。ここまで来るのに、何年もかかっただろう。

自分が受け入れられなくて、一度ならず二度も飛び降りる苦しさは想像ができない。そして、かすかな痛みやどうしようもない気持ちは、今でも颯斗君の中にくすぶっている。けれど、その小さな渦が彼をこんなにも優しくしているのかもしれない。それなら、なおさら一緒にいたい。私たちのためだけでなく、傲慢《ごうまん》かもしれないけれど、颯斗君のためにも。

「で、私たちに会わなくなるのはどうして？」

「小学校行ったら、ひかり、自分でできることも増えるし、学童もあるし。それに、ひかりが思春期になるころには、ぼくのこと気持ち悪がるに決まってるしさ。いろいろ知られる前に消えちゃおうって」

「颯斗君、私たちのこと、そんな目で見てるの？」

私は涙がこぼれた。颯斗君が来ない水曜日なんて想像できないし、ひかりから颯斗君を遠ざけることはできない。

「そうじゃないけど、でも、いつかはそうなるよ」

「私とひかりは一生颯斗君の味方だよ。颯斗君だってそうでしょう？　私もひかりも颯斗君を愛してるのに。ひかりが成長していくその時々に揺れ動く気持ちがあるかもしれない。だけど、颯斗君との日々はそんなもので崩れるわけがない。私が年の近い男の人を家に入れるのは抵抗があるって言った時、何を気にしてるんだって颯斗君笑ったよね。それと一緒だよ。私たちが会いたくて会うのに、誰の何を気にする必要があるの？」

自分にも他人にも世間にも縛られたくはない。ひかりを見ているとわかる。本当の自由は、好きな人を好きになって、会いたい人に会って、その気持ちに戸惑わず従うことだ。

「お願い。いなくならないで。奏多と結婚してラッキーだったのは、ひかりに会えたことと、颯斗君が弟になったことだよ。それなのに絶対に嫌だよ」

ひかりがいれば生きていける。ひかりさえいれば笑っていられる。そう思って生きてきたし、これからもそうだろう。でも、ひかりを笑わすことができるのは、私だけじゃない。私にとって、いや、私たちにとって、二人だけがすべてではない。

「姉さん、変わったね。最初はぼくが家に行くのあんなに嫌がってたのに」

颯斗君が笑った。

「図々しくなってるのかな」

「じゃあ、ひかりと同じように強くなってるんじゃない？」

「ぼく、はっきり言わせてもらうね。私は颯斗君の手を借りないと、ひかりの面倒見れないし、水曜日にごはん作りたくない。水曜日の夕飯が一番楽しみなのに」

「ぼく、ごはんのための存在みたいじゃん。っていうか、お腹すかない？」

食事の話題が出て、私たちは顔を見合わせた。

「今日の夕飯、筑前煮だって」

「あのおっさん、地味な料理ばっかつくるからな」

「おいしそうな匂いしてたよ」

「そっか。……おっさん、ショックだったろうな。姉さんたちに何も話してなかったことも、姉さんの家に行くって一人で時間つぶしてたことも」

颯斗君が申し訳なさそうに言う。

「きっと、たぶんだけど、こういうこと繰り返して、私たちは近づいていけるんだと思う。林田さんと颯斗君も、私たちと颯斗君も」

「そうだな。うん」

ファミレスを出て、二人で颯斗君の家に向かった。そんなに多くは話さなかったけど、「姉弟って、こんな感じなんだね」と颯斗君が言って、「恋人や我が子じゃなくても、こんなふうに人を大事に思えるんだね」と私が言った。ひかりに対する湧き出るような愛情。奏多に持っていたうきうきする恋心。三池さんや宮崎さんに対する友情や好感。それとは違う、穏やかで確かな気持ち。この先変わらないと保証できる思いがここにはある。

颯斗君の家に戻ると、林田さんとひかりが夕飯を食べていた。

「ママと颯斗君だ！」

ひかりがこれでもかっていうほどの笑顔を見せてくれた。

「ただいま」

私と颯斗君の声が重なる。

「あのさ、こいつ、納豆ばっか食うんだけど」

と林田さんがひかりの頭をつつきながら言った。納豆のパックが二つも空いている。

「すみません。色々出してもらって」

「まあいいか。二人も食べよう。冷めたけどね」

食卓には颯斗君と私のお箸や飲み物も整えられている。

突然出て行った私のことも、どこでどうやって颯斗君と会えたかということも、何を話して
ここに戻ってきたのかも、林田さんは何も聞こうとはせず夕飯を食べるように勧めてくれた。

林田さんは本当に颯斗君のことを思っているのだろう。颯斗君が元気でさえいてくれたら十分
だと。私のひかりに対する思いと少し似ていて、それがよくわかる。

「おっさんさ、いつも夕飯一品だけ作るんだよ。普通いろいろ並べるだろう?」

颯斗君が箸を取りながら私とひかりに言った。

「毎日作るとなったら夕飯なんてそんなもんだよな。美空さん」

「そうです。……あ、おいしい」

私は筑前煮のレンコンを口に入れた。カリカリの食感が残ったままで味がしっかりしみてい
る。

「この中に全部入ってるんだぜ。鶏肉にごぼうに人参にレンコンに里芋に。一品で十分」

「野菜だらけだけどね。でも、ひかり、里芋食べたよ。このお芋おいしいから」

ひかりが里芋を口に入れるのを私に見せた。

「おお、ひかり。えらいじゃゃん。でも、今度の水曜はもっといろいろ食べような」

颯斗君がひかりにそう言う横で、

「本当一品でいいと思います。一汁三菜とか無謀です」

と私は言った。

「だよな」

「朝とかトーストで十分ですよね」

「当然。つうかさ、朝はみんなだるいんだから、なんか口に入れるもの置いてやった時点で労働だよな」

「そうそう！　果物とか卵とか準備するのも食べるのも時間ないし」

「朝、果物食べてないやつも卵食べてないやつも、死んでないからな」

「そうです。食パンとチーズくらいでいいはず」

「それで栄養ばっちりだ。夕飯は、筑前煮、カレー、シチュー。そういうぶっこめる料理のローテーションで」

「いい！」

私は大きくうなずいた。

「面倒なら、リンゴ食っておきゃいい」

「ありです！　すごくありです」

誰に文句を言われるわけではないけれど、トーストだけの朝食、カレーとハンバーグなど同じ献立が頻繁に並ぶ夕食に罪悪感があった。それがふっ飛ぶようで、林田さんと話すと気分がよかった。

「一品だとあたり外れがあるしさ、いくつか料理が並んでるだけでわくわくするんだよな」

「野菜いっぱいの嫌だよね」

ひかりと颯斗君も対抗するように二人で言う。

「お前ら、食う側の人間だろう。主導権は作る側にあるんだよ」

「おお、そのとおりです」

「こっちはお前らを満たしてやりてえ、ついでに笑顔にしてやりてえって思ってさ」

「そうそうそう！　おいしいって言ってもらえるとうれしくて」

「そこにプレッシャーかけてくるなんて、やりがい搾取《さくしゅ》だな」

林田さんの意見は爽快だ。

「おいしいって言葉だけで救われますもんね」

「本当だよ。ありがとうまでは要求しないけど、おいしいはほしいよな」

「おじさん、納豆おいしいよ。すごく料理上手だよ」

ひかりが褒めると、

「それ、俺作ってねえから」

と林田さんが言って、みんなで笑った。


「遅くなっちゃったね」

「うん。でも楽しかった」

帰り道、電車から降り駐輪場に向かって歩きながらひかりが言った。

「いい家だったね」

「あのおじさん、おもしろいしおもしろい」

「おもしろいばっかりじゃん。林田さん、颯斗君の大好きな人なんだよ」

「そりゃそうだよ。ひかりもあの人大好きだもん」

「野菜食べさせるのに？」

「だけど、おもしろいことばっかり言うから、ひかり笑っちゃう。顔もおもしろいから」

「顔がおもしろいは失礼かな」

私とひかりは二人で笑った。

「あれ、どこだったっけ」

駅前の駐輪場の灯りの中、自転車を探す。慌てていたから、どこに停めたか覚えがない。しまったと私が自転車を一台ずつ確かめていると、

「ねえ。ママ」

とひかりが小さい声で私を呼んだ。

「あった？」

「違うママ、こっち」

ひかりが私の腕をひっぱる。何だろうかとひかりの横にしゃがみこむと、ひかりが小声のままで「そこ」と指をさした。

「あ……」

「会えたね」

「まさかこんなところに？」

ひかりが指さした先には尾の長い鳥、ハクセキレイがいた。駐輪場の灯りを頼りに、弾むように歩いている。

「ハクちゃん」

ひかりが呼びかけても逃げずに、ちょこちょこと動いている。ふわふわした淡いグレーの毛でお腹辺りは白い毛に覆われている。ルリビタキより少し大きい可愛い鳥だ。

「公園よりも、もっと身近な場所にいたなんて」

「ママとひかりに会いに来てくれたんだよね」

「そっか、ありがとう」

「ハクちゃん、ルリちゃんからお約束聞いてくれてたんだ」

「探してた時はなかなか見つからなかったのにね。……あ、自転車もあった」

しゃがんでいた目線の先に自転車を発見し、私とひかりは「今日はいっぱい見つけたね」と笑った。

幸せはあちこちにある。ただ、ルリビタキやハクセキレイみたいな大きさで、うっかり見落としたり、するりと抜け落ちたりするものなのかもしれない。

ひかりもこの先、颯斗君と同じように、何かに苦しみ、私に知られないようにする時が出てくるだろう。親だからと言って何とかできることばかりではない。でも、どんなときでも救いたいという気持ちでいることは知っていてほしい。

今日颯斗君と話して、彼がどれだけ私たちにとって大事な人かを思い知った。我が子じゃなくても、家族じゃなくても、いなくなることが耐えられない存在がある。そして、他にもわかったことがある。自分があまりにも容易に夢をあきらめていたことだ。今からでもやりたいことはできる。もう母に縛られるのは終わりだ。

母の愛情が欲しかったのは、子どもの時の私で、今の私ではない。今母にしてもらいたいことはない。ただ、母が呪文のように唱えた、「親の恩を忘れるな」という言葉から逃れられなかっただけだ。

母に会おう。そして、私は私の道を歩きはじめるのだ。

## 冬の終わり

### 1

二月に入り、ひかりが新学期に完全に慣れたころ、母に会いに行くことを決めた。そのことを水曜日に颯斗《はやと》君に話すと、

「それならさ、林田のおっさんとぼくが休みの時、ひかりを預かるよ。そのほうがゆっくり話せるだろう。な、ひかり、髭のおっさんとぼくとで、水族館行こう」

と言ってくれた。

あの日以来、「また颯斗君の家に行きたい」と言っていたひかりは大喜びで、イルマシュのお友達に会えるかなとぬいぐるみを持ってきた。

「会える、会える。イルカってかしこいんだよ。早いうちにおっさんと土日に休みとるね」

「悪いけど、そうしてくれるとすごく助かる」

ひかりを連れて行くつもりだったけど、母がどう出るかわからない。嫌な場面を見せてしまうことになる可能性もある。颯斗君に見てもらえるのならそのほうがいいかもしれない。何よ

り、ひかりが颯斗君の提案に飛びついて「いつ行くの？　ねえ、お魚いっぱいいるんでしょ」とはしゃいでいる。

「どんなお魚いるかな」

ひかりは颯斗君にもらった魚の図鑑を開いた。入学準備にと、颯斗君はランドセルの次は図鑑セットをプレゼントしてくれた。

「ぼくもひかりと遊べるしラッキー。しかも、姉さんがいないと来たら、我がもの顔で好きなだけかわいがれる」

「本当にそう思ってくれるなら、ありがたい」

「本当にそうとしか思えないよ。ぼくらがいい思いしてるころ、姉さんはくそばばあとバトルだな」

颯斗君は肩をすくめた。

「バトルにはならないよ。お金を渡して、あとはもういいよねってことを言うだけだから」

「うん。本当にもういいよな。金輪際《こんりんざい》お断り」

「金輪際って。颯斗君は母に厳しいよね」

「当たり前じゃん。姉さんとひかりを困らせるやつに、優しくする筋合いはない」

「でも、なんか気の毒なんだよね」

「何が？」

「母はただ、子どもが好きじゃなかっただけだと思う。それでも、自分の子どもだから必死に育てて、けれど、犠牲にするものが多すぎて、苦しかったんだろうなって」

「姉さんは寛大だね。子ども好きじゃないなら、ぼくがいくらでももらってあげるのに。世の中の子ども粗末にするやつ、いつでもぼくにくれって思うよ」

颯斗君はふざけた口調で言っているけど、本心だろう。

「そう思える人ばかりだといいけど、誰しもが子どもを好きなわけでもないし、生まれたからって子どもを無条件に愛せるわけでもないし、親子にだって相性あるしね」

これは親になったからこそわかったことだ。子どもが想像以上にかけがえのないものであると同時に、我が子を愛せる感情を持てることも当たり前ではない。

「親子も難しいよね。ぼくの両親はいい人だけど、ぼくが同性愛者だなんてこと、死ぬまで言えないと思う。子どものことを理解したいと考えてくれてるのに、肝心なとこは見せられないもんな」

「親だから言えないこともあるし、近い人がわかってくれるわけでもないよね。何でも言える相手は親じゃなくてもいいしさ」

「そうだな。……姉さんは相談できる人いるの？」

颯斗君の心配に、私は笑った。

「張本人なのに、聞かないでよ。私は颯斗君には九割は言えるよ。それに、颯斗君、察しがいいからすぐに気づいてくれるし」

「おお、ぼくすごいじゃん」

「そう。すごい弟。義理の」

「こういうとこにわざわざ義理つける？」

「つけるつける。大人になって出会ったからこそ、何でも話せる気がする」

「そっか。ぼくはどうだろう。姉さんにはそうだな。っていうか、今となればもう全部言える。何もかも知られたし、おっさんまで見られたし」

「本当に？」

私は颯斗君の目をのぞきこんだ。

「何々？　颯斗君、悪いこと言ったの？」

図鑑を見ていたひかりがどこかうれしそうに寄ってくる。

「颯斗君、全部私たちには話してるって言うけど、隠してることがありそうだなってママ思うんだよね」

私が言うと、ひかりは、

「だめでしょう。颯斗君、隠しちゃダメ！　イルマシュも怒ってるよ。あとね、くうちゃんもミイちゃんも怒ってる」

としかめ面を作って見せた。

「え？　なになに、本当に覚えないんだけど」

「自白したほうが楽になるよ」

私が言うと、「自白って何？」とひかりが聞く。

「自分から秘密を話すことだよ」

「そっか。颯斗君、自白しなさい」

「マジでない。え？　いつもひかりにお菓子こっそり買ってること？」

「それ言っちゃだめ！　内緒って言ってたのに」

とひかりが怒る。ひかりの主張ははちゃめちゃだ。

「白状しないのなら、私から言いましょうか？」

「え。本当に思いつかない。姉さん言ってよ」

「うん。ママ、言って言って！　イルマシュも聞きたいって」

「わかりました。この一ヶ月間で颯斗君が我が家に持ってきてくれたものはなんでしょうか。特別栽培無洗米五キロ。無洗米にしたのは、きっと林田さんに料理を作る人の手間を減らすのが大事だとか言われたからですね。いつも勝手に冷蔵庫にしまってくれる果物に野菜。そして洗剤、柔軟剤。無添加ボディソープ。ひかりにくれたこだわり職人が作った三十六色のクレヨン。図鑑十冊。ひかりのニット帽。そして毎週水曜日の夕飯」

「なんなの、怖いんだけど」

「だいたい、颯斗君の出費、毎月四万円ですね」

「え、どうだろうか。考えてないから。ほとんどもらったものだし」

颯斗君がおろおろする。

「会社でもらっただなんてよくそんなうそを。颯斗君が私たちの家にもたらしてくれる物は、私が奏多《かなた》にもらうはずだった養育費とほぼ同じ額です」

「いや、そうなのかな」

「うわ、颯斗君悪いんだね」

私の口ぶりにひかりは勝手に颯斗君を悪者と決めつけて頬を膨らませている。

「悪くないんだよ、颯斗君、私たちにいっぱい物をくれすぎてるんだ」

「うわー。ひどいね」

「あはは。ひどくない。ありがとうなんだけどね」

「うわー。えらいね」

ひかりがコロコロ意見を変えるのに、私も颯斗君も噴き出した。

「前からわかってたんだけど、断るのがいいのかどうかわからなくて、甘えてた。でもさ、もうやめよう」

「ぼくが好きでやってるのに？」

「颯斗君は奏多の代わりじゃないし、奏多の存在を埋めるために来てくれてるんじゃないでしょう」

「そうだけど」

「颯斗君はおじさんだよ。パパより特別な人」

私が言うと、ひかりも、

「そうだよそうだよ。颯斗君が大事」

と言った。

「奏多の代わりじゃなくて、私たちは颯斗君に来てほしいんだから。ね、ひかり」

「そうそう。ひかり、颯斗君といっぱい遊ぶんだもんね」

「なんかぼく、知らない間に最高の立場を手に入れてない？」

颯斗君が笑った。

「知らない間じゃないよ。四年間、私たちを見ていてくれたからだよ」

「見てくれる人って、最高だもんね。ピザも買ってくれるし。内緒だけどお菓子もくれるし、困った時いてくれるし。あ、でもパパもいい人だよね」

ひかりが慌てて奏多のことを付け加えた。軽い存在にしたのは悪かったかと、私が「そりゃそうだよ。パパもいい人」と同意すると、

「だってさ、パパが颯斗君を連れてきてくれたんだもん」

とひかりが言った。

「本当だ」

私は思わずひかりの頬に頬をくっつけた。

本当にそうだ。奏多が壊れそうだった颯斗君を守ってくれ、颯斗君を私たちのもとへ連れてきてくれた。運命の相手は恋人だとは限らないのだ。

「だから颯斗君、気は遣わないで。私たちと颯斗君の関係は永遠に続くんだから。困った時は何でも言うし」

「すごいな、姉さん。知らない間に相当強くなってる」

「私の周りには強くしてくれる人も、強くなりたいと思わせてくれる人もいるからね。あ、そうだ！　颯斗君に渡すものあったんだ」

私はずいぶん前に作って、引き出しにしまいこんでいたメダルを取り出した。

「うわ！　青いキラキラのだ。きれいー！」

ひかりが歓声をあげる。

「入れっぱなしにして忘れてたのをこないだ見つけたんだよね。夏祭り用にメダルを作ってる時に、颯斗君、この折り紙選んでたでしょう？」

「おお、そうだった！　すっかり忘れてた」

「じゃあ、ひかりがかけてあげるね。えっと、何に優勝にしようかな」

ひかりがメダルを手に取って、考えこむ。

「カッコいい大賞じゃない？」

颯斗君の答えに、「違う」とひかりはきっぱり首を横に振る。

「かっこいいじゃなくて、かしこいも違って、かわいいも違うしな」

「ちょっと、早くメダルかけてよ」

颯斗君にせかされ、

「全部大賞です」

とひかりは言ってメダルをかけた。

「全部大賞って最高じゃん。おお、青がキラキラしてる」

颯斗君は、メダルに光を反射させた。手作りメダルを貴重なもののように手にしてくれている。

「よかったね。ひかりのおかげだよ」

ひかりが恩着せがましく言うから、颯斗君が、

「どうしてひかりのおかげ？」

と聞き返した。

「優勝に選んであげたの、ひかりだもんね」

「さっき突然、表彰されたけど？　しかも全部大賞で」

「ひかりがね、毎日颯斗君チェックしてたんだよ」

「うそだろう」

「本当！」

二人の会話に笑ってしまう。父娘のやり取りとは違う優しくて柔らかい空気。そこには手で触れられそうな光があふれている。

2

颯斗君と林田さんの休みが合うのが二月の十四日土曜日だということで、その日の日中に会

いたい。できれば実家でと母にメールをした。母はようやく私がお金を払う気になったと思ったのだろうか。長く待たせたことを責めることなく、

十四日ね。十一時頃に家で待ってるわ。よろしく

とさらりとした返事があった。


十四日の三日前、二月十一日の祝日は、ひかりと一緒に三池さんとそら君とでかけた。入院前に約束していたランチを十二月末にした帰り道、

「なんかさ、楽しみだった分、終わるのがさみしすぎる」

と三池さんと言いあった。

「約束があるとわくわくするもんね」

「それに向けて、つらい子育てとつらい家事とつらい仕事を乗り越えてきたのに」

と三池さんが大げさに言うから、私は、

「また会えるよ」

と笑った。

「大人のまたはまたじゃないよ。今年こそ会おうねと言って何年も会わない相手、二十人はいる」

「ああ、それはあるね」

私は三池さんほど友達はいないけど、「近いうちに会おうね」と年賀状でやり取りをしている高校時代の友達と卒業後一度も会っていない。

「それじゃあ、一ヶ月いや二ヶ月に一回ランチしようよ」

「お。美空さんから誘ってくれた」

「私だって楽しいもん」

「そうだね。一ヶ月って子どもといると長いようであっという間だから、二ヶ月に一回っていい感じ」

「今日の店でどう？」

「うん。いちいち店をどこにするか考えてるとまた遠のくからね。子ども遊ばせて、また大人で話そう」

そう約束して、今日が二度目のランチになる。

「そっか。ついにお母さんに会うんだね」

「そう。どきどきだよ」

冬休みの写真を見せあって近況報告をした後、私は母に会いに行くことを話した。

「春前だもんね。子どもだけじゃなく、大人も動き出す感じだね」

「そうだね」

「お母さんと会って、で、あとは就職？」

「え？」

「仕事、今のところ続けるの？」

さすが三池さんは鋭い。段取り命が口癖でてきぱきしているけど、それ以上に人の変化を見逃さない人だ。

「それも考えてて」

高校三年生の時の私は、母に進学をするなんて分不相応だと言われ、幼稚園で働くのをあきらめた。でも、今の私は大人だ。自分で判断をし、自分で決めた場所へと進むことができる。調べてみると、保育士の資格なら学校に行かなくても取る方法はあった。

「学校に行かなくても何年間か保育園で働いて実務経験を積んだら、資格試験を受けられるみたいなの」

私が保育士になるための方法を話すと、

「結構ハードル高いんだね」

と三池さんが言った。

「ひかりが小学生になって余裕が出たら働けるように、勉強だけは今から始めようかなって」

「いい考え。私、すごく向いてると思うよ。美空さん、先生に」

「そう？」

「そらが夏祭りで輪投げをした時のこと覚えてる？　美空さんがお店の係で」

「ああ、なんかあったね」

その時はサングラスをかけた三池さんが怖くて、近づかないようにしようと思っていた。

「そら、かわいいし、かっこいいし、輪投げも軽々決めたじゃん？」

「確かにそうだったね」

三池さんもかなりの親バカだよなと笑いながら答える。

「その時さ、美空さん淡々としてたんだよね」

「え？　私？」

「あのそらが、なんと輪投げしたのに！」

三池さんがわざと大げさな口ぶりで言う。

「そら君って、輪投げしないの？　そんな珍しいことなの？」

「いやいや。私、保育園で初めてだったよ。サングラスの私と、イケメンで運動神経抜群のそらを前にして、ほかの子どもと全く同じ反応をするママを見たの」

「私の反応間違ってた？」

「すごい公平な人なんだなって思った。だから友達になりたかった」

三池さんが私の顔を見た。

「私、人見知りでサングラスをしてるのに、みんな気を遣ってくれるじゃん。まあ、少し背が高くて少し美人なのもあるしね。それでもって、そら、かっこいいでしょう。即、子役になれそうなぐらい」

三池さんが冗談めかす。

「かっこいいのはかっこいいと思うよ」

そら君はきれいな顔をしている。三池さんに似て、涼しい目に鼻筋が整っていて、目を引く存在ではある。

「保育園のママたち、そらが何かしようものなら、すごいね、そらくんさすが、ってうるさいくらい褒めてくるんだよね。子どもなんてみんなかわいくてみんなすごいに決まってるのに。どんだけサングラスに惑わされるんだろうね」

三池さんがげらげら笑った。

「輪投げをした時の美空さんの様子見てさ、この人にとっては、子どもはみんな同じようにかわいく見えてるんだと思ったんだ」

「それはそうかも」

私は子どもが好きなんだと改めて思う。そして、苦手だと思っていたけど、こんなふうに人と話をすることも好きだ。

「美空さん、最初はすみませんばっかで、おもしろくない人かと思ったけど、一緒にいると楽しくて。時々たくましいなとも思うよ。子どもといるんだもん。親だって変わるよね。きっとかなえられるよ」

「ありがとう。三池さんも最初怖かったけど、すごく気を配ってくれるし優しいし、会う度に一緒にいるのが心地よくなってる」

「それ、褒めてる？」

「もちろん」

付き合いが深くなっていくうちに知っていく部分もあるし、大人だって環境の中で変化していく。

「美空さんが先生なったら言ってよ。二番目が生まれたとしたらその保育園に通わせるから」

「そんな早くなれるかな」

「急いで急いで」

「わかった」

盛り上がる私たちに見向きもせず、キッズスペースでそら君とひかりは夢中で遊んでいる。子どもの世界をこうやってそばで眺めていられるのはいつまでだろう。

「子育てって永遠に続くものだって、だからゴールがなくてしんどいって思ってたけど、終わりの連続だよね」

三池さんがつぶやいた。

「うん。本当に」

「抱っこの時期が終わって、そのうち手をつなぐ相手も私じゃなくなって、自分のことを自分でして。ママママって言われなくなるの、うれしいけどさみしいよね」

「好きなだけ抱きしめられる相手がいなくなると思うと、ぞっとするかも。でも、きっとさみしくなる前に強くしてもらえるのかな。三池さんとそら君を近づけてくれたのもひかりだし、こんなふうにその時々に何かを与えてくれる気はする」

「そう。いろいろ連れてきてくれるよね。すごくすてきなものも、ものすっごい心配もね」

三池さんがそう言って、

「本当そうだよ。ひやひやさせるのは、勘弁してほしい」

と私もうなずいた。

子どもといる日々は、不安と心配が尽きない。それでも、それ以上のものを私たちに見せてくれる。そして、まだこれから予想もつかない未来があることを示してくれる。

「よし、まだまだ子どもたちは真剣に遊んでるから、今のうちこっそりデザート食べよ」

三池さんの提案に、

「アップルパイとミルクティー頼もうっと」

と私はすぐさま答えた。

「もう考えてたの？　食べる気まんまんじゃん」

「そら君とひかり見てチャンス窺《うかが》ってたから」

「やるね。じゃあ、私はチーズケーキ。アイスクリーム添えてもらおうっと」

「私もアイスクリーム添えよう。急ごう、優雅にお茶できるように」

大人同士の間にも、わくわくはある。声を潜めこっそり店員さんを呼ぶ自分たちがおかしくて、二人して笑った。

3

二月十四日は晴れてはいるものの、風の強い寒い日となった。朝は一段と冷えて布団から出たくない気温なのに、ひかりは早起きをして、「水族館！」とイルマシュを抱えてはしゃいでいた。

「ひかり、保育園の日はなかなか起きないのに、土日はすぐに起きるね」

「イルマシュが早く行きたいってうるさいからだよ」

「いいなあ。水族館」

「ママしょんぼりしないでね。お魚見たらね、ひかりの頭の中からママの頭にすぐ送るからね」

ひかりが私の頭をなでてくれる。

「どんな魚かってこと？」

「そう。見たらすぐに送るから、頭の中開いてみてね」

「テレパシーだ」

「うん。なんかそういうの」

朝食を済ませると、ひかりはリュックにくうちゃんとイルマシュとミイちゃんとふわちゃんを詰めこみだした。

「四人も連れて行くの？」

「だって、みんな行きたいって。置いていくとかわいそうだし」

と言いながらも、リュックのファスナーが閉まらない。

「さすがに入れすぎだよ」

「そうかあ。じゃあ、一人はママが持って行って。この子がいいな。はい、ミイちゃん」

ひかりは猫のぬいぐるみを私に渡した。

「いいの？」

「うん。ミイちゃんはね、ひかりと一緒でママの味方だから付いていくって」

「ありがとう。ミイちゃんよろしくね」

私はミイちゃんをぎゅっと抱きしめた。

颯斗君たちもはりきっていたのか、約束の九時の十五分前に迎えに来てくれた。ひかりも準備万端で、三人は、

「楽しんでくるね」

と何度も手を振って出かけて行った。

あまりにうれしそうな様子に、私がいなくても平気なんだとちょっとだけさみしくなる。

母との約束は十一時。不思議と緊張はなかった。部屋を片付け、洗濯をし、ゆっくりお茶を飲む。その間にも、「今電車！」「今到着！」と颯斗君が事細かくひかりの写真を何枚も送ってくれた。自分と一緒にいる時のひかりの笑顔も最高だけど、自分の知らないところでのひかり

の姿を見られるのは、得した気分になる。「すっかりはしゃいじゃって」「これは魚のポーズかな」と一人で写真を見ながらつぶやいた。林田さんが撮ったのであろう、颯斗君とのツーショットもある。両手でピースをしている颯斗君とひかりの同じ姿に思わず「二人、よく似てる」と声が出た。

そろそろ行かないとな。ひかりが鰯《いわし》の大群をじっと眺めている写真を見てから、私は立ち上がった。

「さ、ミイちゃん行こうか」

ひかりの代わりについてきてくれることになったミイちゃんをバッグに入れると、私は家を出た。

我が家から電車とバスを乗り継いで母の家まで三十分と少し。車窓から見える空は、薄い青が透けそうにきれいで、灰色を含まない軽い雲がいくつか浮かんでいる。まだ寒さに緩みはないけれど、空は冬が終わりに近づいていることをほんの少し示している。

母の住む団地前でバスを降りた。私の思い出のせいなのか、現実なのか、コンクリートの建物が並ぶ団地の様子は殺風景で冷たく感じた。十八歳までいた場所なのに、ずいぶん遠い場所で、以前よりもさらに古びたように見える。

C棟の402号室。扉横のチャイムを鳴らすと、母は、

「なんだか久しぶりだね」

と私を招き入れてくれた。

「うん。お邪魔します」

半年近く会っていなかったのに、何も変わっていない母の姿に、ほっとするようなどこか悲しいような複雑な心地がした。

昔から実家にはスリッパがない。私は靴下のままで部屋に上がった。暖房の効きが悪いのか母は分厚いセーターの上にナイロンのジャケットを羽織っている。ただ、テレビも我が家のより大きく、レンジや冷蔵庫も新調されていてそこまで貧しさはなかった。

「美空がここに来るの、何年ぶり？」

「三年は経ってるかな。なんか懐かしい」

母がお茶を淹《い》れてくれている間、もう来ることはないと思っているからだろうか、私は自然と家の中を歩いていた。

母と寝ていた和室。今は母の分の布団が敷きっぱなしになっている。あれだけ寝起きしていたはずの部屋に足を踏み入れても、郷愁は襲ってこなかった。もう完全に母だけの部屋になっているのだ。

その隣が四畳の私の部屋。換気していないせいで、湿っぽくてもやっとしている。タンスと勉強机はそのままで、扇風機や布団が所狭しと置かれ、勉強机の上は段ボールと紙袋が積みあがっている。昔から母は整理整頓が下手だった。

勉強机の前に立つと昔の自分がそこにいるようだった。家にいるほとんどの時間をこの机の前で過ごした。現実は厳しいのだとあきらめながらも、勉強すれば何とかなるかもしれないと必死になっていたころもあった。私なりに懸命に生きていたのだ。机の上のほこりを払っていると、隅に「大人になりたい」という小さな落書きを見つけた。中学時代の私が書いたものだ。幼かった私は、大人になれば、ここから抜け出すことができて幸せになれると信じていた。大丈夫。ちゃんと大人になってるよ。あのころの私にそうささやく。

「お茶、入ったけど」

母に呼ばれダイニングに戻る。マグカップは家にいた時と同じだ。分厚いしっかりとしたカップ。茶渋が取れていないままなのも変わっていない。

「まずお金を渡そうと思って」

私は食卓に着くと、鞄から封筒を取り出した。封筒の中には十万円が入っている。内職で得た八千円に、貯金を下ろして合わせたお金だ。

「ああ、結構用意できたのね」

母は封筒の中を確認すると自分の横に置いた。

「内職したんだ。ティッシュにチラシ入れるの」

「へえ」

母は私がどうやってお金を工面したかは、興味がなさそうだった。

「それで、これ以上は無理かなって。今回で終わりにしたい」

「まさか十万が精いっぱいってこと？」

母が驚いた顔をする。

「金額は関係なく、毎月お金を渡すことはできない」

「は？　どういうこと？」

母のいらだった顔を見ても怖くはなかった。三池さんや颯斗君が言うように、私は本当に強くなっているのだ。

「ひかりはもうすぐ小学生で、お金が必要になってくる。それに、この先、ひかりがどんな選択をしてもいいようにお金は貯めておきたいから」

「じゃあ、今日は何の話をしに来たの？」

私は母が淹れてくれたお茶を口に入れた。薄いぼやけた味の日本茶。昔と一緒だ。母は何も変わらない。そのおかげで、無意味な感傷でひるむことがなく済んだ。

「私が大事なのはひかり。それはどうしたってゆずれない」

「それが何なのよ」

母は怪訝《けげん》な顔をする。

「私はひかりとの暮らしを守っていきたい。だからお母さんにできることはない。病気や怪我なら助けるけど、お金の支援はできない」

「よくそんなこと言えるね。美空がひかりを育ててるように、私だってあんたを大事に守ってきたんだけど？」

「わかってるよ。でも、私は将来ひかりに何かしてもらおうとは思わない」

「へえ、あんた。ずいぶんえらいんだね」

「お母さんは、好きじゃなかったんだよね？」

あからさまに不服そうな表情の母に、私は聞いた。

「何が？」

「私のこと」

「は？　ここまで育てたのにどうしてそんなこと言われないといけないいんだよ。どの口で言ってるわけ？」

「お母さん、自分で気づいてないけど、子どもが得意ではないいんだと思う。だから、私を育てることが重荷だったんだろうなって。犠牲を払ってるって苦しかったんだろうなって。親になった今それがわかる」

「何が言いたいんだよ」

母の眉が吊り上がる。

「責めてるんじゃないよ。でも、誰しもが子どもを好きでいられるわけじゃないし、子育てを楽しめるわけでもない。だから、お母さんも、子どもだった私も、幸せじゃなかったんだと思う」

「あんた、不幸だったの？」

「今は幸せだよ。だから、大人にしてくれたことに感謝してる」

「なんなんだよ、いったい。私がとんでもない親みたいじゃないか。文句を言いに来たの？」

「違う。文句なんかない。私は子どもには戻れないし、お母さんに望むことはない。ただ、私はひかりとの暮らしを守りたい。お母さんにだって乱されたくない。それだけは伝えたい」

母は頭を抱えそのまま黙りこんだ。私が意見をするなんて思ってもみなかったのだろう。母の前で私は、自分の主張などないも同然で、いつも「そうだね」とうなずいていた。だけど、それでは生きていけないし、誰も守れない。いい娘だと思われることは何の助けにもならないし、もっと大事なことがある。

「余裕がなかったんだ……」

だいぶ時間が経ってから、母は振り絞るような声で言った。

「……そうだね。生活の厳しさがお母さんを苦しめていたのもわかってる。きっと違う環境だったら、今とは別の母娘だったかもしれないよね」

母は何も答えず、私と目を合わせようともしなかった。

「お母さんが私を育てることを放棄しなかったことも、大人になるまで育ててくれたことも、本当にありがたく思ってるよ」

顔を上げないままの母に、私は構わず言葉を続けた。

「あ、そうだ。ひかりのランドセル。私の靴と一緒なんだよ。小学生の時に履いてた茶色にピンクのスニーカー」

母には記憶がないようで、首をかしげただけだった。この人は子どものころの私のことなど何も覚えていないのかもしれない。

「私ってどんな子どもだったのかなってちょっと思ったよ」

「あっそう」

そのまま沈黙が続くだけだった。時計の音が鋭く聞こえる。母にとって、言うことを聞かなくなった私に用はないのだろう。ここに私の部屋がなくなった日から、居場所はなかったのだ。

「えっと、帰るね」

私は席を立った。

「本気で困った時は言ってくれたらいいよ。できることはするから。体には気をつけてね」

私がしゃべり続けているからか、それとももう会うのが最後だと思っているのか、母は玄関まで見送りに来た。

「私、きっとつまらない子どもだったよね。ごめんね」

「ああ」

「じゃあ、また」

団地の重い扉を開けると、廊下の向こうに正午の空が見えた。きりっとした空気が日差しを鮮やかに見せている。

「こんな日だったよ」

母がぼそりと言った。

「こんな日？」

「美空が生まれた日」

「そうなんだ」

「空がとんでもなくきれいでさ。生きてきた中で一番美しい空を見たと思ったんだ。こんな空は二度と見られないだろうって。だから美空って名付けた」

「そう」

「生まれた時には、確かにそう思ったんだけどね」

母はそう言った。

その言葉だけで、十分だった。

「ありがとう。お母さん」

初めて、本当の感謝を伝えられた気がした。

4

「うわ、うそでしょう。洗濯物！」

三月最初の土曜日。朝は春の近づきを告げる心地いい日が差していたのに、夕方前に突然降り出した雨に慌てて、ベランダに出た。

「ああ、ママたいへん」

「本当、濡れちゃう」

と洗濯物を抱えて部屋に入ろうとした瞬間、急ぎすぎたのか、私はベランダの敷居に足を引っかけて思いっきり転んだ。その拍子でテレビ台の角に目頭と鼻を強くぶつけ、鼻血と涙が一緒に出てきた。

「キャー、ママ、ママー‼」

ひかりが悲鳴を上げる。

「大丈夫、大丈夫。ひかり、ティッシュちょうだい」

足首をくじいたのかじんじんしている。動けない私はひかりに頼んだ。

「ママママ、早く早く。血を止めて！」

ひかりがティッシュを私の顔に押し付ける。

「ありがとう」

「泣かないで。ねえ、ママ！　ママ！」

ひかりが叫ぶ。

「大丈夫。これ、泣いてるんじゃないよ。鼻の頭を打って、勝手に涙が出てくるんだよ」

「ねえ、血が止まらないよ。ママ」

鼻血と言えども、血が怖いのだろう。ひかりは泣き出した。そう言えば、ひかりが生まれてから、私は転ぶことも鼻血を出すこともなかった。

「落ち着いて、ひかり。これ鼻血。ひかりも出るでしょ。今ぶつけたから出てるだけで、すぐ止まるから」

「でも、ママ、動けないんだよね？」

ひかりは泣きじゃくりながら言う。

「ちょっと足が痛いの。それも今だけだから」

ひかりを安心させるため立ち上がろうとした私は、足首に痛みが走りうずくまった。

「大丈夫。ねえママ」

ひかりはますます不安そうだ。

「大丈夫だよ。足ももうすぐに治るから」

私は洗濯物に鼻血がつかないよう自分から遠ざけた。

「ねえねえねえ、ママ、ひかりを見てよ！」

ひかりが私の顔の真ん前に座りこんだ。

「うん、見てるよ」

「ちゃんと見て、ほら、ひかりを見て」

ひかりは泣きながら、両手の人差し指を両頬に当てている。

「見てるよ。ひかり」

私は鼻をティッシュで押さえながら、ひかりの頭に自分のおでこをこつんとつけた。

「きちんと見てよ。ひかりの顔を」

「うん見たけど……」

「ママ、ねえ、ひかり笑ってるでしょう」

涙でぐしゃぐしゃの顔でひかりはそう言った。

「うんうん。笑ってるかな？」

「笑ってるよ。ねえママ。ひかり、笑ってる」

「そうだね」

泣いているくせに、口角を上げようとしてひかりは不思議な顔になっている。どうしてそんなに笑っていると訴えるのだろうかと私が首をかしげて見せると、ひかりは、

「ママ、言ってたでしょう？」

と私の目を見た。

「何だったっけ」

「ひかりが笑ってたら、元気が出るって」

「そっか。そうだ」

私は「ひかりが笑っていたら元気が出るよ」とよく言っている。だから、懸命にひかりは笑った姿を見せようとしているのだ。

「うん。ひかりの顔見て、もう大丈夫になったよ」

「血は？　ねえ血は？」

ひかりはまだ涙をこぼして笑顔を作っている。

「もうすぐで止まると思う」

と言ったものの、鼻血はそんなに都合よく止まってくれない。ひかりの懸命な笑顔に鼻を押さえても、うまくいかない。そりゃそうかと私はおかしくなって、思わず笑いが漏れた。

「ママ、笑ってるの？」

「うん。おもしろいもん」

「じゃあ、元気ってこと？」

「そりゃそうだよ。こけただけだよ。笑ってなくても泣いていても、どんなふうでも、ひかりがいてくれたら、元気に決まってる」

ひかりは私の足首をさすりながら「本当に？」と聞く。

「本当。ほら、もうママの涙は止まってるよ。血もだんだん出なくなってる」

「よかった。よかったね。ママ」

「うん、よかった」

私はひかりの頬に頬をくっつけた。涙で濡れていてもひかりの頬は温かく、いつもどおり柔らかい。

子ども時代の自分を憐れみ、私は母の愛情を探そうとしていた。どうしてそんな無意味なことをしていたのだろう。過去を掘り返しても、今ここにある以上のものは出てこない。

泣きながら笑うひかりにさすられている足首の痛みは、もう和らぎ始めている。

「もう痛くなくなってきたかも。ひかりの力ってすごいね」

「本当？」

「うん。本当」

私はそう言いながら窓の外に目をやった。

春の細い雨はベランダにしっとりと雫《しずく》を落とし続けている。取りこめずにいたバスタオルが濡れているけど、まあいいかと眺めていてはっとした。

「ねえ、ひかり見て」

「何？」

「ベランダのお花。ほら」

「うわ……本当だ」

二年前にひかりとプランターに種を植えたすみれ。水や肥料を与えたものの、一度も咲くことがなく、無理なのかもしれないねとあきらめていた。それが、今、小さな白いつぼみを付けている。

## 瀬尾まいこ（せお・まいこ）

一九七四年大阪府生まれ。二〇〇一年、「卵の緒」で坊っちゃん文学賞大賞を受賞し、翌年作家デビュー。二〇〇五年『幸福な食卓』で吉川英治文学新人賞、二〇〇九年『戸村飯店 青春100連発』で坪田譲治文学賞、二〇一九年『そして、バトンは渡された』で本屋大賞を受賞。二〇二〇年刊行の『夜明けのすべて』は映画化され、ベルリン国際映画祭フォーラム部門に正式出品されたほか、数々の映画賞を受賞するなど、大きな話題となった。他の作品に『図書館の神様』『強運の持ち主』『優しい音楽』『あと少し、もう少し』『傑作はまだ』『私たちの世代は』『そんなときは書店にどうぞ』など多数。

水鈴社

# ありか

二〇二五年四月三〇日 第一刷発行
二〇二五年六月二五日 第四刷発行

著者 瀬尾《せお》まいこ
編集・発行人 篠原一朗
発行所 株式会社 水鈴社
電話 〇三-六四一三-一五六六（代）
この本に関するご意見・ご感想や、万一、印刷・製本などに製造上の不備がございましたら、お手数ですがinfo@suirinsha.co.jp までご連絡をお願いいたします。
印刷・製本所 萩原印刷
校正 坂本文
定価はカバーに表示してあります。


ISBN978-4-910576-03-9
Printed in Japan